名家散文典藏

彩插版

沈从文散文精选

沈从文 著

图书在版编目（ＣＩＰ）数据

沈从文散文精选 / 沈从文著. -- 武汉：长江文艺出版社，2017.12（2019.7 重印）1
（名家散文典藏：彩插版）
ISBN 978-7-5354-9896-0

Ⅰ.①沈… Ⅱ.①沈… Ⅲ.①散文集－中国－现代 Ⅳ.①I266

中国版本图书馆 CIP 数据核字(2017)第 191325 号

责任编辑：刘兰青　　　　　　　　责任校对：毛　娟
封面设计：龙　梅　　　　　　　　责任印制：邱　莉　　胡丽平

出版：长江出版传媒　长江文艺出版社
地址：武汉市雄楚大街 268 号　　邮编：430070
发行：长江文艺出版社
http://www.cjlap.com
印刷：湖北画中画印刷有限公司

开本：640 毫米×970 毫米	1/16	印张：17.25　　插页：7 页
版次：2017 年 12 月第 1 版		2019 年 7 月第 3 次印刷
字数：200 千字		

定价：32.00 元

版权所有，盗版必究（举报电话：027—87679308　　87679310）
（图书出现印装问题，本社负责调换）

目录

名家散文典藏　沈从文　散文精选

◆ 辑一　湘行散记 ◆

小船上的信 / 003

滩上挣扎 / 006

潭中夜渔 / 011

横石和九溪 / 013

历史是一条河 / 019

一个戴水獭皮帽子的朋友 / 022

鸭窠围的夜 / 029

一九三四年一月十八 / 036

一个多情水手与一个多情妇人 / 042

辰河小船上的水手 / 051

箱子岩 / 059

五个军官一个煤矿工人 / 065

老伴 / 070

虎雏再遇记 / 076

一个爱惜鼻子的朋友 / 083

沈 从 文 散 文 精 选

◆ 辑二　生之记录 ◆

一封未曾付邮的信　/　093
狂人书简　/　096
到北海去　/　099
西山的月　/　103
一天　/　107
水车　/　115
生之记录　/　119
小草与浮萍　/　129
废邮存底　/　134

◆ 辑三　南北风景 ◆

市集　/　147
游二闸　/　150
街　/　156
昆明冬景　/　159

云南看云 / 164
绿魇 / 169
白魇 / 188
黑魇 / 194
北平的印象和感想 / 203
天安门前 / 209
春游颐和园 / 212
北京是个大型建筑博物馆 / 218
过节和观灯 / 222

◆ 辑四　从文自传 ◆

我读一本小书同时又读一本大书 / 235
辛亥革命的一课 / 247
我上许多课仍然不放下那一本大书 / 253
女难 / 263

辑一　湘行散记

小船上的信

　　船在慢慢的上滩,我背船坐在被盖里,用自来水笔来给你写封长信。这样坐下写信并不吃力,你放心。这时已经三点钟,还可以走两个钟头。应停泊在什么地方,照俗谚说:"行船莫算,打架莫看",我不过问。大约可再走廿里,应歇下时,船就泊到小村边去,可保平安无事。船泊定后我必可上岸去画张画。你不知见到了我常德长堤那张画不?那张窄的长的。这里小河两岸全是如此美丽动人,我画得出它的轮廓,但声音、颜色、光,可永远无本领画出了。你实在应来这小河里看看,你看过一次,所得的也许比我还多,就因为你梦里也不会想到的光景,一到这船上,便无不朗然入目了。这种时节两边岸上还是绿树青山,水则透明如无物,小船用两个人拉着,便在这种清水里向上滑行,水底全是各色各样的石子,舵手抿起个嘴唇微笑,我问他,"姓什么?""姓刘。""在这条河里划了几年船?""我今年五十三,十六岁就划船。"来,三三,请你为我算算这个数目。这人厉害得很,四百里的河道,涨水干涸河道的变迁,他无不明明白白。他知道这河里有多少滩,多少潭。看那样子,若许我来形容形容,他还可以说知道这河中有多少石头!是的,凡是较大的,知名的石头,他无一不知!水手一共是三个,除了舵手在后面管舵管篷管纤索的伸缩,前面舱板有两个人。其中一个是小孩子,一个是大人。两个人的职务是船在滩上时,就撑急水篙,左边右边下篙,把钢钻打得水中石头作出好听的

沈从文
散文精选

声音。到长潭时则荡桨，躬起个腰推扳长桨，把水弄得哗哗的，声音也很幽静温柔。到急水滩时，则两人背了纤索，把船拉去，水急了些，吃力时就伏在石滩上，手足并用的爬行上去。船是只新船，油得黄黄的，干净得可以作为教堂的神龛。我卧的地方较低一些，可听得出水在船底流过的细碎声音。前舱用板隔断，故我可以不被风吹。我坐的是后面，凡为船后的天、地、水，我全可以看到。我就这样一面看水一面想你。我快乐，就想应当同你快乐，我闷，就想要你在我必可以不闷。我同船老板吃饭，我盼望你也在一角吃饭。我至少还得在船上过七个日子，还不把下行的计算在内。你说，这七个日子我怎么办？天气又不很好，并无太阳，天是灰灰的，一切较远的边岸小山同树木，皆裹在一层轻雾里，我又不能照相，也不宜画画。看看船走动时的情形，我还可以在上面写文章，感谢天，我的文章既然提到的是水上的事，在船上实在太方便了。倘若写文章得选择一个地方，我如今所在的地方是太好了一点的。不过我离得你那么远，文章如何写得下去。"我不能写文章，就写信。"我这么打算，我一定做到。我每天可以写四张，若写完四张事情还说不完，我再写。这只手既然离开了你，也只有那么来折磨它了。

我来再说点船上事情吧。船现在正在上滩，有白浪在船旁奔驰，我不怕，船上除了寂寞，别的是无可怕的。我只怕寂寞。但这也正可训练一下我自己。我知道对我这人不宜太好，到你身边，我有时真会使你皱眉。我疏忽了你，使我疏忽的原因便只是你待我太好，纵容了我。但你一生气，我即刻就不同了。现在则用一件人事把两人分开，用别离来训练我，我明白你如何在支配我管领我！为了只想同你说话，我便钻进被盖中去，闭着眼睛。你瞧，这小船多好！你听，水声多幽雅！你听，船那么轧轧响着，它在说话！它说："两个人尽管说笑，不必担心那掌舵人。他的职务在看水，他忙着。"船真轧轧的响着。可是我如今同谁去说？我不高兴！

梦里来赶我吧，我的船是黄的，船主名字叫做"童松柏"，桃源县人。尽管从梦里赶来，沿了我所画的小堤一直向西走，沿河的船虽万万千千，我的船你自然会认识的。这里地方狗并不咬人，不必在梦

里为狗吓醒!

你们为我预备的铺盖,下面太薄了点,上面太硬了点,故我很不暖和,在旅馆已嫌不够,到了船上可更糟了。盖的那床被大而不暖,不知为什么独选着它陪我旅行。我在常德买了一斤腊肝,半斤腊肉,在船上吃饭很合适……莫说吃的吧,因为摇船歌又在我耳边响着了,多美丽的声音!

我们的船在煮饭了,烟味儿不讨人嫌。我们吃的饭是粗米饭,很香很好吃。可惜我们忘了带点豆腐乳,望了带点北京酱菜。想不到的是路上那么方便,早知道那么方便,我们还可以带许多北京宝贝来上面,当"真宝贝"去送人!

你这时节应当在桌边做事的。

山水美得很,我想你一同来坐在舱里,从窗口望那点紫色的小山。我想让一个木筏使你惊讶,因为那木筏上面还种菜!我想要你来使我的手暖和一些……

十三日下午五时

滩上挣扎

我不说除了掉笔以外还掉了一支……吗？我知道你算得出那是一支牙骨筷子的。我真不快乐，因为这东西总不能单独一支到北平的。我很抱歉。可是，你放心，我早就疑心这筷子即或有机会掉到河中去，它若有小小知觉，就一定不愿意独自落水。事不出我所料，在舱底下我又发现它了。

今天我小船上的滩可特别多，河中幸好有风，但每到一个滩上，总仍然很费事。我伏卧在前舱口看他们下篙，听他们骂野话。现在已十二点四十分，从八点开始只走了卅多里，还欠七十里，这七十里中还有两个大滩、一个长滩，看情形又不会到地的。这条河水坐船真折磨人，最好用它来作性急人犯罪以后的处罚。我希望这五点钟内可以到白溶下面泊船，那么明天上午就可到辰州了。这时船又在上一个滩，船身全是侧的，浪头大有从前舱进自后舱出的神气，水流太急，船到了上面又复溜下。你若到了这些地方，你只好把眼睛紧紧闭着。这还不算大滩，大滩更吓人！海水又大又深，但并不吓人，仿佛很温和。这里河水可同一股火样子，太热情了一点，好像只想把人攫走，且好像完全凭自己意见做去。但古怪，却是这些弄船人。他们逃避急流同漩水的方法可太妙了，不管什么情形他们总有办法避去危险。到不得已时得往浪里钻，今天已钻三回，可是又必有方法从浪里找出路。他们逃避水的方法，比你当年避我似乎还高明。他们明白水，且得靠水

为生,却不让水把他们攫去。他们比我们平常人更懂得水的可怕处,却从不疏忽对于水的注意。你实在还应当跟水手学两年,你到之江避暑,也就一定有更多情书可看了。

……

我离开北京时,还计划到,每天用半个日子写信,用半个日子写文章。谁知到了这小船上,却只想为你写信,别的事全不能做。从这里看来我就明白没有你,一切文章是不会产生的。先前不同你在一块儿时,因为想起你,文章也可以写得很缠绵,很动人。到了你过青岛后,却因为有了你,文章也更好了。但一离开你,可不成了。倘若要我一个人去生活,作什么皆无趣味,无意思。我简直已不像个能够独立生活下去的人。你已变成我的一部分,属于血肉、精神一部分。我人并不聪明,一切事情得经过一度长长的思索,写文章如此,爱人也如此,理解人的好处也如此。

你不是要我写信告爸爸吗?我在常德写了个信,还不完事,又因为给你写信把那信搁下不写了。我预备到辰州写,辰州忙不过来,我预备到本乡写。我还希望在本乡为他找得出点礼物送他。不管是什么小玩意儿,只要可能,还应当送大姐点。大姐对我们的好处我明白,二姐的好处被你一说也明白了。我希望在家中还可以为她们两人写个信去。

三三,又上了个滩。不幸得很……差点儿淹坏了一个小孩子,经验太少,力量不够,下篙不稳,结果一下子为篙子弹到水中去了。幸好一个年长水手把他从水中拉起,船也侧着进了不少的水。小孩子被人从水中拉起来后,抱着桅子荷荷的哭,看到他那样子真有使人说不出的同情。这小孩就是我上次提到一毛钱一天的候补水手。

这时已两点四十五分,我的小船在一个滩上挣扎,一连上了五次皆被急流冲下,船头全是水,只好过河从另一方拉上去。船过河时,从白浪里钻过,篷上也沾了浪。但不要为我着急,船到这时业已安全过了河。最危险时是我用~~~~号时,纸上也全是水,皮袍也全弄糟了。这时船已泊在滩下等待力量的恢复,再向白浪里弄去。

这滩太费事了,现在我小船还不能上去。另外一只大船上了将近

沈从文
散文精选

一点钟,还在急流中努力,毫无办法。风篷、纤手、篙子,全无用处。拉船的在石滩上皆伏爬着,手足并用的一寸一寸向前。但仍无办法。滩水太急,我的小船还不知如何方能上去。这时水手正在烤火说笑话,轮到他们出力时,他们不会吝惜气力的。

三三,看到吊脚楼时,我觉得你不同我在一块儿上行很可惜,但一到上滩,我却以为你幸好不同来,因为你若看到这种滩水,如何发吼,如何奔驰,你恐怕在小船上真受不了。我现在方明白住在湘西上游的人,出门回家家中人敬神的理由。从那么一大堆滩里上行,所依赖的固然是船夫,船夫的一切,可真靠天了。

我写到这里时,滩声正在我耳边吼着,耳朵也发木。时间已到三点,这船还只有两个钟头可走,照这样延长下去,明天也许必须晚上方可到地。若真得晚上到辰州,我的事情又误了一天,你说,这怎么成。

小船已上滩了,平安无事,费时间约廿五分。上了滩问问叫落水小水手,方知道这滩名"骂娘滩"(说野话的滩),难怪船上去得那么费事。再过廿分钟我的小船又得上个名为"白溶"的滩,全是白浪,吉人天相,一定不有什么难处。今天的小船全是上滩,上了白溶也许天就夜了,则明天还得上九溪同横石。横石滩任何船只皆得进点儿水,劣得真有个样子。我小船有四妹的相片,也许不至于进水。说到四妹的相片,本来我想让它凡事见识见识,故总把它放在外边……可是刚才差点儿它也落水了,故现在已把它收到箱子里了。

小船这时虽上了最困难的一段,还有长长的急流得拉上去。眼看到那个能干水手一个人爬在河边石滩上一步一步的走,心里很觉得悲哀。这人在船上弄船时,便时时刻刻骂野话,动了风,用不着他做事时,就摹仿麻阳人唱橹歌,风大了些,又摹仿麻阳人打呵贺,大声说说:

"要来就快来,莫在后面捱,呵贺～～～

风快发,风快发,吹得满江起白花,呵贺～～～"

他一切得摹仿,就因为桃源人弄小船的连唱歌喊口号也不会!这人也有不高兴时节,且可以说时时刻刻皆不高兴,除了骂野话以外,就唱

"过了一天又一天,心中好似滚油煎。"

心中煎熬些什么不得而知,但工作折磨到他,实在是很可怜的。这人曾当过兵,今年还在沅州方面打过四回仗①,不久逃回来的。据他自己说,则为人也有些胡来乱为。赌博输了不少的钱,还很爱同女人胡闹,花三块钱到一块钱,胡闹一次。他说:"姑娘可不是人,你有钱,她同你好,过了一夜钱不完,她仍然同你好,可是钱完了,她不认识你了。"他大约还胡闹过许多次数的。他还当过两年兵,明白一切作兵士的规矩,身体结实如二小的哥哥,性情则天真朴质。每次看到他,总很高兴的笑着。即或在骂野话,问他为什么得骂野话,就说:"船上人作兴这样子!"便是那小水手从水中爬起以后,一面哭一面也依然在骂野话的。看到他们我总感动得要命。我们在大城里住,遇到的人即或有学问,有知识,有礼貌,有地位,不知怎么的,总好像这人缺少了点成为一个人的东西。真正缺少了些什么又说不出。但看看这些人,就明白城里人实实在在缺少了点人的味儿了。我现在正想起应当如何来写个较长的作品,对于他们的做人可敬可爱处,也许让人多知道些,对于他们悲惨处,也许在另一时多有些人来注意。但这里一般的生活皆差不多是这样子,便反而使我们哑口了。

你不是想读些动人作品吗?其实中国目前有什么作品值得一读?作家从上海培养,实在是一种毫无希望的努力。你不怕山险水险,将来总得来内地看看,你所看到的也许比一生所读过的书还好。同时你想写小说,从任何书本去学习,也许还不如你从旅行生活中那么看一次,所得的益处还多得多!

我总那么想,一条河对于人太有用处了。人笨,在创作上是毫无希望可言的。海虽俨然很大,给人的幻想也宽,但那种无变化的庞大,对于一个作家灵魂的陶冶无多益处可言。黄河则沿河那市人口不相称,地宽人少,也不能教训我们什么。长江还好,但到了下游,对于人的兴感也仿佛无什么特殊处。我赞美我这故乡的河,正因为它同都市相隔绝,一切极朴野,一切不普遍化,生活形式生活态度皆有点原人意

---

① 今年指 1933 年。

味,对于一个作者的教训太好了。我倘若还有什么成就,我常想,教给我思索人生,教给我体念人生,教给我智慧同品德,不是某一个人,却实实在在是这一条河。

我希望到了明年,我们还可以得到一种机会,一同坐一次船,证实我这句话。

……

我这时耳朵热着,也许你们在说我什么的。我看看时间,正下午四点五十分。你一个人在家中已够苦的了,你还得当家,还得照料其他两个人,又还得款待一个客人,又还得为我做事。你可以玩时应得玩玩。我知道你不放心……我还知道你不愿意我上岸时太不好看,还知道你愿意我到家时显得年轻点,我的刮脸刀总摆在箱子里最当眼处。一万个放心……若成天只想着我,让两个小妮子得到许多取笑你的机会,这可不成的。

我今天已经写了一整天了,我还想写下去。这样一大堆信寄到你身边时,你怎么办?你事忙,看信的时间恐怕也不多,我明天的信也许得先写点提要……

这次坐船时间太久,也是信多的原因。我到了家中时,也就是你收到这一大批信件时。你收到这信后,似乎还可以发出三两个快信,写明"寄常德杰云旅馆曾芹轩代收存转沈从文亲启"。我到了常德无论如何必到那旅馆看看。

我这时有点发愁,就是到了家中,家中不许我住得太短。我也愿意多住些日子,但事情在身上,我总不好意思把一月期限超过三天以上。一面是那么非走不可,一面又非留不可,就轮到我为难时节了。我倒想不出个什么办法,使家中人催促我早走些。也许同大哥故意吵一架,你说好不好?地方人事杂,也不宜久住!

小船又上滩了,时间已五点廿分。这滩不很长,但也得湿湿衣服被盖。我只用你保护到我的心,身体在任何危险情形中,原本是不足惧的。你真使我在许多方面勇敢多了。

二哥

潭中夜渔

我只吃一碗饭,鱼又吃了不少。这时已七点四十,你们也应当吃过饭了。我们的短期分离,我应多受点折磨,方能补偿两人在一处过日子时,我对你疏忽的过失,也方能把两人同车时我看报的神气使你忘掉。我还正在各种过去事情上,找寻你的弱点与劣点,以为这样一来,也许我就可以少担负一份分离的痛苦。但出人意料的是我越找寻你坏处,就越觉得你对我的好处……

夜晚了,船已停泊,不必担心相片着水,我这时又把你同四丫头的相从箱中取出来了。我只想你们从相片上跳下来,我当真那么傻想……我应当多带些你们的相片来了。我还忘了带九九同你元和大姐的相片,若全带到箱子里,则我也许可以把些时间,同这些相片来讨论点事情,或说几个故事,或又模拟你们口吻,说点笑话……现在十天了我还无发笑机会。三三,四丫头近来吃饭被踢没有?应当为我每次踢她一脚。还有九妹,我希望她肯多问你些不认识的生字,不必说英文,便是中文她需要指点的方面也就很多。还有巴金,我从没为他写信,却希望你把我的路上一切,撮要告给他,并请他写点文章,为刊物登载。还有杨先生①,你也得告他我在路上的情形。我为了成日成夜给你这个三三写信,别的信皆不曾动手,也无动手机会,你为我

---

① 指杨振声先生。

各处说一声就得了。

　　现在已九点了，这地方太静，静得有些怕人。晚上风又大了些，也猛了些，希望它明天还能够如此吹一天，则到辰州必很早。我想最好我再过五天可到家……我一切信上皆不敢提及妈的病，我只担心她已很沉重，又担心她正已复元，却因我这短期回家，即刻分离增加她老人家的病痛。我心虚得很。三三，这十多天想来我已有很多信件了，我希望其中并无云六报告什么不吉消息。我还希望你们能把我各处来信看看，应复的你且为我一一复去。我这一走必忙坏了你……

　　三三，这河面静中有个好听的声音，是弄鱼人用一个大梆子，一堆火，搁在船头上，河中下了拦江钓，因此满河里去擂梆子，让梆声同火光把鱼惊起，慌乱的四窜便触了网。这梆声且轻重不同，故听来动人得很。这种弄鱼方法，你从书上是看不到的。还有用火照鱼，用鸡笼捕鱼，用草毒鱼种种方法，单看书，皆毫无叙述。

　　我小船泊的地方是潭里，因此静得很，但却有种声音恐怕将使我睡不着。船底下有浪拍打，叮叮当当的响。时间已九点四十分，我的确得睡了……

　　弄鱼的梆声响得古怪，在这样安静地方，却听到这种古怪声音，四丫头若听到，一定又惊又喜。这可以说是一首美丽的诗，也可以说一种使人发迷着魔的符咒。因为在这种声音中，水里有多少鱼皆触了网，且同时一定还有人因此联想到土匪来时种种空气的。三三，凡是在这条河里的一切，无一不是这样把恐怖、新奇同美丽糅和而成的调子！想领略这种美丽，也应得出一分代价。我出的代价似乎太多了点……我不放下这支笔，实在是我一点自私处。我想再同你说一会儿。在这样一叶扁舟中，来为三三写信，也是不可多得的！我想写个整晚，梦是无凭据的东西，反而不如就这样好！

　　……

二哥

十七日下十时一刻

船泊杨家岨

横石和九溪

十八日上午九时

我七点前就醒了,可是却在船上不起身。我不写信,担心这堆信你看不完。起来时船已开动,我洗过了脸,吃过了饭,就仍然作了一会儿痴事……今天我小船无论如何也应当到一个大码头了。我有点慌张,只那么一点点。我晚上也许就可同三弟从电话中谈话的。我一定想法同他们谈话。我还得拍发给你的电报,且希望这电报送到家中时,你不至于吃惊,同时也不至于为难。你接到那电报时若在十九,我的船必在从辰州到泸溪路上,晚上可歇泸溪。这地方不很使我高兴,因为好些次数从这地方过身皆得不到好印象。风景不好,街道不好,水也不好。但廿日到的浦市,可是个大地方,数十年前极有名,在市镇对河的一个大庙,比北京碧云寺还好看。地方山峰同人家皆雅致得很。那地方出肥人,出大猪,出纸,出鞭炮。造船厂规模很像个样子。大油坊长年有油可打,打油人皆摇曳长歌,河岸晒油篓时必百千个排列成一片。河中且长年有大木筏停泊,行大而明黄的船只停泊,这些大船船尾皆高到两丈左右,渡船从下面过身时,仰头看上恰如一间大屋。那上面一定还用金漆写得有一个"福"字或"顺"字!地方又出鱼,鱼行也大得很。但这个码头却据说在数十年前更兴旺,十几年前我到那里时已衰落了的。衰落的原因为的是河边长了沙滩,不便停船,水道改了方向，商业也随之而萧条了。正因为那点"旧家子"的神气，大屋、大庙、大船、大地方，商业却已不相称，故看起来尤其动人。我还驻扎在那个庙里半个月到廿天，属于守备队第一团。那庙里墙上的诗好像也很多，花也多得很，还有个"大藏"①，样子如塔，高至五丈，在一个大殿堂里，上画用木砌成，全是菩萨。合几个人力量转动它时，就听到一种吓人的声音，如龙吟太空。这东西中国的庙里似乎不多，非敕建大庙好像还不作兴有它的。

我船又在上一个大滩了，名为"横石"。船下行时便必需进点水，上行时若果是只大船，也极费事，但小船倒方便，不到廿分钟就可以完事的。这时船已到了大浪里，我抱着你同四丫头的相片，若是浪把我卷去，我也得有个伴！

三三，这滩上就正有只大船碎在急浪里，我小船挨着它过去，我还看得明明白白那只船中的一切。我的船已过了危险处，你只瞧我的字就明白了。船在浪里时是两面乱摆的。如今又在上第二段滩水，拉船人得在水中弄船，支持一船的又只是手指大一根竹缆，你真不能想象这件事。可是你放心，这滩又拉上了……

我想印个选集了，因为我看了一下自己的文章，说句公平话，我实在是比某些时下所谓作家高一等的。我的工作行将超越一切而上。我的作品会比这些人的作品更传得久，播得远。我没有方法拒绝。我不骄傲，可是我的选集的印行，却可以使些读者对于我作品取精摘尤得到一个印象。你已为我抄了好些篇文章，我预备选的仅照我记忆到的，有下面几篇：

  柏子、丈夫、夫妇、会明（全是以乡村平凡人物为主格的，写他们最人性的一面的作品）。

  龙朱、月下小景（全是以异族青年恋爱为主格，写他们生活中的一片，全篇贯串以透明的智慧，交织了诗情与画意的作品）。

  都市一妇人、虎雏（以一个性格强的人物为主格，有毒的放

---

① 即转轮藏，设于浦峰寺内。

光的人格描写)。

　　黑夜(写革命者的一片段生活)。

　　爱欲(写故事,用天方夜谭风格写成的作品)。

　　应当还有不少文章还可用的,但我却想至多只许选十五篇。也许我新写些,请你来选一次。我还打量作个《我为何创作》,写我如何看别人生活以及自己如何生活,如何看别人作品以及自己又如何写作品的经过。你若觉得这计划还好,就请你为我抄写《爱欲》那篇故事。这故事抄时仍然用那种绿格纸,同《柏子》差不多的。这书我估计应当有购者,同时有十万读者。

　　船去辰州已只有三十里路,山势也大不同了,水已较和平,山已成为一堆一堆黛色浅绿色相间的东西。两岸人家渐多,竹子也较多,且时时刻刻可以听到河边有人做船补船、敲打木头的声音。山头无雪,虽无太阳,十分寒冷,天气却明明朗朗。我还常常听到两岸小孩子哭声,同牛叫声。小船行将上个大滩,已泊近一个木筏,筏上人很多。上了这个滩后,就只差一个长长的急水,于是就到辰州了。这时已将近十二点,有鸡叫!这时正是你们吃饭的时候,我还记得到,吃饭时必有送信的来,你们一定等着我的信。可是这一面呢,积存的信可太多了。到辰州为止,似乎已有了卅张以上的信。这是一包,不是一封。你接到这一大包信时,必定不明白先从什么看起。你应得全部裁开,把它秩序弄顺,再订成个小册子来看。你不怕麻烦,就得那么做。有些专利的痴话,我以为也不妨让四妹同九妹看看,若绝对不许她们见到,就用另一纸条粘好,不宜裁剪……

　　船又在上一个大滩了,名为"九溪"。等等我再告你一切。

　　……

　　好厉害的水!吉人天佑,上了一半。船头全是水,白浪在船边如奔马,似乎只想攫你们的相片上,你瞧我字斜到什么样子。但我还是一手拿着你的相片,一手写字。好了,第一段已平安无事了。

　　小船上滩不足道,大船可太动人了。现在就有四只大船正预备上滩,所有水手皆上了岸,船后掌艄的派头如将军,拦头的赤着个膊子,船揹到水中不动了，一下子就跃到水中去了。我小船又在急水中了，还有些时候方可到第二段缓水处。大船有些一整天只上这样一个滩，有些到滩上弄碎了，就收拾船板到石滩上搭棚子住下。三三，这斗争，这和水的争斗，在这条河里，至少是有廿万人的！三三，我小船第二段危险又过了，等等还有第三段得上。这个滩共有九段麻烦处，故上去还需些时间。我船里已上了浪，但不妨的，这不是要远人担心的……

我昨晚上睡不着时，曾经想到了许多好像很聪明的话……今天被浪一打，现在要写却忘掉了。这时浪真大，水太急了点，船倒上得很好。今天天明朗一点，但毫无风，不能挂帆。船又上了一个滩，到一段较平和的急流中了。还有三五段。小船因拦头的不得力，已加了个临时纤手，一个老头子，白须满腮，牙齿已脱，却如古罗马人那么健壮。先时蹲到滩头大青石上，同船主讲价钱，一个要一千，一个出九百，相差的只是一分多钱，并且这钱全归我出，那船主仍然允许出这一百钱。但船开行后，这老头子却赶上前去自动加入拉纤了。这时船已到了第四段。

小船已完全上滩了，老头子又到船边来取钱，简直是个托尔斯太①！眉毛那么浓，脸那么长，鼻子那么大，胡子那么长，一切皆同画上的托尔斯太相同。这人秀气一些，因为生长在水边，也许比那一个同时还干净些。他如今又蹲在一个石头上了。看他那数钱神气，人那么老了，还那么出力气，为一百钱大声的嚷了许久，我有个疑问在心：

"这人为什么而活下去？他想不想过为什么活下去这件事？"

不止这人不想起，我这十天来所见到的人，似乎皆并不想起这种事情的。城市中读书人也似乎不大想到过。可是，一个人不想到这一点，还能好好生存下去，很希奇的。三三，一切生存皆为了生存，必有所爱方可生存下去。多数人爱点钱，爱吃点好东西，皆可以从从容容活下去的。这种多数人真是为生而生的。但少数人呢，却看得远一

---

① 托尔斯太：通译托尔斯泰，俄国作家。

点，为民族为人类而生。这种少数人常常为一个民族的代表，生命放光，为得是他会凝聚精力使生命放光！我们皆应当莫自弃，也应当得把自己凝聚起来！

三三，我相信你比我还好些，可是你也应得有这种自信，来思索这生存得如何去好好发展！

我小船已到了一个安静的长潭中了。我看到了用鸬鹚咬鱼的渔船了，这渔船是下河少见的。这种船同这种黑色怪鸟，皆是我小时节极欢喜的东西，见了它们同见老友一样。我为它们照了个相，希望这相可看出个大略。我的相片已照了四张，到辰州我还想把最初出门时，军队驻扎的地方照来，时间恐不大方便。我的小船正在一个长潭中滑走，天气极明朗，水静得很，且起了些风，船走得很好。只是我手却冻坏了，如果这样子再过五天，一定更不成事了的。在北方手不肿冻，到南方来却冻手，这是件可笑的事情。

我的小船已到了一个小小水村边，有母鸡生蛋的声音，有人隔河喊人的声音，两山不大而翠色迎人，有许多待修理的小船皆斜卧在岸上。有人正在一只船边敲敲打打，我知道他们是在用麻头同桐油石灰嵌进船缝里去的，一个木筏上面还有小船，正在平潭中溜着，有趣得很！我快到柏子停船的岸边了，那里小船多得很，我一定还可以看到上千的真正柏子！

我烤烤手再写。这信快可以付邮了，我希望多写些，我知道你要许多，要许多。你只看看我的信，就知道我们离开后，我的心如何还在你的身边！

手一烤就好多了。这边山头已染上了浅绿色，透露了点春天的消息，说不出它的秀。我小船只差上一个长滩，就可以用桨划到辰州了。这时已有点风，船走得更快一些。到了辰州，你的相片可以上岸玩玩，四丫头的大相却只好在箱子里了。我愿意在辰州碰到几个必须见面的人，上去时就方便些。辰州到我县里只二百八十里，或二百六或二百廿里，若坐轿三天可到，我改坐轿子。一到家，我希望就有你的信，信中有我们所照的相片！

船已在上我所说最后一滩了，我想再休息一会会，上了这长滩，我再告你一切。我一离开你,就只想给你写信,也许你当时还应当苛刻一点,残忍一点,尽挤我写几年信,你觉得更有意思!
　　……

二哥
一月十八十二时卅分

历史是一条河

十八日下午二时卅分

我小船已把主要滩水全上完了,这时已到了一个如同一面镜子的潭里。山水秀丽如西湖,日头已出,两岸小山皆浅绿色。到辰州只差十里,故今天到地必很早。我照个相,为一群拉纤人照的。现在太阳正照到我的小船舱中,光景明媚,正同你有些相似处。我因为在外边站久了一点,手已发了木,故写字也不成了。我一定得戴那双手套的,可是这同写信恰好是鱼同熊掌,不能同时得到。我不要熊掌,还是做近于吃鱼的写信吧。这信再过三四点钟就可发出,我高兴得很。记得从前为你寄快信时,那时心情真有说不出的紧处,可怜的事,这已成为过去了。现在我不怕你从我这种信中挑眼儿了,我需要你从这些无头无绪的信上,找出些我不必说的话……

我已快到地了,假若这时节是我们两个人,一同上岸去,一同进街且一同去找人,那多有趣味!我一到地见到了有点亲戚关系的人,他们第一句话,必问及你!我真想凡是有人问到你,就答复他们"在口袋里"!

三三,我因为天气太好了一点,故站在船后舱看了许久水,我心中忽然好像彻悟了一些,同时又好像从这条河中得到了许多智慧。三三,的的确确,得到了许多智慧,不是知识。我轻轻的叹息了好些次。

山头夕阳极感动我,水底各色圆石也极感动我,我心中似乎毫无什么渣滓,透明烛照,对河水,对夕阳,对拉船人同船,皆那么爱着,十分温暖的爱着!我们平时不是读历史吗?一本历史书除了告我们些另一时代最笨的人相斫相杀以外有些什么?但真的历史却是一条河。从那日夜长流千古不变的水里石头和砂子,腐了的草木,破烂的船板,使我触着平时我们所疏忽了若干年代若干人类的哀乐!我看到小小渔船,载了它的黑色鸬鹚向下流缓缓划去,看到石滩上拉船人的姿势,我皆异常感动且异常爱他们。我先前一时不还提到过这些人可怜的生,无所为的生吗?不,三三,我错了。这些人不需我们来可怜,我们应当来尊敬来爱。他们那么庄严忠实的生,却在自然上各担负自己那份命运,为自己,为儿女而活下去。不管怎么样活,却从不逃避为了活而应有的一切努力。他们在他们那份习惯生活里、命运里,也依然是哭、笑、吃、喝,对于寒暑的来临,更感觉到这四时交递的严重。三三,我不知为什么,我感动得很!我希望活得长一点,同时把生活完全发展到我自己这份工作上来。我会用我自己的力量,为所谓人生,解释得比任何人皆庄严些与透入些!三三,我看久了水,从水里的石头得到一点平时好像不能得到的东西,对于人生,对于爱憎,仿佛全然与人不同了。我觉得惆怅得很,我总像看得太深太远,对于我自己,便成为受难者了。这时节我软弱得很,因为我爱了世界,爱了人类。三三,倘若我们这时正是两人同在一处,你瞧我眼睛湿到什么样子!

三三,船已到关上了,我半点钟就会上岸的。今晚上我恐怕无时间写信了,我们当说声再见!三三,请把这信用你那体面温和眼睛多吻几次!我明天若上行,会把信留到浦市发出的。

二哥
一月十八下午四点半

这里全是船了!

……我轻轻的叹息了好些次。山头夕阳极感动我，水底各色圆石也极感动我，我心中似乎毫无什么渣滓，透明烛照，对河水，对夕阳，对拉船人同船。皆那么爱着，十分温暖的爱着！

一个戴水獭皮帽子的朋友

我由武陵（常德）过桃源时，坐在一辆新式黄色公共汽车上。车从很平坦的沿河大堤公路上奔驶而去，我身边还坐定了一个懂人情、有趣味的老朋友，这老友正特意从武陵县伴我过桃源县。他也可以说是一个"渔人"，因为他的头上，戴得是一顶价值四十八元的水獭皮帽子，这顶帽子经过沿路地方时，却很能引起一些年青娘儿们注意的。这老友是武陵地域中心春申君①墓旁杰云旅馆的主人。常德、河伏、周溪、桃源，沿河近百里路以内"吃四方饭"的标致娘儿们，他无一不特别熟悉；许多娘儿们也就特别熟悉他那顶水獭皮帽子。但照他自己说，使他迷路的那点年龄业已过去了，如今一切已满不在乎，白脸长眉毛的女孩子再不使他心跳，水獭皮帽子也并不需要娘儿们眼睛放光了。他今年还只三十五岁。十年前，在这一带地方凡有他撒野机会时，他从不放过那点机会。现在既已规规矩矩作了一个大旅馆的大老板，童心业已失去，就再也不胡闹了。当他二十五岁左右，大约就有过一百个女人净白的胸膛被他亲近过。我坐在这样一个朋友的身边，想起国内无数中学生，在国文班上很认真的读陶靖节②《桃花源记》情形，真觉得十分好笑。同这样一个朋友坐了汽车到桃源去，似乎太

---

① 春申君：即黄歇，战国时楚贵族。
② 陶靖节：即陶渊明，东晋诗人。

幽默了。

朋友还是个爱玩字画也爱说野话的人。从汽车眺望平堤远处，薄雾里错落有致的平田、房子、树木，全如敷了一层蓝灰，一切极爽心悦目。汽车在大堤上跑去，又极平稳舒服。朋友口中糅合了雅兴与俗趣，带点儿惊讶嚷道：

"这野杂种的景致，简直是画！"

"自然是画！可是是谁的画？"我说。"牯子大哥，你以为是谁的画？"我意思正想考问一下，看看我那朋友对于中国画一方面的知识。

他笑了，"沈石田这狗养的，强盗一样好大胆的手笔！"说时还用手比划着，"这里一笔，那边一扫，再来磨磨蹭蹭，十来下，成了。"

我自然不能同意这种赞美，因为朋友家中正收藏了一个沈周手卷，姓名真，画笔并不佳，出处是极可怀疑的。说句老实话，当前从窗口入目的一切，潇洒秀丽中带点雄浑苍莽气概，还得另外找寻一句恰当的比拟，方能相称啊。我在沉默中的意见，似乎被他看明白了，他就说：

"看，牯子老弟你看，这点山头，这点树，那一片林梢，那一抹轻雾，真只有王麓台那野狗干的画得出。因为他自己活到八九十岁，就真像只老狗。"

这一下可被他"猜"中了。我说：

"这一下可被你说中了。我正以为目前远远近近风物极和王麓台卷子相近；你有他的扇面，一定看得出。因为它很巧妙的混合了秀气与沉郁，又典雅，又恬静，又不做作。不过有时笔不免肮脏的。"

"好，有的是你这文章魁首形容！人老了，不大肯洗脸洗手，怎么不脏……"接着他就使用了一大串野蛮字眼儿，把我喊作小公牛，且把他自己水獭皮帽子向上翻起的封耳，拉下来遮盖了那两只冻得通红的耳朵，于是大笑起来了。仿佛第一次所说的话，本不过是为了引起我对于窗外景致注意而说，如今见我业已注意，充满了兴趣的看车窗外离奇的景色，他便很快乐地笑了。

他掣着我的肩膊很猛烈地摇了两下，我明白那是他极高兴的表示。我说：

沈从文
散文精选

"牯子大哥,你怎么不学画呢?你一动手,就会弄得很高明的!"

"我讲,牯子老弟,别丢我罢。我也像是一个仇十洲①,但是只会画妇人的肚皮,真像你说,'弄得很高明'的!你难道不知道我是个甚么人吗?鼻子一抹灰,能冒充绣衣哥吗?"

"你是个妙人。绝顶的妙人。"

"绣衣哥,得了,甚么庙人,寺人,谁来割我的××?我还预备割掉许多男人的××,省得他们装模作样,在妇人面前露脸!我讨厌他们那种样子!"

"你不讨厌的。"

"牯子老弟,有的是你这绣衣哥说的,不看你面上,我一定要……"

这个朋友言语行为皆粗中有细,且带点儿妩媚,可算得是个妙人!

这个人脸上不疤不麻,身个儿比平常人略长一点,肩膊宽宽的,且有两只体面干净的大手,初初一看,可以知道他是个军队中吃粮子上饭跑四方人物,但也可以说他是一个准绅士。从五岁起就欢喜同人打架,为一点儿小事,不管对面的一个大过他多少,也一面辱骂一面挥拳打去。不是打得人鼻青脸肿,就是被人打得满脸血污。但人长大到二十岁后,虽在男子面前还常常挥拳比武,在女人面前,却变得异常温柔起来,样子显得很懂事怕事。到了三十岁,处世便更谦和了,生平书读得虽不多,却善于用书,在一种近于奇迹的情形中,这人无师自通,写信办公事时,笔下都很可观。为人性情又随和又不马虎,一切看人来,在他认为是好朋友的,掏出心子不算回事;可是遇着另外一种老想占他一点儿便宜的人呢,就完全不同了。——也就因此,在一般人中他的毁誉是平分的;有人称他为豪杰,也有人叫他做坏蛋。但不妨事,把两种性格两个人格拼合拢来,这人才真是一个活鲜鲜的人!

十三年前我同他在一只装军服的船上,向沅水上游开去,船当天

---

① 仇十洲:即仇英,明画家,擅人物,尤长仕女,"明四家"之一。

从常德开头，泊到周溪时，天气已快要夜了。那时空中正落着雪子，天气很冷，船顶船舷都结了冰。他为的是惦念到岸上一个长眉毛白脸庞小女人，便穿了崭新绛色缎子的猞猁皮马褂，从那为冰雪冻结了的大小木筏上慢慢的爬过去，一不小心便落了水。一面大声嚷"牯子老弟，这下我可完了"，一面还是笑着挣扎。待到努力从水中挣扎上船时，全身早已为冰冷的水弄湿了。但他换了一件新棉军服外套后，却依然很高兴的从木筏上爬拢岸边，到他心中惦念那个女人身边睡觉去了。三年前，我因送一个朋友的孤雏转回湘西时，就在他的旅馆中，看了他的藏画一整天。他告我，有幅文徵明的山水，好得很，终于被一个小婊子婆娘攫走，十分可惜。到后一问，才知道原来他把那画卖了三百块钱，为一个小娼妇点蜡烛挂了一次衣。现在我又让那个接客的把行李搬到这旅馆中来了。

见面时我喊他：

"牯子大哥，我又来了，不认识我了吧。"

他正站在旅馆天井中分派佣人抹玻璃，自己却用手抹着那顶绒头极厚的水獭皮帽子，一见到我就赶过来用两只手同我握手，握得我手指酸痛，大声说道："咳，咳，你这个小骚牯子又来了，甚么风吹来的？妙极了，使人正想死你！"

"甚么话，近来心里闲得想到北京城老朋友头上来了吗？"

"甚么画，壁上挂——当天赌咒，天知道，我正如何念你！"

这自然是一句真话，粮子上出身的人物①，对好朋友说谎，原看成为一种罪恶。他想念我，只因为他新近花了四十块钱，买得一本倪元璐②所摹写的武侯前后《出师表》。他既不知道这东西是从岳飞石刻《出师表》临来的，末尾那两颗巴掌大的朱红印记，把他更弄糊涂了。照外行人说来，字既然写得极其"飞舞"，四百也不觉得太贵，他可不明白那个东西应有的价值，又不明出处。花了那一笔钱，从一个川军退伍军官处把它弄到手，因此想着我来了。于是我们一面说点十年

---

① 即行伍出身的人物。

② 倪元璐：明末浙江人，官至户部尚书兼翰林院学士，能诗文、书画。

前的有趣野话,一面就到他的房中欣赏宝物去了。

这朋友年青时,是个绿营①中正标守兵名分的巡防军,派过中营衙门办事,在花园中栽花养金鱼。后来改作了军营里的庶务,又作过两次军需,又作过一次参谋。时间使一些英雄美人成尘成土,把一些傻瓜坏蛋变得又富又阔;同样的,到这样一个地方,我这个朋友,在一堆倏然而来悠然而逝的日子中,也就做了武陵县一家最清洁安静的旅馆主人,且同时成为爱好古玩字画的"风雅"人了。他既收买了数量可观的字画,还有好些铜器与瓷器,收藏的物件泥沙杂下,并不如何稀罕,但在那么一个小小地方,在他那种经济情形下,能力却可以说尽够人敬服了。若有什么风雅人由北方或由福建广东,想过桃源去看看,从武陵过身时,能泰然坦然把行李搬进他那个旅馆去,到了那个地方,看看过厅上的芦雁屏条,同长案上一切陈设,便会明白宾主之间实有同好,这一来,凡事皆好说了。

还有那向湘西上行过川黔考察方言歌谣的先生们,到武陵时,最好就到这个旅馆来下榻。我还不曾遇见过什么学者,比这个朋友更能明白中国格言谚语的用处。他说话全是活的,即便是诨话野话,也莫不各有出处,言之成章,而且妙趣百出,庄谐杂陈。他那言语比喻丰富处,真像是大河流水,永无穷尽。在那旅馆中住下,一面听他骂佣人,一面使我就想起在北京城圈里编《国语大辞典》的诸先生,为一句话一个字的用处,把《水浒》、《金瓶梅》、《红楼梦》以及其他所有元明清杂剧小说翻来翻去,剪破了多少书籍!若果他们能够来到这旅馆里,故意在天井中撒一泡尿,或装作无心的样子,把些瓜果皮壳脏东西从窗口随意抛出去,或索性当着这旅馆老板面前,作点不守规矩缺少理性的行为。好,等着你就听听那作老板的骂出稀奇古怪的字眼儿,你会觉得原来这里还搁下了一本活生生的大辞典!倘若有个经济社会调查团,想从湘西弄到点材料,这旅馆也是最好下榻的处所。因为辰河沿岸码头的税收、烟价、妓女,以及桐油、朱砂的出处行价,各个码头上管事的头目姓名脾气,他知道的也似乎比别的县衙门里

---

① 绿营:清代军制,汉兵用绿旗,称绿营兵或绿旗兵。

"包打听"还更清楚。——他事情懂得多哩,只要想想,人还只在二十五岁左右,就有一百个青年妇人在他面前裸露过胸膛同心子,从一个普通读书人看来,这是一种如何丰富吓人的经验!

只因我已十多年不再到这条河上,一切皆极生疏了,他便特别热心答应伴送我过桃源。为我租雇小船,照料一切。

十二点钟我们从武陵动身,一点半钟左右,汽车就到了桃源县停车站。我们下了车,预备去看船时,几件行李成为极麻烦的问题了。老朋友说,若把行李带去,到码头边叫小划子时,那些吃水上饭的人,会"以逸待劳",把价钱放在一个高点上,使我们无法对付。若把行李寄放到另外一个地方,空手去看船,我们便以"以逸待劳"了。我信任了老朋友的主张,照他的意思,一到桃源站,我们就把行李送到一个卖酒曲的人家去。到了那酒曲铺子,拿烟的是个四十岁左右的中年胖妇人,他的干亲家,倒茶的是个十五六岁的白脸长身头发黑亮亮的女孩子,腰身小,嘴唇小,眼目清明如两粒水晶球儿,见人只是转个不停。论辈数,说是干女儿呢。坐了一阵,两人方离开那人家洒着手下河边去。在河街上一个旧书铺,一帧无名氏的山水小景牵引了他的眼睛,二十块钱把画买定了。再到河边去看船,船上人知道我是那个大老板的熟人,价钱倒很容易说妥了。来回去让船总写保单,取行李,一切安排就绪,时间已快到半夜了。我那小船明天一早方能开头,我就邀他在船上住一夜。他却说酒曲铺子那个十五年前老伴的女儿,正炖了一只母鸡等着他去消夜。点了一段废缆子,很快乐的跳上岸摇着晃着匆匆走去了。

他上岸从一些吊脚楼柱下转入河街时,我还听到河街一哨兵喊口号,他大声答着"百姓",表明他的身份。第二天天刚发白,我还没醒,小船就已向上游开动了。大约已经走了三里路,却听得岸上有个人喊我的名字,沿岸追来,原来是他从热被里脱出赶来送我的行的。船傍了岸。天落着雪,他站在船头一面抖去肩上雪片,一面质问弄船人,为甚么船开得那么早。

我说:"牯子大哥,你怎么的,天气冷得很,大清早还赶来送我!"

　　他钻进舱里笑着轻轻的向我说:"牸子老弟,我们看好了的那幅画,我不想买了。我昨晚上还看过更好的一本册页!"

　　"什么人画的?"

　　"当然仇十洲。我怕仇十洲那杂种也画不出。牸子老弟,好得很……"话不说完他就大笑起来。我明白他话中所指了。

　　"你又迷路了吗?你不是说自己年已老了吗?"

　　"到了桃源还不迷路吗?自己虽老别人可年青。牸子老弟,你好好的上船吧,不要胡思乱想我的事情,回来时仍住到我的旅馆里,让我再照料你上车吧。"

　　"一路复兴,一路复兴。"那么嚷着,于是他同豹子一样,一纵又上了岸,船就开了。

（原载1934年4月18日天津《大公报·文艺副刊》）

鸭窠围的夜

天快黄昏时落了一阵雪子，不久就停了。天气真冷，在寒气中一切都仿佛结了冰。便是空气，也像快要冻结的样子。我包定的那一只小船，在天空大把撒着雪子时已泊了岸。从桃源县沿河而上这已是第五个夜晚。看情形晚上还会有风有雪，故船泊岸边时便从各处挑选好地方。沿岸除了某一处有片沙岨宜于泊船以外，其余地方全是黛色如屋的大岩石。石头既然那么大，船又那么小，我们都希望寻觅得到一个能作小船风雪屏障，同时要上岸又还方便的处所。凡是可以泊船的地方早已被当地渔船占去了。小船上的水手，把船上下各处撑去，钢钻头敲打着沿岸大石头，发出好听的声音，结果这只小船，还是不能不同许多大小船只一样，在正当泊船处插了篙子，把当作锚头用的石碇抛到沙上去，尽那行将来到的风雪，摊派到这只船上。

这地方是个长潭的转折处，两岸是高大壁立千丈的山，山头上长着小小竹子，长年翠色逼人。这时节两山只剩余一抹深黑，赖天空微明为画出一个轮廓。但在黄昏里看来如一种奇迹的，却是两岸高处去水已三十丈上下的吊脚楼。这些房子莫不俨然悬挂在半空中，借着黄昏的余光，还可以把这些稀奇的楼房形体，看得出个大略。这些房子同沿河一切房子有个共通相似处，便是从结构上说来，处处显出对于木材的浪费。房屋既在半山上，不用那么多木料，便不能成为房子吗？半山上也用吊脚楼形式，这形式是必须的吗？然而这条河水的大宗出口是木料，木材比石块还不值价。因此，即或是河水永远长不到处，吊脚楼房子依然存在，似乎也不应当有何惹眼惊奇了。但沿河因为有了这些楼房，长年与流水斗争的水手，寄身船中枯闷成疾的旅行者，以及其他过路人，却有了落脚处了。这些人的疲劳与寂寞是从这些房子中可以一律解除的。地方既好看，也好玩。

河面大小船只泊定后，莫不点了小小的油灯，拉了篷。各个船上皆在后舱烧了火，用铁鼎罐煮红米饭。饭焖熟后，又换锅子熬油，哗的把菜蔬倒进热锅里去。一切齐全了，各人蹲在舱板上三碗五碗把腹中填满后，天已夜了。水手们怕冷怕动的，收拾碗盏后，就莫不在舱板上摊开了被盖，把身体钻进那个预先卷成一筒又冷又湿的硬棉被里去休息。至于那些想喝一杯的，发了烟瘾得靠靠灯，船上烟灰又翻尽了的，或一无所为，只是不甘寂寞，好事好玩想到岸上去烤烤火谈谈天的，便莫不提了桅灯，或燃一段废缆子，摇晃着从船头跳上了岸，从一堆石头间的小路径，爬到半山上吊脚楼房子那边去，找寻自己的熟人，找寻自己的熟地。陌生人自然也有来到这条河中，来到这种吊脚楼房子里的时节，但一到地，在火堆旁小板凳上一坐，便是陌生人，即刻也就可以称为熟人乡亲了。

这河边两岸除了停泊有上下行的大小船只三十左右以外，还有无数在日前趁融雪涨水放下形体大小不一的木筏。较小的木筏，上面供给人住宿过夜的棚子也不见，一到了码头，便各自上岸找住处去了。大一些的木筏呢，则有房屋，有船只，有小小菜园与养猪养鸡栅栏，还有女眷和小孩子。

黑夜占领了全个河面时，还可以看到木筏上的火光，吊脚楼窗口的灯光，以及上岸下船在河岸大石间飘忽动人的火炬红光。这时节岸上船上都有人说话，吊脚楼上且有妇人在黯淡灯光下唱小曲的声音，每次唱完一支小曲时，就有人笑嚷。甚么人家吊脚楼下有匹小羊叫，固执而且柔和的声音，使人听来觉得忧郁。我心中想着，"这一定是从别一处牵来的，另外一个地方，那小畜生的母亲，一定也那么固执地鸣着吧。"算算日子，再过十一天便过年了。"小畜生明不明白只能在这个世界上活过十天八天？"明白也罢，不明白也罢，这小畜生是

为了过年而赶来，应在这个地方死去的。此后固执而又柔和的声音，将在我耳边永远不会消失。我觉得忧郁起来了。我仿佛触着了这世界上一点世界，看明白了这世界上一点东西，心里软和得很。

但我不能这样打发这个长夜。我把我的想象，追随了一个唱曲时清中夹沙的妇女声音到她的身边去了。于是仿佛看到了一个床铺，下面是草荐，上面摊了一床用旧帆布或别的旧货做成脏而又硬的棉被，搁在床正中被单上面的是一个长方木托盘，盘中有一把小茶盏、一个小烟盒，一支烟枪，一块小石头，一盏灯。盘边躺着一个人在烧烟。唱曲子的妇人，或是袖了手捏着自己的膀子站在吃烟者的面前，或是靠在男子对面的床头，为客人烧烟。房子分两进，前面临街，地是土地，后面临河，便是所谓吊脚楼了。这些人房子窗口既一面临河，可以凭了窗口呼喊河下船中人，当船上人过了瘾，胡闹已够，下船时，或者尚有些事情嘱托，或有其他原因，一个晃着火炬停顿在大石间，一个便凭立在窗口，"大佬你记着，船下行时又来。""好，我来的，我记着的。""你见了顺顺就说：会呢，完了；孩子大牛呢，脚膝骨好了。细粉带三斤，冰糖或片糖带三斤。""记得到，记得到，大娘你放心，我见了顺顺大爷就说：会呢，完了。大牛呢，好了。细粉来三斤，冰糖来三斤。""杨氏，杨氏，一共四吊七，莫错账！""是的，放心呵，你说四吊七就四吊七，年三十夜莫会要你多的！你自己记着就是了"这样那样的说着，我一一都可听到，而且一面还可以听着在黑暗中某一处咩咩的羊鸣。我明白这些回船的人是上岸吃过"荤烟"①了的。

我还估计得出，这些人不吃"荤烟"，上岸时只去烤烤火的，到了那些屋子里时，便多数只在临街那一面铺子里。这时节天气太冷，大门必已上好了，屋里一隅或点了小小油灯，屋中土地上必就地掘了浅凹火炉膛，烧了些树根柴块。火光煜煜，且时时刻刻爆炸着一种难于形容的声音。火旁矮板凳上坐有船上人，木筏上人，有对河住家的熟人。且有虽为天所厌弃还不自弃年过七十的老妇人，闭着眼睛蜷成

---

① 吃"荤烟"：指玩女人。

沈　从　文
散文精选

一团蹲在火边,悄悄的从大袖筒里取出一片薯干,一枚红枣,塞到嘴里去咀嚼。有穿着肮脏、身体瘦弱的孩子,手擦着眼睛傍着火旁的母亲打盹。屋主人有退伍的老军人,有翻船背运的老水手,有单身寡妇。借着火光灯光,可以看得出这屋中的大略情形,三堵木板壁上,一面必有个供奉祖宗的神龛,神龛下空处或另一面,必贴了一些大小不一的红白名片。这些名片倘若有那些好事者加以注意,用小油灯照着,去仔细检查检查,便可以发现许多动人的名衔,军队上的连副、上士、一等兵,商号中的管事,当地的团总、保正、催租吏,以及照例姓滕的船主,洪江的木簰商人,与其他各行各业人物,无所不有。这是近一二十年来经过此地若干人中一小部分的题名录。这些人各用一种不同的生活,来到这个地方,且同样的来到这些屋子里,坐在火边或靠近床上,逗留过若干时间。这些人离开了此地后,在另一世界里还是继续活下去,但除了同自己的生活圈子中人发生关系以外,与一同在这个世界上其他的人,却仿佛便毫无关系可言了。他们如今也许早已死掉了,水淹死的,枪打死的,被外妻用砒霜谋杀的,然而这些名片却依然好好的保留下去。也许有些人已成了富人名人,成了当地的小军阀,这些名片却依然写着催租人,上士等等的衔头。……除了这些名片,那屋子里是不是还有比它更引人注意的东西呢?锯子,小捞兜,香烟大画片,装干栗子的口袋,……

提起这些问题时使人心中很激动。我到船头上去眺望了一阵。河面静静的,木筏上火光小了,船上的灯光已很少了,远近一切只能借着水面微光看出个大略情形。另外一处的吊脚楼上,又有了妇人唱小曲的声音,灯光摇摇不定,且有猜拳声音。我估计那些灯光同声音所在处,不是木筏上的簰头在取乐,就是水手们小商人在喝酒。妇人手指上说不定还戴了水手特别为从常德府捎带来的镀金戒指,一面唱曲一面把那只手理着鬓角,多动人的一幅画图!我认识他们的哀乐,这一切我也有份。看他们在那里把每个日子打发下去,也是眼泪也是笑,离我虽那么远,同时又与我那么相近。这正同读一篇描写西伯利亚的农人生活动人作品一样,使人掩卷引起无言的哀戚。我如今只用想象去领味这些人生活的表面姿态,却用过去一分经验,接触着了这种人

的灵魂。

　　羊还固执地鸣着。远处不知甚么地方有锣鼓声音,那一定是某个人家禳土酬神还愿巫师的锣鼓。声音所在处必有火燎与九品蜡①照耀争辉。眩目火光下必有头包红布的老巫师独立作旋风舞,门上架上有黄钱,平地有装满了谷米的平斗。有新宰的猪羊伏在木架上,头上插着小小五色纸旗。有行将为巫师用口把头咬下的活公鸡,缚了双脚与翼翅,在土坛边无可奈何的躺卧。主人锅灶边则热了满锅猪血稀粥,灶中正火光熊熊。

　　邻近一只大船上,水手们已静静的睡下了,只剩余一个人吸着烟,且时时刻刻把烟管敲着船舷。也像听着吊脚楼的声音,为那点声音所激动,引起种种联想,忽然按捺自己不住了,只听到他轻轻的骂着野话,擦了支自来火,点上一段废缆,跳上岸往吊脚楼那里去了。他在岸上大石间走动时,火光便从船篷空处漏进我的船中。也是同样的情形吧,在一只装载棉军服向上行驶的船上,泊到同样的岸边,躺在成束成捆的军服上面,夜既太长,水手们爱玩牌的各蹲坐在舱板上小油灯光下玩天九,睡既不成,便胡乱穿了两套棉军服,空手上岸,借着石块间还未融尽残雪返照的微光,一直向高岸上有灯光处走去。到了街上,除了从人家门罅里露出的灯光成一条长线横卧着,此外一无所有。在计算中以为应可见到的小摊上成堆的花生,用哈德门长方纸烟盒装着干瘪瘪的小橘子,切成小方块的片糖,以及在灯光下看守摊子把眉毛扯得极细的妇人（这些妇人无事可作时还会在灯光下做点针线的）,如今怎么也没有。既不敢冒昧闯进一个人家里面去,便只好又回转河边船上了。但上山时向灯光凝聚处走去,方向不会错误,下河时可糟了。糊糊涂涂在大石小石间走了许久,且大声喊着,才走近自己所坐的一只船。上船时,两脚全是泥,刚攀上船舷还不及脱鞋落舱,就有人在棉被中大喊:"伙计哥子们,脱鞋呀!"把鞋脱了还不即睡,便镶到水手身旁去看牌,一直看到半夜——十五年前自己的事,在这样地方温习起来,使人对于命运感到十分惊异。我懂得那个忽然独自

---

①　九品蜡:即九支蜡烛,祭神时可按不同格式排列。

沈从文
散文精选

跑上岸去的人，为甚么上去的理由！

等了一会，邻船上那人还不回到他自己的船上来，我明白他所得的必比我多了一些。我想听听他回来时，是不是也像别的船上人，有一个妇人在吊脚楼窗口喊叫他。许多人都陆续回到船上了，这人却没有下船。我记起"柏子"①。但是，同样是水上人，一个那么快乐的赶到岸上去，一个却是那么寂寞的跟着别人后面走上岸去，到了那些地方，情形不会同柏子一样，也是很显然的事了。

为了我想听听那个人上船时那点推篷声音，我打算着。在一切声音全已安静时，我仍然不能睡觉。我等待那点声音，大约到午夜十二点，水面上却起了另外一种声音。仿佛鼓声，也仿佛汽油船马达转动声，声音慢慢的近了，可是慢慢的又远了。像是一个有魔力的歌唱，单纯到不可比方，也便是那种固执的单调，以及单调的延长，使一个身临其境的人，想用一组文字去捕捉那点声音，以及捕捉在那长潭深夜一个人为那声音所迷惑时节的心情，实近于一种徒劳无功的努力。那点声音使我不得不再从那个业已用被单塞好空罅的舱门，到船头去搜索它的来源。河面一片红光，古怪声音也就从红光一面掠水而来。原来日里隐藏在大岩下的一些小渔船，在半夜前早已静悄悄的下了拦江网。到了半夜，把一个从船头伸在水面的铁兜，盛上燃着熊熊烈火的油柴，一面用木棒槌有节奏的敲着船舷各处漂去。身在水中见了火光而来与受了柝声吃惊四窜的鱼类，便在这种情形中触了网，成为渔人的俘虏。

一切光，一切声音，到这时节已为黑夜所抚慰而安静了，只有水面上那一分红光与那一派声音。那种声音与光明，正为着水中的鱼和水面的渔人生存的搏战，已在这河面上存在了若干年，且将在接连而来的每个夜晚依然继续存在。我弄明白了，回到舱中以后，依然默听着那个单调的声音。我所看到的仿佛是一种原始人与自然战争的情景。那声音，那火光，都近于原始人类的战争，把我带回到四五千年那个"过去"时间里去。

---

①　柏子：沈从文小说《柏子》中人物。

不知在甚么时候开始落了很大的雪。听船上人细语着，我心想，第二天我一定可以看到邻船上那个人上船时节，在岸边雪地上留下那一行足迹。那寂寞的足迹，事实上我却不曾见到，因为第二天到我醒来时，小船已离开那个泊船处很远了。

（原载于1934年4月《文学》第2卷第4号）

一九三四年一月十八

我仿佛被一个极熟的人喊了又喊,人清醒后那个声音还在耳朵边。原来我的小船已开行了许久,这时节正在一个长潭中顺风滑行,河水从船舷轻轻擦过,把我弄醒了。

我的小船今天应当停泊到一个大码头,想起这件事,我就有点儿慌张起来了。小船应停泊的地方,照史籍上所说,出丹砂,出辰州符。事实上却只出胖人,出肥猪,出鞭炮,出雨伞。一条长长的河街,在那里可以见到无数水手柏子与无数柏子的情妇。长街尽头飘扬着用红黑二色写上扁方体字税关的幡信,税关前停泊了无数上下行验关的船只。长街尽头油坊围墙如城垣,长年有油可打,打油匠摇荡悬空油槌,訇的向前抛去时,莫不伴以摇曳长歌,由日到夜,不知休止。河中长年有大木筏停泊,每一木筏浮江而下时,同时四方角隅至少有三十个人举桡激水。沿河吊脚楼下泊定了大而明黄的船只,船尾高张,常到两丈左右,小船从下面过身时,仰头看去恰如一间大屋(那上面必用金漆写得有"福"字同"顺"字!)。这个地方就是我一提及它时充满了感情的辰州①。

小船去辰州还约三十里,两岸山头已较小,不再壁立拔峰,渐渐成为一堆堆黛色与浅绿相间的丘阜,山势既较和平,河水也温和多了。

---

① 辰州:即沅陵,隋置辰州于沅陵,故名。

两岸人家渐渐越来越多，随处可以见到毛竹林。山头已无雪，虽尚不出太阳，气候干冷，天空倒明明朗朗。小船顺风张帆向上流走去时，似乎异常稳定。

但小船今天至少还得上三个滩与一个长长的急流。

大约九点钟时，小船到了第一个长滩脚下了，白浪从船旁跑过快如奔马，在惊心眩目情形中小船居然上了滩。小船上滩照例并不如何困难，大船可不同一点。滩头上就有四只大船斜卧在白浪中大石上，毫无出险的希望。其中一只货船，大致还是昨天才坏事的，只见许多水手在石滩上搭了棚子住下，摊晒了许多被水浸湿的货物。正当我那只小船上完第一滩时，却见一只大船，正搁浅在滩头激流里。只见一个水手赤裸着全身向水中跳去，想在水中用肩背之力使船只活动，可是人一下水后，就即刻为激流带走了。在浪声吼哮里尚听到岸上人沿岸喊着，水中那一个大约也回答着一些遗嘱之类，过一会儿，人便不见了。这个滩共有九段。这件事从船上人看来，可太平常了。

小船上第二段时，江流已随山势曲折，再不能张帆取风，我担心到这小小船只的安全问题，就向掌舵水手提议，增加一个临时纤手，钱由我出。得到了他的同意，一个老头子，牙齿已脱，白须满腮，却如古罗马战士那么健壮，光着手脚蹲在河边那个大青石上讲生意来了。两方面都大声嚷着而且辱骂着，一个要一千，一个却只出九百，相差那一百钱折合银洋约一分一厘。那方面既坚持非一千文不出卖这点气力，这一方面却以为小船根本不必多出这笔钱给一个老头子。我即或答应了不拘多少钱统由我出，船上三个水手，一面与那老头子对骂，一面把船开到急流里去了。但小船已开出后，老头子方不再坚持那一分钱，却赶忙从大石上一跃而下，自动把背后纤板上短绳，缚定了小船的竹缆，躬着腰向前走去了。待到小船业已完全上滩后，那老头就赶到船边来取钱，互相又是一阵辱骂。得了钱，坐在水边大石上一五一十数着。我问他有多少年纪，他说七十七。那样子，简直是一个托尔斯太！眉毛那么长，鼻子那么大，胡子那么多，一切都同画相上的托尔斯太相去不远。看他那数钱的神气，人快到八十了，对于生存还那么努力执着，这人给我的印象真太深了。但这个人在他们弄船人看

沈从文
散文精选

来，一个又老又狡猾的东西罢了。

小船上尽长滩后，到了一个小小水村边，有母鸡生蛋的声音，有人隔河喊人的声音，两山不高而翠色迎人。许多等待修理的小船，一字排开斜卧在岸上，有人在一只船边敲敲打打，我知道他们正用麻头与桐油石灰嵌进船缝里去。一个木筏上面还搁了一只小船，在平潭中溜着。忽然村中有炮仗声音，有唢呐声音，且有锣声；原来村中人正接媳妇。锣声一起，修船的，放木筏的，划船的，无不停止了工作，向锣声起处望去。——多美丽的一幅画图，一首诗！但除了一个从城市中因事挤出的人觉得惊讶，难道还有谁看到这些光景戄然神往？

下午二时左右，我坐的那只小船，已经把辰河①由桃源到沅陵一段路程主要滩水上完，到了一个平静长潭里。天气转晴，日头初出，两岸小山作浅绿色，山水秀雅明丽如西湖。船离辰州只差十里，我估计，过不多久，船到了白塔下再上个小滩，转过山岨，就可以见到税关上飘扬的长幡信了。

想起再过两点钟，小船泊到泥滩上后，我就会如同我小说写到的那个柏子一样，从跳板一端摇摇荡荡的上了岸，直向有吊脚楼人家的河街走去，再也不能蜷伏在船里了。

我坐到后舱口日光下，向着河流清算我对于这条河水这个地方的一切旧帐。原来我离开这地方已十六年。十六年的日子实在过得太快了一点。想起从这堆日子中所有人事的变迁，我轻轻的叹息了好些次。这地方是我第二个故乡。我第一次离乡背井，随了那一群肩扛刀枪向外发展的武士为生存而战斗，就停顿到这个码头上。这地方每一条街每一处衙署，每一间商店，每一个城洞里作小生意的小担子，还如何在我睡梦里占据一个位置！这个河码头在十六年前教育我，给我明白了多少人事，帮助我作过多少幻想，如今却又轮到它来为我温习那个业已消逝的童年梦境来了。

望着汤汤的流水，我心中好像忽然彻悟了一点人生，同时又好像从这条河上，新得到了一点智慧。的的确确，这河水过去给我的是

---

① 辰河：即沅江。

"知识",如今给我的却是"智慧"。山头一抹淡淡的午后阳光感动我,水底各色圆如棋子的石头也感动我。我心中似乎毫无渣滓,透明烛照,对万汇百物,对拉船人与小小船只,一切都那么爱着,十分温暖的爱着!我的感情早已融入这第二故乡一切光景声色里了。我仿佛很渺小很谦卑,对一切有生无生似乎都在伸手,且微笑地轻轻地说:

"我来了,是的,我仍然同从前一样的来了。我们全是原来的样子,真令人高兴。你,充满了牛粪桐油气味的小小河街,虽稍稍不同了一点,我这张脸,大约也不同了一点。可是,很可喜的是我们还互相认识,只因为我们过去实在太熟悉了!"

看到日夜不断、千古长流的河水里的石头和砂子,以及水面腐烂的草木,破碎的船板,使我触着了一个使人感觉惆怅的名词。我想起"历史"。一套用文字写成的历史,除了告给我们一些另一时代另一群人在这地面上相斫相杀的故事以外,我们决不会再多知道一些要知道的事情。但这条河流,却告给了我若干年来若干人类的哀乐!小小灰色的渔船,船舷船顶站满了黑色沉默的鱼鹰,向下游缓缓划去了。石滩上走着脊梁略弯的拉船人。这些东西于历史似乎毫无关系,百年前或百年后皆仿佛同目前一样。他们那么忠实庄严的生活,担负了自己那份命运,为自己,为儿女,继续在这世界中活下去。不问所过的是如何贫贱艰难的日子,却从不逃避为了求生而应有的一切努力。在他们生活、爱憎、得失里,也依然摊派了哭、笑、吃、喝。对于寒暑的来临,他们便更比其他世界上人感到四时交替的严肃。历史对于他们俨然毫无意义,然而提到他们这点千年不变无可记载的历史,却使人引起无言的哀戚。

我有点担心,地方一切虽没有甚么变动。我或者变得太多了一点。

船到了税关前趸船旁泊定时,我想象那些税关办事人,因为见我是个陌生旅客,一定上船来盘问我,麻烦我。我于是便假定恰如数年前作的一篇文章上我那个样子,故意不大理会,希望引起那个公务人员的愤怒,直到把我带局为止。我正想要那么一个人引路到局上去,好去见他们的局长!还很希望他们带到当地驻军旅部去,因为若果能够这样,就使我进衙门去找熟人时,省得许多琐碎的手续了。

可是验关的来了,一个宽脸大身材的青年苗人。见到他头上那个盘成一饼的青布包头,引动了我一点乡情。我上岸的计划不得不变更了。他还来不及开口我就说:

"同年,你来查关!这是我坐的一只空船,你尽管看。我想问你,你局长姓甚么!"

那苗人已上了小船在我面前站定,看看舱里一无所有,且听我喊他为"同年",从乡音中得到了点快乐,便用着小孩子似的口音问我:

"你到哪里去,你从哪里来呀!"

"我从常德来——就到这地方。你不是梨林人吗?我是……我要会你局长!"

那关吏说:"我是凤凰县人!你问局长,我们局长姓陈!"

第一个碰到的原来就是自己的乡亲,我觉得十分激动,赶忙请他进舱来坐坐。可是这个人看看我的衣服行李,大约以为我是个什么代表,一种身份的自觉,不敢进舱里来了。就告我若要找陈局长,可以把船泊到中南门去。一面说着一面且把手中的粉笔,在船篷上画了个放行的记号,却回到大船上去:"你们走!"他挥手要水手开船,且告水手应当把船停到中南门,上岸方便。

船开上去一点,又到了一个复查处。仍然来了一个头裹青布帕的乡亲从舱口看看船中的我。我想这一次应当故意不理会这个公务人,使他生气方可到局里去。可是这个复查员看看我不作声的神气,一问水手,水手说了两句话,又挥挥手把我们放走了。

我心想:这不成,他们那么和气,把我想象的安排的计划全给毁了,若到中南门起岸,水手在身后扛了行李,到城门边检查时,只需水手一句话又无条件通过,很无意思。我多久不见到故乡的军队了,我得看看他们对于职务上的兴味与责任,过去和现在有什么不同处。我便变更了计划,要小船在东门下傍码头停停,我一个人先上岸去,上了岸后小船仍然开到中南门,等等我再派人来取行李。我于是上了岸,不一会就到河街上了。当我打从那河街上过身时,做炮仗的、卖油盐杂货的、收买发卖船上一切零件的,所有小铺子皆牵引了我的眼睛,因此我走得特别慢些。但到进城时却使我很失望,城门口并无一

个兵。原来地方既不戒严,兵移到乡下去驻防,城市中已用不着守城兵了。长街路上虽有穿着整齐军服的年青人,我却不便如何故意向他们生点事。看看一切皆如十六年前的样子,只是兵不同了一点。

我既从东门从从容容的进了城,不生问题,不能被带过旅部去,心想时间还早,不如到我弟弟哥哥共同在这地方新建筑的"芸芦"新家里看看。那新房子全在山上。到了那个外观十分体面的房子大门前,问问工人谁在监工,才知道我哥哥来此刚三天。这就太妙了,若不来此问问,我以为我家中人还依然全在凤凰县城里!我进了门一直向楼边走去时,还有使我更惊异而快乐的,是我第一个见着的人原来就正是五年来行踪不明的"虎雏"①。这人五年前在上海从我住处逃亡后,一直就无他的消息,我还以为他早已腐了烂了。他把我引导到我哥哥住的房中,告给我哥哥已出门,过三点钟方能回来。在这三点钟之内,他在我很惊讶的盘问之下,却告给了我他的全部历史。原来,八岁时他就因为用石块砸死了人逃出家乡,做过玩龙头宝的助手,做过土匪,做过采茶人,当过兵。到上海发生了那件事情后,这六年中又是从一想象不到的生活里,转到我军官兄弟手边来作一名"副爷"。

见到哥哥时,我第一句话说的是:"家中虎雏真是个了不起的人物!"我哥哥却回答得妙:"了不起的人吗?这里比他了不起的人多着哪。"

到了晚上,我哥哥说的话,便被我所见到的五个青年军官证实了。

(原载1934年6月天津《大公报·文艺副刊》第74期)

---

① "虎雏":沈从文短篇小说《虎雏》的主人公。

一个多情水手与一个多情妇人

我的小表到了七点四十分时,天光还不很亮。停船地方两山过高,故住在河上的人,睡眠仿佛也就可以多些了。小船上水手昨晚上吃了我五斤河鱼,鱼虽吃过,大约还记着那吃鱼的原因,不好意思再睡,这时节业已起身,卷了铺盖,在烧水扫雪了。两个水手一面工作一面用野话编成韵语骂着玩着,对于恶劣天气与那些昨晚上能晃着火炬到有吊脚楼人家去同宽脸大奶子妇人纠缠的水手,含着无可奈何的妒嫉。

大木筏都得天明时漂滩,正预备开头,寄宿在岸上的人已陆续下了河,与宿在筏上的水手们,共同开始从各处移动木料,筏上有斧斤声与大摇槌嘭嘭的敲打木桩声音。许多在吊脚楼寄宿的人,从妇人热被里脱身,皆在河滩大石间踉跄走着,回归船上。妇人们恩情所结,也多和衣靠着窗边,与河下人遥遥传述那种种"后会有期各自珍重"的话语。很显然的事,便是这些人从昨夜那点露水恩情上,已经各在那里支付分上一把眼泪与一把埋怨。想到这些眼泪与埋怨,如何糅进这些人的生命中,成为生活之一部分时,使人心中柔和得很!

第一个大木筏开始移动时,约在八点左右。木筏四隅数十支大桡,拨水而前,筏上且起了有节奏的"唉"声。接着又移动了第二个。……木筏上的桡手,各在微明中画出一个黑色的轮廓。木筏上某一处必飏着一片红红的火光,火堆旁必有人正蹲下用钢罐煮水。

我的小船到这时节一切业已安排就绪,也行将离岸,向长潭上游

溯江而上了。

只听到河下小船邻近不远某一只船上，有个水手哑着嗓子喊人：

"牛保，牛保，不早了，开船了呀！"

许久没有回答，于是又听那个人喊道：

"牛保，牛保，你不来当真船开动了！"

再过一阵，催促的转而成为辱骂，不好听的话已上口了。

"牛保，牛保，狗×的，你个狗就见不得河街女人的×！"

吊脚楼上那一个，到此方仿佛初从好梦中惊醒，从热被里妇人手臂中逃出，光身爬到窗边来答着：

"宋宋，宋宋，你喊甚么？天气还早咧。"

"早你的娘，人家木簰全开了，你玩了一夜还尽不够！"

"好兄弟，忙甚么！今天到白鹿潭好好的喝一杯！天气早得很！"

"天气早得很，哼，早你的娘！"

"就算是早我的娘吧。"

最后一句话，不过是我的想象。因为河岸水面那一个，虽尚呶呶不已，楼上那一个却业已沉默了。大约这时节那个妇人还卧在床上，也开了口，"牛保，牛保，你别理他，冷得很！"因此即刻又回到床上热被里去了。

只听到河边那个水手喃喃的骂着各种野话，且有意识把船上家伙磕撞得很响。我心想：这是个甚么样子的人，我倒应该看看他。且很希望认识岸上那一个。我知道他们那只船也正预备上行，就告给我小船上水手，不忙开头，等等同那只船一块儿开。

不多久，许多木筏离岸了，许多下行船也拔了锚，推开篷，着手荡桨摇橹了。我卧在船舱中，就只听到水面人语声，以及橹桨激水声，与橹桨本身被扳动时咿咿哑哑声。河岸吊脚楼上妇人在晓气迷濛中锐声的喊人，正如同音乐中的笙管一样，超越众声而上。河面杂声的综合，交织了庄严与流动，一切真是一个圣境。

我出到舱外去站了一会，天已亮了，雪已止了，河面寒气逼人。眼看这些船筏各戴上白雪浮江而下，这里那里扬着红红的火焰同白烟，两岸高山则直矗而上，如对立巨魔，颜色淡白，无雪处皆作一片墨绿。

奇景当前，有不可形容的瑰丽。

一会儿，河面安静了。只剩下几只小船同两片小木筏，还无开头意思。

河岸上有个蓝布短衣青年水手，正从半山高处人家下来，到一只小船上去。因为必需从我小船边过身，我把这人看得清清楚楚。大眼，宽脸，鼻子短，宽阔肩膊下挂着两只大手（手上还提了一个棕衣口袋，里面填得满满的），走路时肩背微微向前弯曲，看来处处皆证明这个人是一个能干得力的水手。我就冒昧的喊他，同他说话：

"牛保，牛保，你玩得好！"

谁知那水手当真就是牛保。

那家伙回过头来看看是我叫他，就笑了。我们的小船好几天以来，皆一同停泊，一同启碇，我虽不认识他，他原来早就认识了我的。经我一问，他有点害羞起来了。他把那口袋举起带笑说道：

"先生，冷呀！你不怕冷吗？我这里有核桃，你要不要吃核桃？"

我以为他想卖给我些核桃，不愿意扫他的兴，就说等等我一定向他买些。

他刚走到他自己那只小船边，就快乐的唱起来了。忽然税关复查处比邻吊脚楼人家窗口，露出一个年青妇人鬓发散乱的头颅，向河下人锐声叫将起来：

"牛保，牛保，我同你说的话，你记着吗？"

年青水手向吊脚楼一方把手挥动着。

"唉，唉，我记得到！……冷！你是怎么的啊！快上床去！"大约他知道妇人起身到窗边时，是还不穿衣服的。

妇人似乎因为一番好意不能使水手领会，有点不高兴的神气。

"我等你十天，你有良心，你就来——"说着，嘭的一声把格子窗放下了。这时节眼睛一定已红了。

那一个还向吊脚楼喃喃说着什么，随即也上了船。我看看，那是一只深棕色的小货船。

我的小船行将开头时，那个青年水手牛保却跑来送了一包核桃。我以为他是拿来卖给我的，赶快取了一张值五角的票子递给他。这人

见了钱只是笑。他把钱交还,把那包核桃从我手中抢了回去。

"先生,先生,你买我的核桃,我不卖!我不是做生意人(他把手向吊脚楼指了一下,话说得轻些)。那婊子同我要好,她送我的。送了我那么多,还有栗子、干鱼。还说了许多痴话,等我回来过年咧。……"

慷慨原是辰河水手一种通常的性格,既不要我的钱,皮箱上正搁了一包烟台苹果,我随手取了四个大苹果送给他,且问他:

"你回不回来过年?"

他只笑嘻嘻的把头点点,就带了那四个苹果飞奔而去。我要水手开了船。小船已开到长潭中心时,忽然又听到河边那个哑嗓子在喊嚷:

"牛保,牛保,你是怎么的?我×你的妈,还不下河,我翻你的三代,还……"

一会儿,一切皆沉静了,就只听到我小船船头分水的声音。

听到水手的辱骂,我方明白那个快乐多情的水手,原来得了苹果后,并不即返船,仍然又到吊脚楼人家去了。他一定把苹果献给那个妇人,且告给妇人这苹果的来源,说来说去,到后自然又轮着来听妇人说的痴话,把下河的时间完全忘掉了。

小船已到了辰河多滩的一段路程,长潭尽后就是无数大滩小滩。河水半月来已落下六尺,雪后又照例无风,较小船只即或可以不从大漕上行,沿着河边浅水处走去也仍然十分费事。水太干了,天气又实在太冷了点。我伏在舱口看水手们一面骂野话,一面把长篙向急流乱石间掷去,心中却念及那个多情水手。船上滩时浪头俨然只想把船上人攫走。水流太急,故常常眼看业已到了滩头,过了最紧要处,但在抽篙换篙之际,忽然又会为急流冲下。河水又大又深,大浪头拍岸时常如一个小山,但它总使人觉得十分温和。河水可同一股火,太热情了一点,时时刻刻皆想把人攫走,且仿佛完全只凭自己意见作去。但古怪的是这些弄船人,他们逃避激流同漩水的方法,十分巧妙。他们得靠水为生,明白水,比一般人更明白水的可怕处;但他们为了求生,却在每个日子里每一时间皆有向水中跳去的准备。小船一上滩时,就不能不向白浪里钻去,可是他们却又必有方法从白浪里找到出路。

在一个小滩上,因为河面太宽,小漕河水过浅,小船缆绳不够长

沈从文
散文精选

不能拉纤，必须尽手足之力用篙撑上，我的小船一连上了五次皆被急流冲下。船头全是水。到后想把船从对河另一处大漕走去、漂流过河时，从白浪中钻出钻进，篷上也沾了水。在大漕中又上了两次，还花钱加了个临时水手，方把这只小船弄上滩。上过滩后问水手是甚么滩，方知道这滩名"骂娘滩"（说野话的滩）。即或是父子弄船，一面弄船也一面得互骂各种野话，方可以把船弄上滩口。

　　一整天小船尽是上滩，我一面欣赏那些从船舷驰过急于奔马的白浪，一面便用船上的小斧头，敲剥那个风流水手见赠的核桃吃。我估想这些硬壳果，说不定每一颗还都是那吊脚楼妇人亲手从树上摘下，用鞋底揉去一层苦皮，再一一加以选择，放到棕衣口袋里的。望着那些棕色碎壳，那妇人说的"你有良心你就赶快来"一句话，也就尽在我耳边响着。那水手虽然这时节或许正在急水滩头趴伏到石头上拉船，或正脱了裤子涉水过溪，一定却记忆着吊脚楼妇人的一切，心中感觉十分温暖。每一个日子的过去，便使他与那妇人接近一点点。十天完了，过年了，那吊脚楼上，一定门楣上全贴了红喜钱，被捉的雄鸡啊呵呵呵的叫着，雄鸡宰杀后，把它向门角落抛去，只听到翅膀扑地的声音。锅中蒸了一笼糯米饭倒下，两人就开始在一个石臼里捣将起来。一切事都是两个人共力合作，一切工作中皆掺合有笑谑与善意的诅骂。于是当真过年了。又是叮咛与眼泪，在一份长长的日子里有所期待，留在船上另一个放声的辱骂催促着，方下了船，又是胡桃与栗子、干鲤鱼与……

　　到了午后，天气太冷，无从赶路。时间还只三点左右，我的小船便停泊了。停泊地方名为杨家岨。依然有吊脚楼，飞楼高阁悬在半山中，结构美丽悦目。小船傍在大石边，只须一跳就可以上岸。岸上吊脚楼前枯树边，正有两个妇人，穿了毛蓝布衣裳，不知商量些什么，幽幽的说着话。这里雪已极少，山头皆裸露作深棕色，远山则为深紫色。地方静得很，河边无一只船，无一个人，无一堆柴。河边某一个大石后面，有人正在捶捣衣服，一下一下的捣。对河也有人说话，却看不清楚人在何处。

　　小船停泊到这些小地方，我真有点担心。船上那个壮年水手，是

一个在军营中开过小差作过种种非凡事业的人物，成天在船上只唱着"过了一天又一天，心中好似滚油煎"，若误会了我箱中那些带回湘西送人的信笺信封，以为是值钱东西，在唱过了埋怨生活的戏文以后，转念头来玩个新花样，说不定我还来不及被询问"吃板刀面或吃馄饨"以前，就被他解决了。这些事我倒不怎么害怕，凡是蠢人作出的事我不知道甚么叫吓怕的。只是有点儿担心。因为若果这个人做出了这种蠢事，我完了，他跑了，这地方可糟了。地方既属于我那些同乡军官大老管辖，把他们可忙坏了。

我盼望牛保那只小船赶来，也停泊到这个地方，一面可以不用担心，一面还可以同这个有人性的多情水手谈谈。

直等到黄昏，方来了一只邮船，靠着小船下了锚。过不久，邮船那一面有个年青水手嚷着要支点钱上岸去吃"荤烟"，另一个管事的却不允许，两人便争吵起来了。只听到年青的那一个呶呶絮语，声音神气简直同大清早上那个牛保一个样子。到后来，这个水手负气，似乎空着个荷包，也仍然上岸过吊脚楼人家去了。过了一会还不见他回船，我很想知道一下他到了那里作些甚么事情，就要一个水手为我点上一段废缆，晃着那小小火把，引导我离了船，爬了一段小小山路，到了所谓河街。

五分钟后，我与这个穿绿衣的邮船水手，一同坐到一个人家正屋里火堆旁，默默的在烤火了。面前是一个大油松树根株，正伴同一饼油渣，熊熊的燃着快乐的火焰。间或有人用脚或树枝拨了那么一下，便有好看的火星四散惊起。主人是一个中年妇人，另外还有两个老妇人，虽然向水手提出种种问题，且把关于下河的油价、木价、米价、盐价，一件一件来询问他，他却很散漫地回答，只低下头望着火堆。从那个颈项同肩膊，我认得这个人性格同灵魂，竟完全同早上那个牛保一样。我明白他沉默的理由，一定是船上管事的不给他钱，到岸上来赊烟不到手。他那闷闷不乐的神气，可以说是很妩媚。我心想请他一次客，又不便说出口。到后机会却来了，门开处进来了一个年事极轻的妇人，头上裹着大格子花布首巾，身穿葱绿色土布袄子，系一条蓝色围裙，胸前还绣了一朵小小白花。那年轻妇人把两只手插在围裙里，轻脚轻手进了屋，就站在中年妇人身后。说真话，这个女人真使我有点儿"惊讶"。我似乎在什么地方另一时节见着这样一个人，眼目鼻子皆仿佛十分熟悉。若不是当真在某一处见过，那就必定是在梦里了。公道一点说来，这妇人是个美丽得很的生物！

最先我以为这小妇人是无意中撞来玩玩，听听从下河来的客人谈谈下面事情，安慰安慰自己寂寞的。可是一瞬间，我却明白她是为另一件事而来的了。屋主人要她坐下，她却不肯坐下，只把一双放光的眼睛尽瞅着我，待到我抬起头去望她时，那眼睛却又赶快逃避了。她在一个水手面前一定没有这种羞怯，为这点羞怯我心中有点儿惆怅，引起了点儿怜悯。这怜悯一半给了这个小妇人，却留下一半给我自己。

那邮船水手眼睛为小妇人放了光，很快乐地说：

"夭夭，夭夭，你打扮得真像个观音！"

那女人抿嘴笑着不理会，表示这点阿谀并不希罕，一会儿方轻轻的说：

"我问你，白师傅的大船到了桃源不到？"

邮船水手回答了，妇人又轻轻的问：

"杨金保的船？"

邮船水手又回答了，妇人又继续问着这个那个。我一面向火一面听他们说话，却在心中计算一件事情。小妇人虽同邮船水手谈到岁暮年末水面上的情形，但一颗心却一定在另外一件事情上驰骋。我几乎本能的就感到了，这个小妇人是正在对我怀着一点傻想头的。不用惊奇，这不是稀奇事情。我们若稍懂人情，就会明白一张为都市所折磨而成的白脸，同一件称身软料细毛衣服，在一个小家碧玉心中所能引起的是一种如何幻想，双目前的事也便不用多提了。

对于身边这个小妇人，也正如先前一时对于身边那个邮船水手一样，我想不出用个甚么方法，就可以使这个有了点儿野心与幻想的人，得到她所要得到的东西。其实我在两件事上皆不能再吝啬了，因为我对于他们皆十分同情。但试想想看，倘若这个小妇人所希望的是我本身，我这点同情，会不会引起五千里外另一个人的苦痛？我笑了。

……假若我给这水手一笔钱，让这小妇人同他谈一个整夜？

我正那么计算着,且安排如何来给那个邮船水手钱,使他不至于感觉难为情。忽然听那年轻妇人问道:

"牛保那只船?"

那邮船水手吐了一口气,"牛保的船吗,我们一同上骂娘滩,溜了四次。末后船已上了滩,那拦头的伙计还同他在互骂,且不知为甚么互相用篙子乱打乱刜起来,船又溜下滩去了。看那样子不是有一个人落水,就得两个人同时落水。"

有谁发问:"为甚么?"

邮船水手感慨似的说:"还不是为那一张×!"

几人听着这件事,皆大笑不已。那年轻小妇人,却长长地吁了一口气。

忽然河街上有个老年人嘶声的喊人:

"夭夭小婊子,小婊子婆,卖×的,你是怎么的,夹着两片小×,一映眼又跑到哪里去了!你来!……"

小妇人听门外街口有人叫她,把小嘴收敛做出一个爱娇的姿势,带着不高兴的神气自言自语说:"叫骡子又叫了。你就叫吧。夭夭小婊子偷人去了!投河吊颈去了!"咬着下唇很有情致的盯了我一眼,拉开门,放进了一阵寒风,人却冲出去,消失到黑暗中不见了。

那邮船水手望了望小妇人去处那扇大门,自言自语的说:"小婊子偏偏嫁老烟鬼,天晓得!"

于是大家便来谈说刚才走去那个小妇人的一切。屋主中年妇人,告给我那小妇人年纪还只十九岁,却为一个年过五十的老兵所占有。老兵原是一个烟鬼,虽占有了她,只要谁有土有财就让床让位。至于小妇人呢,人太年轻了点,对于钱毫无用处,却似乎常常想得很远很远。屋主人且为我解释很远很远那句话的意思,给我证明了先前一时我所感觉到的一件事情的真实。原来这小妇人虽生在不能爱好的环境里,却天生有种爱好的性格。老烟鬼用名分缚着了她的身体,然而那颗心却无从拘束。一只船无意中在码头边停靠了,这只船又恰恰有那么一个年青男子,一切派头都和水手不同,夭夭那颗心,将如何为这偶然而来的人跳跃!屋主人所说的话增加了我对于这个年轻妇人的关心。我还想多知道一点,请求她告给我,我居然又知道了些不应当写在纸上的事情。到后来,谈起命运,那屋主人沉默了,众人也沉默了。各人眼望着熊熊的柴火,心中玩味着"命运"两个字的意义,而且皆俨然有一点儿痛苦。

我呢,在沉默中体会到一点"人生"的苦味。我不能给那个小妇人甚么,也再不作给那水手一点点钱的打算了,我觉得他们的欲望同悲哀都十分神圣,我不配用钱或别的方法渗进他们命运里去,扰乱他们生活上那一份应有的哀乐。

下船时,在河边我听到一个人唱《十想郎》小曲,曲调卑陋,声音却清圆悦耳。我知道那是由谁口中唱出且为谁唱的。我站在河边寒风中痴了许久。

(原载 1934 年 7 月 7 日天津《大公报·文艺》第 82 期)

辰河小船上的水手

我自从离开了那个水獭皮帽子的朋友以后，独自坐到这只小船上，已闷闷的过了十天。小船前后舱面既十分窄狭，三个水手白日皆各有所事：或者正在吵骂，或者是正在荡桨撑篙，使用手臂之力，使这只小船在结了冰的寒气中前进。有时两个年轻水手即或上岸拉船去了，船前船后又有湿淋淋的缆索牵牵绊绊，打量出去站站，也无时不显得碍手碍脚，很不方便。因此我就只有蜷伏在船舱里，静听水声与船上水手辱骂声，打发了每个日子。

照原定计划，这次旅行来回二十八天的路程，就应当安排二十二个日子到这只小船上。如半途中这小船发生了甚么意外障碍，或者就得多四天五天。起先我尽记着水獭皮帽子的朋友"行船莫算，打架莫看"的格言，对于这只小船每日应走多少路，已走多少路，还需要走多少路，从不过问。他们说"应当开头了"，船就开了，他们说"这鬼天气不成，得歇憩烤火"，我自然又听他们歇憩烤火。天气也实在太冷了一点，篙上桨上莫不结了一层薄冰。我的衣袋中，虽还收藏了一张桃源县管理小划子的船总亲手所写"十日包到"的保单，但天气既那么坏，还好意思把这张保单拿出来向掌舵水手说话吗？

我口中虽不说甚么，心里却计算到所剩余的日子，真有点儿着急。

可是三个水手中的一人，已看准了我的弱点，且在另外一件事情上，又看准了我另外一项弱点，想出了个两得其利的办法来了。那水手向我说道：

"先生，你着急，是不是？不必为天气发愁。如今落的是雪子，不是刀子。我们弄船人，命里派定了划船，天上纵落刀子也得做事！"

我的坐位正对着船尾，掌艄水手这时正分张两腿，两手握定舵把，一个人字形的姿势对我站定。想起昨天这只小船搁入石罅里，尽三人手足之力还无可奈何时，这人一面对天气咒骂各种野话，一面卸下了裤子向水中跳去的情形，我不由得微喟了一下。我说："天气真坏！"

他见我眉毛聚着便笑了。"天气坏不碍事，只看你先生是不是要我们赶路，想赶快一些，我同伙们有的是办法！"

我带了点埋怨神气说："不赶路，谁愿意在这个日子里来在河上受活罪？你说有办法，告我看是甚么办法！"

"天气冷，我们手脚也硬了。你请我们晚上喝点酒，活活血脉，这船就可以在水面上飞！"

我觉得这个提议很正当，便不追问先划船后喝酒，如何活动血脉的理由，即刻就答应了。我说："好得很，让我们的船飞去吧，欢喜吃甚么买甚么。"

于是这小船在三个划船人手上，当真俨然一直向辰河上游飞去，经过钓船时就喊买鱼，一拢码头时就用长柄大葫芦满满的装上一葫芦烧酒。沿河两岸连山皆深碧一色，山头常戴了点白雪，河水则清明如玉。在这样一条河水里旅行，望着水光山色，体会水手们在工作上与饮食上的勇敢处，使我在寂寞里不由得不常作微笑！

船停时，真静。一切声音皆为大雪以前的寒气凝结了。只有船底的水声，轻轻的轻轻的流去，——使人感觉到它的声音，几乎不是耳朵却只是想象。三个水手把晚饭吃过后，围在后舱钢灶边烤火烘衣。

时间还只五点二十五分，先前一时的长潭中摇橹唱歌的一只大货船，这时也赶到快要靠岸停泊了。只听到许多篙子钉在浅水石头上的声音，且有人大嚷大骂。他们并不是吵架，不过在那里"说话"罢了。这些人说话照例永远得使用个粗野字眼儿，也正同我们使用标点符号一样，倘若忘了加上去，意思也就很容易模糊不清楚了。这样粗野字眼儿的使用，即在父子兄弟间也少不了。可是这些粗人野人，在

那吃酸菜臭牛肉说野话的口中，高兴唱起歌来时，所唱的又正是如何美丽动人的歌！

大船靠定岸边后，只听到有一个人在船上大声喊叫：

"金贵，金贵，上岸××去！"

那个名为金贵的水手，似乎正在那只货船舱里鱿鱼海带间，嘶着个嗓子回答说：

"你××去我不去。你娘××××正等着你！"

我那小船上三个默默烤火烘衣的水手，听到这个对白，便一同笑将起来了。其中之一学着邻船人语气说：

"××去，×你娘的×。大白天像狗一样在滩上爬，晚上好快乐！"

另一个水手就说：

"七老，你要上岸去，你向先生借两角钱也可以上岸去！"

几个人把话继续说下去，便讨论到各个小码头上吃四方饭娘儿们的人材与轶事来了。说及其中一些野妇人悲喜的场面时，真使我十分感动。我再也不能孤独的在舱中坐下了，就爬到那个钢灶边去，同他们坐在一处去烤火。

我挽入那个团体时，询问那个年纪较大的水手：

"掌舵的，我十五块钱包你这只船，一次你可以捞多少？"

"我可以捞多少，先生！我不是这只船的主人，我是个每年二百四十吊钱雇定的舵手，算起来一个月我有两块三角钱，你看看这一次我捞多少！"

我说："那么，大伙计，你拦头有多少？全船皆得你，难道也是二百四十吊一年吗？"

那一个名为七老的说："我弄船上行，两块六角钱一次，下行吃白饭！"

"那么，小伙计，你呢。我看你手脚还生疏得很！你昨天差点儿淹坏了，得多吃多喝，把骨头长结实一点点！"

小子听我批评到他的能力就只干笑，掌舵的代他说话：

"先生要你多吃多喝，你不听到吗？这小子看他虽长得同一块发糕一样，其实就只能吃能喝，撒篙子拉纤全不在行！"

"多少钱一月?"我说,"一块钱一月,是不是?"

那个小水手自己笑着开了口,"多少钱一月?十个铜子一天。我还不满师,哪会给我关饷?——×他的娘。天气多坏!"

我在心中打了一下算盘,掌舵的八分钱一天;拦头的一角三分一天,小伙计一分二厘一天。在这个数目下,不问天气如何,这些人莫不皆得从天明起始到天黑为止,做他应分做的事情。遇应当下水时,便即刻跳下水中去。遇应当到滩石上爬行时,也毫不推辞即刻前去。在能用气力时,这些人就毫不吝惜气力打发了每个日子,人老了,或大六月发痧下痢,躺在空船里或太阳下死掉了,一生也就算完事了。这条河中至少有十万个这样过日子的人。想起了这件事情,我轻轻的吁了一口气。

"掌舵的,你在这条河里划了几年船?"

"我至今五十三,十六岁就到了船上。"

三十七年的经验,七百里路的河道,水涨水落河道的变迁,多少滩,多少潭,多少码头,多少石头——是的,凡是那些较大的知名的石头,这个人就无一不能够很清楚的举出它们的名称和故事!划了三十七年的船,还只是孤身一人,把经验与气力每天作八分钱出卖,来在这水上飘泊,这个古怪的人!

"拦头的大伙计,你呢?你划了几年船?"

"我照老法子算,今年三十一岁,在船上五年,在军队里也五年。我是个逃兵,七月里才从贵州开小差回来的!"

这水手结实硬朗处,倒真配作一个兵。那份粗野爽朗处也很像个兵。掌舵的水手人老了,眼睛发花,已不能如年青人那么手脚灵便,小水手年龄又太小了一点,一切事皆不在行,全船最重要的人物就是他。昨天小船上滩,小水手换篙较慢,被篙子弹入急流里去时,他却一手支持篙子,还能一手把那个小水手捞住,援助上船。上了船后那小子又惊又气,全身湿淋淋的,抱定桅子荷荷大哭。他一面笑骂着种种野话,一面却赶快脱了棉衣单裤给小水手替换。在这小船上他一个人脾气似乎特别大,但可爱处也就似乎特别多。

想起小水手掉到水中被援起以后的样子,以及那个年纪大一点的

脱下了裤子给他掉换，光着个下身在空气里弄船的神气，我心中充满了不可言说的感情。我向小水手带笑说："小伙计，你呢？"

那个拦头的水手就笑着说："他吗？只会吃只会哭，做错了事骂两句，还会说点蠢话。'你欺侮我，我用刀子同你拼命！'拿你刀子来切我的××，老子还不见过刀子，怕你！"

小水手说："老子哭你也管不着！"

拦头的水手说："不管你，你还会有命！落了水爬起来，有甚么可哭？我不脱下衣来，先生不把你毯子，不冷死你！十五六岁了的人，命好早×出了孩子，动不动就哭，不害羞！"

正说着，邻船上有水手很快乐的用女人窄嗓子唱起曲子，晃着一个火把，上了岸，往半山吊脚楼胡闹去了。

我说："大伙计，你是不是也想上岸去玩玩？要去就去，我这里有的是钱。要几角钱？你太累了，我请客！"

掌舵的老水手听说我请客，赶忙在旁打边鼓儿说："七老，你去，先生请客你就去，两吊钱先生出得起！"

他妩媚的咕咕笑着。我知道那是甚么意思，就取了值四吊钱的五角钞票递给他，小水手笑乐着为他把作火炬的废绳燃好。于是推开了篷，这个人就被两个水手推上了岸，也摇晃着个火把，爬上高坎到吊脚楼地方取乐去了。

人走去后，掌舵的水手方把这个人的身世为我详细说出来。原来这个人的履历上，还有十一个月土匪的经验应当添注上去。这个人大白天一面弄船一面吼着说："老子要死了，老子要做土匪去了。"种种独白的理由，我才完全明白了。

我心中以为这个人既到了河街吊脚楼，若不是同那些宽脸大奶子女人在床上去胡闹，必又坐到火炉边，夹杂在一群划船人中间向火①，嚼花生或剥酸柚子吃。那河街照例有屠户，有油盐店，有烟馆，有小客店，还有许多妇人提起竹篾织就的圆烘笼烤手，一见到年青水手就做眉做眼。还有妇女年纪大些的，鼻梁根扯得通红，太阳穴贴上了膏

---

① 向火：湘西方言，即烤火。

药,做丑事毫不以为可羞。看中了某一个结实年青的水手时,只要那水手不讨厌她,还会提了家养母鸡送给水手!那些水手胡闹到半夜里回到船上,把缚着脚的母鸡,向舱里同伴热被上抛去,一些在睡梦里被惊醒的同伴,就会喃喃的骂着,"溜子,溜子,你一条××换一只母鸡,老子明早天一亮用刀割了你!"于是各个臭被一角皆起了咕咕的笑声。……

我还正在那个拦头水手行为上,思索到一个可笑的问题,不知道他那么上岸去,由他说来,究竟得到了些甚么好处。可是他却出我意料以外,上岸不久又下了河,回到小船上来了。小船上掌艄水手正点了个小油灯,薄薄灯光照着那水手的快乐脸孔。掌艄的向他说:

"七老,怎么的,你就回来了,不同婊子过夜?"

小水手也向他说了一句野话,那小子只把头摇着且微笑着,赶忙解下了他那根腰带。原来他棉袄里藏了一大堆橘子,腰带一解,桔子便在舱板上各处滚去。问他为甚么得了那么多橘子,方知道他虽上了岸,却并不胡闹,只到河街上打了个转,在一个小铺子里坐了一会,见有橘子卖,知道我欢喜吃橘子,就把钱全买了橘子带回来了。

我见着他那很有意思的微笑,我知道他这时所作的事,对于他自己感觉如何愉快,我便笑将起来,不说甚么了。四个人剥橘子吃时,我要他告给我十一个月作土匪的生活,有些甚么可说的事情,让我听听。他就一直把他的故事说到十二点钟。我真像读了一本内容十分新奇的教科书。

天气如所希望的终于放晴了,我同这几个水手在这只小船上已经过了十二个日子。

天既放晴后,小船快要到目的地时,坐在船舱中一角,瞻望澄碧无尽的长流,使我发生无限感慨。十六年前,河岸两旁黛色庞大石头上,依然在这样晴朗冬天里,有野莺与画眉鸟从山谷中竹篁里飞出来,在石头上晒太阳,悠然自得的唪唱悦耳的曲子,直到有船近身时,又方始一齐向竹林中飞去。十六年来竹林里的鸟雀,那份从容处,犹如往日一个样子。水上划船人愚蠢朴质勇敢耐劳处,也还相去不远。但这个民族,在这一堆长长日子里,为内战,毒物,饥馑,水灾,如何

向堕落与灭亡大路走去,一切人生活习惯,又如何在巨大压力下失去了它原来的纯朴型范,形成一种难于设想的模式!

小船到达我水行的终点浦市时,约在下午四点钟左右。这一个经过昔日的繁荣而衰败了多年的码头,三十年前是这个地方繁荣达到顶点的时代。十六年前地方业已大大衰落,那时节沿河长街的油坊,尚常有三两千新油篓晒在太阳下,沿河七个用青石作成的码头,有一半还停泊了结实高大四橹五舱运油船。此外船只多从下游运来淮盐,布匹,花纱,以及川黔边区所需的洋广杂货。川黔边境由旱路运来的朱砂,水银,苎麻,五倍子,莫不在此交货转载。木材浮江而下时,常常半个河面皆是那种大木筏。本地市面则出炮仗,出印花布,出肥人,出肥猪。河面既异常宽平,码头又特别干净整齐,虽从那些大商号里,寺庙里,都可见出这个商埠在日趋于衰颓,然而一个旅行者来到此地时,一切规模总仍然可得到一个极其动人的印象!街市尽头河下游为一长潭,河上游为一小滩,每当黄昏薄暮,落日沉入大地,天上暮云为落日余晖所烘炙,剩余一片深紫时,大帮货船从上而下,摇船人泊船近岸,在充满了薄雾的河面,浮荡的催橹歌声,又正是一种如何壮丽稀有的歌声!

如今小船到了这个地方后,看看沿河各码头,早已破烂不堪。小船泊定的一个码头,一共有十二只船,除了有一只船载运了方柱形毛铁,一只船载辰溪烟煤,正在那里发签起货外,其它船只似乎已停泊了多日,无货可载。有七只船还在小桅上或竹篙上,悬了一个用竹缆编成的圆圈,作为"此船出卖"的标志。

小船上掌艄水手同拦头水手全上岸去了,只留下小水手守船。我想乘天气还不曾断黑,到长街上去看看这一切衰败了的地方,是不是商店中还能有个把肥胖子。一到街口却碰着了那两个水手,正同个骨瘦如柴的长人在一个商店门前相骂。问问旁人是什么事情,才知道这长子原来是个屠户,争吵的原因只是对于所买的货物分量轻重有所争持。看到他们那么气急败坏大声吵骂无个了结,我就不再走过去了。

下船时,我一个人坐在那小小船只空舱里让黄昏来临,心中只想着一件古怪事情:

"浦市地方屠户也那么瘦小,是谁的责任?希望到这个地面上,还有一群精悍结实的青年,来驾驭钢铁征服自然,这责任应当归谁?"一时自然不会得到任何结论。

(原载 1934 年 7 月《文学月刊》第 3 卷第 1 号)

永平

箱子岩

十五年以前，我有机会独坐一只小篷船，沿辰河上行，停船在箱子岩脚下。一列青黛崭削的石壁，夹江高矗，被夕阳烘炙成为一个五彩屏障。石壁半腰约百米高的石缝中，有古代巢居者的遗迹，石罅隙间横横的悬撑起无数巨大横梁，暗红色长方形大木柜尚依然好好的搁在木梁上。岩壁断折缺口处，看得见人家茅棚同水码头，上岸喝酒下船过渡人也得从这缺口通过。那一天正是五月十五，河中人过大端阳节。箱子岩洞窟中最美丽的三只龙船，早被乡下人拖出浮在水面上。船只狭而长，船舷描绘有朱红线条，全船坐满了青年桨手，头腰各缠红布。鼓声起处，船便如一支没羽箭，在平静无波的长潭中来去如飞。河身大约一里路宽，两岸皆有人看船，大声呐喊助兴。且有好事者，从后山爬到悬岩顶上去，把"铺地锦"百子鞭炮从高岩上抛下，尽鞭炮在半空中爆裂，形成一团团五彩碎纸云尘。嘭嘭嘭嘭的鞭炮声与水面船中锣鼓声相应和，引起人对于历史回溯发生一种幻想，一点感慨。

当时我心想：多古怪的一切！两千年前那个楚国逐臣屈原，若本身不被放逐，疯疯癫癫来到这种充满了奇异光彩的地方，目击身经这些惊心动魄的景物，两千年来的读书人，或许就没有福分读《九歌》那类文章，中国文学史也就不会如现在的样子了。在这一段长长岁月中，世界上多少民族皆堕落了，衰老了，灭亡了。即如号称东亚大国的一片土地，也已经有过多少次被从西北方沙漠中远来的蛮族，骑了膘壮的马匹,手持强弓硬弩,长枪大戟,到处践踏蹂躏!(辛亥革命前夕,在这苗蛮杂处的一个边镇上,向土民最后一次大规模施行杀戮的统治者,就是一个北方清朝的宗室!辛亥以后,老袁梦想做皇帝时,又有两师北老在这里和滇军作战了大半年。)然而这地方的一切,虽在历史中照样发生不断的杀戮,争夺,以及一到改朝换代时,派人民担负种种不幸命运,死的因此死去,活的被逼迫留发,剪发,在生活上受新朝代种种限制与支配。然而细细一想,这些人根本上又似乎与历史毫无关系。从他们应付生存的方法与排泄感情的娱乐看上来,竟好像今古相同,不分彼此。这时节我所眼见的光景,或许就和两千年前屈原所见的完全一样。

那次我的小船停泊在箱子岩石壁下,附近还有十来只小渔船,大致打鱼人也有玩龙船竞渡的,所以渔船上妇女小孩们,精神无不十分兴奋,各站在尾艄上或船篷上锐声呼喊。其中有几个小孩子,我只担心他们太快乐兴奋了些,会把住家的小船跳沉。

日头落尽云影无光时,两岸渐渐消失在温柔暮色里。两岸看船人吆喝声越来越少,河面被一片紫雾笼罩,除了从锣鼓声中尚能辨别那些龙船方向,此外已别无所见。然而岩壁缺口处却人声嘈杂,且闻有小孩子哭声,有妇女们尖锐叫唤声,综合给人一种悠然不尽的感觉。天气已经夜了,吃饭是正经事。我原先尚以为再等一会儿,那龙船一定就会傍近岩边来休息,被人拖进石窟里,在快乐呼喊中结束这个节日了。谁知过了许久,那种锣鼓声尚在河面飘荡着,表示一班人还不愿意离开小船,回转家中。待到我把晚饭吃过后,爬出舱外一望,呀,天上好一轮圆月。月光下石壁同河面,一切如镀了银,已完全变换了一种调子。岩壁缺口处水码头边,正有人用废竹缆或油柴燃着火燎,火光下只见许多穿白衣人的影子移动。问问船上水手,方知道那些人正把酒食搬移上船,预备分派给龙船上人。原来这些青年人白日里划了一整天船,看船的已慢慢散尽了,划船的还不尽兴,并且谁也不愿意扫兴示弱,先行上岸,因此三只龙船还得在月光下玩个上半夜。

提起这件事,使我重新感到人类文字语言的贫俭。那一派声音,那一种情调,真不是用文字语言可以形容的事情。向一个长年身在城

市里住下，以读读《楚辞》就"神往意移"的人，来描绘那月下竞舟的一切，更近于徒然的努力。我可以说的，只是自从我把这次水上所领略的印象保留到心上后，一切书本上的动人记载，全看得平平常常，不至于发生任何惊讶了。这正像我另外一时，看过人类许多不同花样的愚蠢杀戮，对于其余书上叙述到这件事情时，同样不能再给我如何感动。

十五年后我又有了机会乘坐小船沿辰河上行，应当经过箱子岩。我想温习温习那地方给我的印象，就要管船的不问迟早，把小船在箱子岩下停泊。这一天是十二月七号，快要过年的光景。没有太阳的阴沉酿雪天，气候异常寒冷。停船时还只下午三点钟左右，岩壁上藤萝草木叶子多已萎落，显得那一带斑驳岩壁十分瘦削。悬岩高处红木柜，只剩下三四具，其余早不知到哪里去了。小船最先泊在岩壁下洞窟边，冬天水落得太多，洞口已离水面两三丈以上。我从石壁裂罅爬上洞口，到搁龙船处看了一下，旧船已不知坏了还是早被水冲去了，只见有四只新船搁在石梁上，船头还贴有鸡血同鸡毛，一望就明白是今年方下水的。出得洞口时，见岩下左边泊定五只渔船，有几个老渔婆缩颈敛手在船头寒风中修补渔网。上船后觉得这样子太冷落了，可不是个办法，就又要船上水手为我把小船撑到岩壁断折处有人家地方去，就便上岸，看看乡下人过年以前是甚么光景。

四点钟左右，黄昏已逐渐腐蚀了山峦与树石轮廓，占领了屋角隅。我独自坐在一家小饭铺柴火边烤火。我默默的望着那个火光煜煜的枯树根，在我脚边很快乐的燃着，爆炸出轻微的声音。铺子里人来来往往，有些说两句话又走了，有些就来镶在我身边长凳上，坐下吸他的旱烟。有些来烘烘脚，把穿着湿草鞋的脚去热灰里乱搅。看看每一个人的脸子，我都发生一种奇异的乡情。这里是一群会寻快乐的正直善良的乡下人，有捕鱼的，打猎的，有船上水手和编制竹缆工人。若我的估计不错，那个坐在我身旁，伸出两只手向火，中指节有个放光顶针的，肯定还是一位乡村里的成衣人。这些人每到大端阳时节，都得下河去玩一整天的龙船。平常日子特别是隆冬严寒天气，却在这个地方，按照一种分定，很简单的把日子过下去。每日看过往船只摇橹扬帆来去，看落日同水鸟。虽然也同样有人事上的得失，到恩怨纠纷成一团时，就陆续发生庆贺或仇杀。然而从整个说来，这些人生活却仿佛同"自然"已相融合，很从容的各在那里尽其性命之理，与其他无生命物质一样，惟在日月升降寒暑交替中放射，分解。而且在这种过程中，人是如何渺小的东西，这些人比起世界上任何哲人，也似乎还更知道的多一些。

听他们谈了许久，我心中有点忧郁起来了。这些不辜负自然的人，与自然妥协，对历史毫无担负，活在这无人知道的地方。另外尚有一批人，与自然毫不妥协，想出种种方法来支配自然，违反自然的习惯，同样也那么尽寒暑交替，看日月升降。然而后者却在慢慢改变历史，创造历史。一份新的日月，行将消灭旧的一切。我们用甚么方法，就可以使这些人心中感觉一种对"明天"的"惶恐"，且放弃过去对自然和平的态度，重新来一股劲儿，用划龙船的精神活下去？这些人在娱乐上的狂热，就证明这种狂热能换个方向，就可使他们还配在世界上占据一片土地，活得更愉快更长久一些。不过有什么方法，可以改造这些人的狂热到一件新的竞争方面去，人可是个费思索的问题。

一个跛脚青年人，手中提了一个老虎牌新桅灯，灯罩光光的，洒着摇着从外面走进了屋子。许多人见了他都同声叫唤起来："什长，你发财回来了！好个灯！"

那跛子年纪虽很轻，脸上却刻画了一种兵油子的油气与骄气，在乡下人中仿佛身份特高一层。把灯搁在木桌上，大洋洋的坐近火边来，拉开两腿摊出两只大手烘火，满不高兴的说："碰鬼，运气坏，什么都完了。"

"船上老八说你发了财，瞒我们。怕我们开借。"

"发了财，哼。用得着瞒你们？本钱去七角，桃源行市只一块零，除了上下开销，二百两货有甚么捞头，我问你。"

这个人接着且连骂带唱的说起桃源后江娘儿们种种有趣的情形，使得一般人活泼兴奋起来。话说得正有兴味时，一个人来找他，说："什长，猪蹄髈炖好了，酒已热好了。"他搓搓手，说声有偏各位，提起那个新桅灯就走了。

原来这个青年汉子,是个打鱼人的独生子。三年前被省城里募兵委员看中了招去,训练了三个月,就开到江西边境去同共产党打仗。打了半年仗,一班兄弟中只剩下他一个人好好的活着,奉令调回后防招募新军补充时,他因此升了班长。第二次又训练三个月,再开到前线去打仗。于是碎了一只腿,抬回省中军医院诊治,照规矩这只腿得用锯子锯去。一群同乡都以为从辰州地方出来的家乡人,"辰州符"比截割高明得多了,信他个洋办法像话吗?就把他从医院中抢出,在外边用老办法找人敷水药治疗。说也古怪,不到三个月,那只腿居然不必截割,全好了。战争是个甚么东西他也明白了。取得了本营证明,领得了些伤兵抚恤费后,于是回到家乡来,用什长名义受同乡恭维,又用伤兵名义作点特别生意①。这生意也就正是有人可以赚钱,有人可以犯法,政府也设局收税,也制定法律禁止,又可以杀头,又可以发财那种从各方面说来都似乎极有出息的生意。我想弄明白那什长的年龄,从那个当地唯一成衣人口中,方知道这什长今年还只二十一岁。那成衣人还说:

"这小子看事有眼睛,做事有魄力,瘸了一只腿,还会一月一个来回下常德府,吃喝玩乐发财走好运。若两只腿全弄坏,那就更好了。"

有个水手插口说:"这是什么话。"

"什么画,壁上挂。穷人打光棍,一只腿打坏了不顶事。如两只腿全打坏了,他就不会卖烟土走私赚了钱,再到桃源县后江玩花姑娘了!"

成衣人末后一句打趣话,把大家都弄笑了。

回船时,我一个人坐在灌满冷气的小小船舱中,屈指计算那什长年龄,二十一岁减十五,得到个数目是六。我记起十五年前那个夜里一切光景,那落日返照,那狭长而描绘朱红线条的船只,那锣鼓与热情兴奋的呼喊,……尤其是临近几只小渔船上欢乐跳掷的小孩子,其中一定就有一个今晚我所见到的跛脚什长。唉,历史是多么古怪的事

---

① 指做鸦片生意。

物，生硬性痈疽的人，照旧式治疗方法，可用一星一点毒药敷上，尽它溃烂，到溃烂净尽时，再用药物使新的肌肉生长，人也就恢复健康了。这跛脚什长，我对他的印象虽异常恶劣，想起他就是一个可以溃烂这乡村居民灵魂的人物，不由人不寄托一种幻想……

二十年前澧州镇守使王正雅部队一个平常马夫，姓贺名龙，兵乱时，一菜刀切下了一个散兵的头颅，二十年后就得惊动三省集中十万军队来解决这马夫。谁个人会注意这小小节目，谁个人想象得到人类历史是用甚么写成的！

(原载1935年4月《水星》第2卷第1期)

五个军官一个煤矿工人

辰河弄船人有两句口号,旅行者无人不十分熟习。那口号是:"走尽天下路,难过辰溪渡。"事实上辰溪渡也并不怎样难过,不过弄船人所见不广,用纵横长约千里路一条辰河与七个支流小河作准,因此说出么两句天真话罢了。地险人蛮却为一件事实。但那个地方,任何时节实在是一个令人神往倾心的美丽地方。

辰溪县的位置,恰在两条河流的交汇处,小小石头城临水倚山,建立在河口滩脚崖壁上。河水深到三丈尚清可见底。河面长年来往着湘黔边境各种形体美丽的船只。山头为石灰岩,无论晴雨,总可见到烧石灰人窑上飘扬的青烟与白烟。房屋多黑瓦白墙,接瓦连椽紧密如精巧图案。对河与小山城成犄角,上游是一个三角形小阜,阜上有修船造船的干坞与宽坪。位在下游一点,则为一个三角形黑色山岨,濒河拔峰,山脚一面接受了沅水激流的冲刷,一面被麻阳河长流的淘洗,岩石玲珑透空。半山有个壮丽辉煌的庙宇,名"丹山寺",庙宇外岩石间且有成千大小不一的浮雕石佛。太平无事的日子,每逢佳节良辰,当地驻防长官,县知事,小乡绅及商会主席,税局头目,便乘小船过渡到那个庙宇里饮酒赋诗或玩牌下棋。在那个悬岩半空的庙里,可以眺望上行船的白帆,听下行船摇橹人唱歌。街市尽头下游便是一个长潭,名"斤丝潭",历来传说水深到放一斤丝线才能到底。两岸皆五色石壁,矗立如屏障一般。长潭中日夜必有成百只打渔船,载满了黑色沉默的鱼鹰,浮在河面取鱼。小船挖流而渡,艰难处与美丽处实在可以平分。

地方又出煤炭,是湘西著名产煤区。似乎无处无煤,故山前山后随处可见到用土法开掘的煤井。沿河两岸都常有运煤船停泊。码头间无时不有若干黑脸黑手脚汉子,把大块烟煤运送到船上,向船舱中抛去。若过一个取煤斜井边去,就可见到无数同样黑脸黑手脚人物,全身光裸,腰前围一片破布,头上戴一盏小灯,向那个俨若地狱的黑井爬进爬出。矿坑随时皆可以坍陷或被水灌入,坍了,淹了,这些到地狱讨生活的人自然也就完事了。

矿区同小山城各驻扎了相当军队。七年前,有一天晚上,一名哨兵扛了枪支,正从一个废弃了的煤井前面经过,忽然从黑暗里跃出了一个煤矿工人,一菜刀把那个哨兵头颅劈成两片。这煤矿工人很敏捷的把枪支同子弹取下后,便就近埋藏在煤渣里,哨兵尸身被拖到那个浸了半井黑水的煤井边,冬的一声抛下去了。这个哨兵失了踪,军营里当初还以为人开了小差。照例下令各处通缉。直等到两个半月以后,尸身为人在无意中发现时,那个狡猾强悍的煤矿工人,在辰溪与芷江两县交界处的土匪队伍中称小舵把子,干打家劫舍捉肥羊的生涯已多日了。

三年后,这煤矿工人带领了约两千穷人,又在一种十分敏捷的手段下,占领了那个辰溪的小山城。防军受了相当损失,把其余部队集中在对河产煤区,准备反攻。一切船只不是逃往下游便是被防军扣留,河面一无所有,异常安静。上下行商船一律停顿到上下三五十里码头上,最美观的木筏也不能在河面见着了。两岸煤矿全停顿了,烧石灰人也逃走了。白日里静悄悄的,只间或还可听到一两声哨兵放冷枪声音。每日黄昏里及天明前后,两方面都担心敌人渡河袭击,便各在河边燃了大大的火堆,且把机关枪毕毕剥剥的放了又放。当机关枪如拍簸箕那么反复作响时,一些逃亡在山坳里的平民,以及被约束在一个空油坊里的煤矿工人,便各在沉默里,从枪声方面估计两方的得失。多数人虽明白这战争不出一个月必可结束,落草为寇的仍然逃入深山,驻防的仍然收复了原有防地。但这战事一延长,两方面的牺牲,谁也

就不能估计得到了。

每次机关枪的响声下,照例必有防军方面渡江奇袭的船只过河。照例是五个八个一伙伏在船舱里,把水湿棉絮同砂包垒积到船头与船旁,乘黄昏天晓薄雾平铺江面时挹流偷渡。船只在沉默里行将到达岸边时,在强烈的手电筒搜索中被发现了,于是响了机关枪。船只仍然不顾一切在沉默中向岸边划去。再过一会,訇的一声,从船上掷出的手榴弹已抛到岸边哨兵防御工事边。接着两方面皆响起了机关枪,手榴弹也继续爆炸着。再过一阵,枪声已停止,很显然的,渡河的在猛烈炮火下,地势不利失败了。这些人或连同船只沉到水中去了,或已拢岸却依然在悬崖上牺牲了,或被炮火所逼,船中人死亡将尽,剩余一个两个受了伤,尽船只向下游漂去,在五里外的长潭中,方有机会靠拢自己防地那一个岸边。

半月以内,防军在渡头上下三里前后牺牲了大约有三连实力,与三十七只大小船只。到后却有五个教导团的年轻学兵,在大雨中带了五支自动步枪,一堆手榴弹,三支连槽,用竹筏渡河,拢岸时,首先占领了土匪沿河一个重要码头,其余竹筏陆续渡河,从占领处上了岸。在一场剧烈凶猛的巷战中,那矿工统率的穷人队伍不能支持,在街头街尾一些公共建筑各处放了火,便带了残余部众,绑着县长同几个当地绅士,向东乡逃跑了。

三个月内,防军在继续追剿中,解决了那个队伍全部的实力,肉票也皆被夺回了。但那个矿工出身土匪首领的漏网,却成为地方当局忧虑不安的事情。到后来虽悬赏探听明白了他的踪迹,却无方法可以诱出逮捕。

五个青年教导团学兵,那时节业已毕业,升了各连的见习,尚未归连。就请求上司允许他们冒一次险,且向上司说明这冒险的计划。

七天以后,辰溪沅州两县边境名为"窑上"的地方,一个制砖人小饭铺里,就有五个人吃饭。五个人全作贵州商人装束,其中有四个各扛了小扁担,扛了担贵州出产的松皮纸。只一人挑了一担有盖箩筐。这制砖人年纪已开六十岁,早为防军侦探明白是那个矿工的通信联络人。年青人把饭吃过后,几人便互相商量到一件事情。所说的话自然

沈从文
散文精选

就是故意让那老头子从一旁听去的话。这时节几个人正装扮成为一群从黔省来投靠那矿工的零伙,箩筐里白米下放的是一支已拆散了的捷克式轻机关枪同若干发子弹。箩筐中真是那玩意儿!几人一面话,一面埋怨这次来到这里的冒昧处。一片谎话把那个老奸巨猾的心说动了后,那老的搭讪着问了些闲话,相信几人真是来卖身投靠的同道了,就说他会卜课。他为他们卜了一课,那卦上说,若找人,等等①向西方走去,一定可以遇到一个他们所要见的人。等待几人离开饭铺向西走去时,制砖人早把这个消息递给了另一方面。两方面都十分得意,以为对面的一个上了套。

因此几个人不久就同一个"管事"在街口会了面。稍稍一谈,把箩筐盖甩去一看,机关枪赫然在箩筐里,管事的再不能有何种疑虑了。就邀约五个人入山去见"龙头",吃血酒发誓,此后使祸福与共,一同作梁山上弟兄。几个年青人却说"光棍心多,请莫见怪",以为最好倒是约"龙头"来窑上吃血酒发誓,再共同入山。管事的走去后,几个人就依然住在窑上制砖人家里等候消息。

第二天,那个机智结实矿工,带领四个散伙弟兄来到了窑上,见面后,很亲热的一谈,见得十分投契。点了香烛,杀了鸡,把鸡血开始与烧酒调和,各人正预备喝下时,在非常敏捷的行为中,五个年青人各从身边取出了手抢同小宝(解首刀)动起手来。几个从山中来的豹子,在措手不及情形中全被放翻了。那矿工最先手臂和大腿各中了一枪,早躺在地下血泊里。等到其他几个人倒下时,那矿工冷冷的向那五个年青人笑着说:

"弟兄,弟兄,你们手脚真麻利!慢一会儿,就应归你们躺到这里了。我早就看穿了你们的诡计,明白你们是从哪儿来的卖客,好胆量!"

几个年青人不说甚么,在沉默里把那些被放翻在地下的人,首级一一割下。轮到矿工时,那矿工仍然十分沉静的说:

"弟兄,弟兄,不要尽做蠢事,留一个活口,你们好回去报功!"

五个年青人心想,真应该留一个活的,"好去报功"!就不说甚

---

① 等等:湘西方言,等一会儿的意思。

么，把他捆绑起来。

一会儿，五个年青人便押了受伤的矿工，且勒迫那个制砖的老头子挑了四个人头，沉默的一列回辰溪县了。走到去辰溪不远的白羊河时，几人上了一只小船。

船到了辰溪上游约三里路，那个受伤的矿工又开了口：

"弟兄，弟兄，一切是命。你们运气好，手面子快，好牌被你们抓上手了。那河边煤井旁，我还埋了四支连槽，爽性助和你们，你们谁同我去拿来吧。"

那煤矿原来去山脚不远，来回有二十分钟就可以了事。五个年青人对于这提议毫不疑惑。矿工既已身受重伤，无法逃遁，四支边槽照市价值一千块钱，引起了几个年青人的幻想。商量派谁守船都不成，于是五个人就又押了那个受伤矿工与制砖老头子，一同上了岸。走近一个废坑边，那矿工却说，枪支就埋在坑前左边一堆煤滓里。正当几个人争着去翻动煤滓寻取枪支时，矿工一瘸一拐的走近了那个业已废弃多年的矿井边，声音朗朗的从容的说道：

"弟兄，弟兄，对不起，你们送了我那么多远路，有劳有偏了！"

话一说完，猛然向那深井里跃去。几个人赶忙抢到井边时，只听到冬的一声，那矿工便完事了。

五个青年人呆了许久，骂了许久，皆觉得被骗了一次，白忙了一回。那废井深约四十公尺，有一半已灌了水。七年前那个哨兵，就是被矿工从这个井口抛下去的。

在另外一个篇章里，我不是曾经说过我抵辰州时，第一天就见着五个少年军官吗？当他们和我共同围坐在一个火炉边，向我说到他们的冒险，和那矿工临死前那分镇静时，我简直呆了。我问他们，为甚么当时不派个人拉着那矿工的绳子。

"拉他的绳子吗？你真说得好。当真拉住他，谁拉他谁不就同时被他带下井去了吗？"说这个话的年青朋友，原来就正是当时被派定看守矿工的一个，为了忙于发现埋藏的手枪，幸而不至于被拉下井的。

（原载1934年4月《国闻周报》第11卷第29期）

老伴

我平日想到泸溪县时，回忆中就浸透了摇船人催橹的歌声，且被印象中一点儿小雨，仿佛把心也弄湿了。这地方在我生活史中占了一个位置，提起来真使我又痛苦又快乐。

泸溪县城界于辰州与浦市两地中间，上距浦市六十里，下达辰州也恰好六十里。四面是山，对河的高山逼近河边，壁立拔峰，河水在山峡中流去。县城位置在洞河与沅水汇流处，小河泊船贴近城边，大河泊船去城约三分之一里（洞河通称小河，沅水通称大河）。洞河来源远在苗乡，河口长年停泊了五十只左右小小黑色洞河船。弄船者有短小精悍的花帕苗，头包格子花帕，腰围短短裙子。有白面秀气的所里①人，说话时温文尔雅，一张口又善于唱歌。洞河既水急山高，河身转折极多，上行船到此已不适宜于借风使帆。凡入洞河的船只，到了此地，便把风帆约成一束，作上个特别记号，寄存于城中店铺里去，等待载货下行时，再来取用。由辰州开行的沅水商船，六十里为一大站，停靠泸溪为必然的事。浦市下行船若预定当天赶不到辰州，也多在此过夜。然而上下两个大码头把生意全已抢去，每天虽有若干船只到此停泊，小城中商业却清淡异常。沿大河一方面，一个稍稍像样的青石码头也没有。船只停靠都得在泥滩与泥堤下，落了小雨，上岸下

---

① 所里：地名，即今吉首。

船不知要滑倒多少人!

十七年前的七月里,我带了"投笔从戎"的味儿,在一个"龙头大哥"兼"保安司令"的带领下,随同八百乡亲,乘了从高村抓封得到的三十来只大小船舶,浮江而下,来到了这个地方。靠岸停泊时正当傍晚,紫绛山头为落日镀上一层金色,乳色薄雾在河面流动。船只拢岸时摇船人照例促橹长歌,那歌声糅合了庄严与瑰丽,在当前景象中,真是一曲不可形容的音乐。

第二天,大队船只全向下游开拔去了,抛下了三只小船不曾移动。两只小船装的是旧棉军服,另一只小船,却装了十三名补充兵,全船中人年龄最大的一个十九岁,极小的一个十三岁。

十三个人在船上实在太挤了。船既不开动,天气又正热,挤在船上也会中暑发瘟。因此许多人白日里尽光身泡在长河清流中,到了夜里,便爬上泥堤去睡觉。一群小子身上全是空无所有,只从城边船户人家讨来一大捆稻草,各自扎了一个草枕,在泥堤上仰面躺了五个夜晚。

这件事对于我个人不是一个坏经验。躺在尚有些微余热的泥土上,身贴大地,仰面向天,看尾部闪放宝蓝色光辉的萤火虫匆匆促促飞过头顶。沿河是细碎人语声,蒲扇拍打声,与烟杆剥剥的敲着船舷声。半夜后天空有流星曳了长长的光明下坠。滩声长流,如对历史有所陈诉埋怨。这一种夜景,实在为我终身不能忘掉的夜景!

到后落雨了,各人竞上了小船。白日太长,无法排遣,各自赤了双脚,冒着小雨,从烂泥里走进县城街上去观光。大街头江西人经营的布铺,铺柜中坐了白发皤然老妇人,庄严沉默如一尊古佛。大老板无事可作,只腆着肚皮,叉着两手,把脚拉开成为八字,站在门限边对街上檐溜出神。窄巷里石板砌成的行人道上,小孩子扛了大而朴质的雨伞,响着寂寞的钉鞋声。待到回船时,各人身上业已湿透,就各自把衣服从身上脱下,站在船头相互帮忙拧去雨水。天晚了,便满船是呛人的油气与柴烟。

在十三个伙伴中我有两个极要好的朋友。其中一个是我的同宗兄弟,名叫沈万林,年纪顶大,与那个在常德府开旅馆头戴水獭皮帽子的朋友，原来同在一个中营游击衙门里服务当差，终日栽花养金鱼，事情倒也从容悠闲。只是和上面管事头目合不来，忽然对职务厌烦起来，把管他的头目打了一顿，自己也被打了一顿，因此就与我们作了同伴。其次是那个年纪顶轻的，名字就叫"开明"，一个赵姓成衣人的独生子，为人伶俐勇敢，稀有少见。家中虽盼望他能承继先人之业，他却梦想作个上尉副官，头戴金边帽子，斜斜佩上条红色值星带，站在副官处台阶上骂差弁，以为十分神气。因此同家中吵闹了一次，负气出了门，这小孩子年纪虽小，心可不小！同我们到县城街上转了三次，就看中了一个绒线铺的和他年龄差不多的女孩子，问我借钱向那女孩子买了三次白棉线草鞋带子。他虽买了不少带子，那时节其实连一双多余的草鞋都没有，把带子买得同我们回转船上时，他且说："将来若作了副官，当天赌咒，一定要回来讨那女孩子做媳妇。"那女孩子名叫"小翠"，我写《边城》故事时，弄渡船的外孙女，明慧温柔的品性，就从那绒线铺小女孩印象而来。我们各人对于这女孩子印象似乎都极好，不过当时却只有他一个人特别勇敢天真，好意思把那一点糊涂希望说出口来。

日子过去了三年，我那十三个同伴，有三个人由驻防地的辰州请假回家去，走到泸溪县境驿路上，出了意外的事情，各被土匪砍了二十余刀，流一滩血倒在大路旁死掉了。死去的三人中，有一个就是我那同宗兄弟。我因此得到了暂时还家的机会。

那时节军队正预备从鄂西开过四川就食，部队中好些年轻人一律被遣送回籍。那保安司令官意思就在让各人的父母负点儿责：以为一切是命的，不妨打发小孩子再归营报到，担心小孩子生死的，自然就不必再来了。

我于是和那个伙伴并其他二十多个年轻人，一同挤在一只小船中，还了家乡。小船上行到泸溪县停泊时，虽已黑夜，两人还进城去拍打那人家的店门，从那个女孩手中买了一次白带子。

到家不久，这小子大约不忘却作副官的好处，借故说假期已满，同成衣人爸爸又大吵了一架，偷了些钱，独自走下辰州了。我因家中无事可作，不辞危险也坐船下了辰州。我到得辰州老参将衙门报到时，

方知道本军部队四千人，业已于四天前全部开拔过四川，所有相熟伙伴也完全走尽了。我们已不能过四川，改成为留守部人员。留守部只剩下一个上尉军需官，一个老年上校副官长，一个跛脚小校副官，以及两班新刷下来的老弱兵士。开明被派作勤务兵，我的职务为司书生，两人皆在留守部继续供职。两人既受那个副官长管辖，老军官见我们终日坐在衙门里梧桐树下唱山歌，以为我们应找点正经事做做，就想出个巧办法，派遣两人到附近城外荷塘里为他钓蛤蟆。两人一面钓蛤蟆一面谈天，我方知道他下行时居然又到那绒线铺买了一次带子。我们把蛤蟆从水荡中钓来，剥了皮洗刷得干干净净后，用麻线捆着那东西小脚，成串提转衙门时，老军官就加上作料，把一半熏了下酒，剩下一半还托同乡带回家中丢给老太太享受。我们这种工作一直延长到秋天，才换了另外一种。

过了约一年，有一天，川边来了个特急电报：部队集中驻扎在一个湖边上来风小县城里，正预备拉夫派捐回湘，忽然当地切齿发狂的平民，受当地神兵煽动，秘密约定由神兵带头打先锋，发生了民变，各自拿了菜刀、镰刀、撇麻砍柴刀，大清早分头猛扑各个驻军庙宇和祠堂来同军队作战。四千军队在措手不及情形中，一早上就放翻了三千左右。总部中除那个保安司令官同一个副官侥幸脱逃外，其余所有高级官佐职员全被民兵砍倒了（事后闻平民死去约七千，半年内小城中随处还可发现白骨）。这通电报在我命运上有了个转机，过不久，我就领了三个月遣散费，离开辰州，走到出产香草香花的芷江县，每天拿了个紫色木戳，过各屠桌边验猪羊税去了。所有八个伙伴已在川边死去，至于那个同买带子同钓蛤蟆的朋友呢，消息当然从此也就断绝了。

整整过去十七年后，我的小船又在落日黄昏中，到了这个地方停靠下来。冬天水落了些，河水去堤岸已显得很远，裸露出一大片干枯泥滩。长堤上有枯苇刷刷作响，阴背地方还可看到些白色残雪。

石头城恰当日落一方，雉堞与城楼皆为夕阳落处的黄天，衬出明明朗朗的轮廓，每一个山头仍然镀上了金，满河是橹歌浮动（就是那使我灵魂轻举永远赞美不尽的歌声）！我站在船头，思索到一件旧事，追忆及几个旧人,黄昏来临,开始占领了整个空间。远近船只全只剩下一些模糊轮廓,长堤上有一堆一堆人影子移动,邻近船上炒菜落锅声音与小孩哭声杂然并陈。忽然间,城门边响了一声卖糖人的小锣,"铛……"

一双发光乌黑的眼珠,一条直直的鼻子,一张小口,从那一槌小锣声中重现出来。我忘了这份长长岁月在人事上所发生的变化,恰同小说书本上角色一样,怀了不可形容的重心,上了堤岸进了城。城中接瓦连椽的小小房子,以及住在这小房子里的本城人民,我似乎与他们都十分相熟。时间虽已过了十七年,我还能认识城中的道路,辨别城中的气味。

我居然没有错误,不久就走到了那绒线铺门前了。恰好有个船上人来买棉线:当他推门进去时,我紧跟着进了那个铺子。有这样稀奇的事情吗?我见到的不正是那个女孩吗?我真惊讶得说不出话来。十七年前那小女孩就成天站在铺柜里一堵棉纱边,两手反复交换动作挽她的棉线,目前我所见到的,还是那么一个样子。难道我如浮士德一样,当真回到了那个"过去"了吗?我认识那眼睛,鼻子,和薄薄小嘴。我毫不含糊,敢肯定现在的这一个就是当年的那一个。

"要什么呀?"就是那声音,也似乎极其熟悉。

我指定悬在钩上一束白色东西,"我要那个!"

如今真轮到我这老军务来购买系草鞋的白棉纱带子了!当那女孩子站在一个小凳子上,去为我取钩上货物时,铺柜里火盆中有茶壶沸水声音,某一处有人吸烟声音。女孩上辫发上缠的是一绺白绒线,我心想:"死了爸爸还是死了妈妈?"火盆边茶水沸了起来,小槅扇门后面有个男子哑声说话:

"小翠,小翠,水开了,你怎么的?"女孩子虽已即刻很轻捷灵便的跳下凳子,把水罐挪开,那男子却仍然走出来了。

真没有再使我惊讶的事了,在黄晕晕的煤油灯光下,我原来又见到了那成衣人的独生子!这人简直可说是一个老人。很显然的,时间同鸦片烟已毁了他。但不管时间同鸦片烟在这男子脸上刻下了记号,我还是一眼就认定这人便是那一再来到这铺子里购买带子的赵开明。

从那点神气看来，却决猜不出面前的主顾，正是同他钓蛤蟆的老伴。这人虽作不成副官，另一糊涂希望可终究被达到了。我憬然觉悟他与这一家人的关系，且明白那个似乎永远年青的女孩是谁的女儿了。我被"时间"意识猛烈的捆了一巴掌，摩摩我的面颊，一句话不说，静静的站在那儿看两父女度量带子，验看点数我给他的钱。完事后，我想多停顿一会，又借故买了点白糖，他们虽不卖白糖，老伴却十分热心出门为我向别一铺子把糖买来。他们那份安于现状的神气，使我觉得若用我身份惊动了他，就真是我的罪过。

我拿了那个小小包儿出城时，天已断黑，在泥堤上乱走。天上有一粒极大星子，闪耀着柔和悦目的光明。我瞅定这一粒星子，目不旁瞬。

"这星光从空间到地球据说就得三千年，阅历多些，它那么镇静有它的道理。我现在还只三十岁刚过头，能那么镇静吗？……"

我心中似乎极其混乱，我想我的混乱是不合理的。我的脚正踏到十七年前所躺卧的泥堤上，一颗心跳跃着，勉强按捺也不能约束自己。可是，过去的，有人能拦住不让它过去，又有谁能制止不许它再来？时间使我的心在各种变动人事上感受了点分量不同的压力，我得沉默，得忍受。再过十七年，安知道我不再到这小城中来？世界虽极广大，人可总像近于一种夙命，限制在一定范围内，经验到他的过去相熟的事情。

为了这再来的春天，我有点忧郁，有点寂寞。黑暗河面起了缥缈快乐的橹歌。河中心一只商船正想靠码头停泊。歌声在黑暗中流动，从歌声里我俨然彻悟了什么。我明白"我不应当翻阅历史，温习历史"。在历史前面，谁人能够不感惆怅？

但我这次回来为的是什么？自己询问自己，我笑了。我还愿意再活十七年，重来看看我能看到难于想象的一切。

（原载1934年9月《文学杂志》第1卷第4期）

虎雏再遇记

四年前我在上海时，曾经做过一次荒唐的打算，想把一个年龄只十四岁，生长在边陬僻壤小豹子一般的乡下人，用最文明的方法试来造就他。虽事在当日，就经那小子的上司预言，以为我一切设计将等于白费，所有美好的设想，到头必不免落空，我却仍然不可动摇的按照计划作去。我把那小子放在身边，勒迫他读书，打量改造他的身体改造他的心，希望他在我教育下将来成个知识界伟人。谁知不到一个月，就出了意外事情。那理想中的伟人，在上海滩生事打坏了一个人，从此便失踪了。一切水得归到海里，小豹子也只宜于深山大泽方能发展他的生命。我明白闹出了乱子以后，他必有他的生路。对于这个人此后的消息，老实说，数年来我就不大再关心了。但每当我想及自己所作那件傻事时，总不免为自己的傻处发笑。

这次湘行到达辰州后，我第一个见到的就是那只小豹子。除了手脚身个子长大了一些，眉眼还是那么有精神，有野性。见他时，我真是又惊又喜。当他把我从一间放满了兰草与茉莉的花房里引过，走进我哥哥住的一间大房里去，安置我在火盆边大柚木椅上坐下时，我一开口就说：

"祖送，祖送，你还活在这儿，我以为你在上海早被人打死了！"

他有点害羞似的微笑了，一面为我倒茶一面却轻轻的说：

"打不死的，日晒雨淋吃小米包谷长大的人，哪会轻易给人

打死！"

我说："我早知道你打不死，而且你还一定打死了人。我一切都知道。（说到这里时，我装成一切清清楚楚的神气）你逃了，我明白你是什么诡计。你为的是不愿意跟在我身边好好读书，只想落草为王，故意生事逃走。可是你害得我们多难受！那教你算学的长胡子先生，自从你失踪后，他在上海各处托人打听你，奔跑了三天，为你差点儿不累倒！"

"那山羊胡子先生找我吗？"

"什么？'山羊胡子先生！'"这字眼儿真用得不雅相，不斯文。被他那么一说，我预备要说的话也接不下去了。

可是我看看他那双大手以及右手腕上那个夹金表，就明白我如今正是同一个大兵说话，并不是同四年前那个"虎雏"说话了。我错了，得纠正自己。于是我模仿粗暴，笑了一下，且学作军官们气魄向他说：

"我问你，你为甚么打死人，怎么又逃了回来？不许瞒我一字，全为我好好说出来！"

他仍然很害羞似的微笑着，告给我那件事情的一切经过。旧事重提，虽然在他这种人并不甚么习惯，因此不多久，他就把话改到目前一切来了。他告我上一个月在铜仁方面的战事，本军死了多少人，且告我乡下种种情形，家中种种情形。谈了大约一点钟，我那哥哥穿了他新作的宝蓝缎面银狐长袍，夹了一大卷京沪报纸，口中嘘嘘吹着奇异调门，从军官朋友家里谈论政治回来了，我们的谈话方始中断。

到我生长那个石头城苗乡里去，我的路程应当还有四个日子，两天坐原来那只小船，两天还坐了小而简陋的山轿，走一段长长的山路。在船上虽一切陌生，我还可以用点钱使划船的人同我亲热起来。而且各个码头吊脚楼的风味，永远又使我感觉十分新鲜。至于这样严冬腊月，坐两整天的轿子，路上过关越卡，且得经过几处出过杀人流血案子的地方，第一个晚上，又必需在一个最坏的站头上歇脚，若没有熟人，可真有点儿麻烦了。吃晚饭时，我向我那个哥哥提议，借这个副爷送我一趟。因此第二天上路时，这小豹子就同我一起上了路。临行时哥哥别的不说,只嘱咐他"不许同人打架"。看那样子,就可知道"打架"还是这个年轻人唯一的快乐行业。

在船上我得了同他对面谈话的方便,方知道他原来八岁里就用石头从高处砸坏了一个比他大过五岁的敌人。上海那件事发生时,在他面前倒下的,算算已是第三个了。近四年来因为跟随我那上校弟弟驻防溆浦,派归特务连服务,于是在正当决斗情形中,倒在他面前的敌人数目比从前又增加了一倍。他年纪到如今只十八岁,就亲手放翻了六个敌人,而且照他说来,敌人全超过了他一大把年龄。好一个漂亮战士!这小子大致因为还有点怕我,所以在我面前还装得怪斯文,一句野话不说,一点蛮气不露,单从那样子看来,我就不很相信他能同什么人动手,而且一动手必占上风。

船上他一切在行,篙桨皆能使用,做事时灵便敏捷,似乎比那个小水手还得力。船搁了浅,弄船人无法可想,各跳入急水中去扛船时,他也把上下衣服脱得光光的,跳到水中去帮忙。(我得提一句,这是十二月!)

照风气,一个体面军官的随从,应有下列几样东西:一个奇异牌的手电灯,一枚金手表,一支匣子炮。且同上司一样,身上军服必异常整齐。手电灯用来照路,内地真少不了它。金手表则当军官发问:"护兵,什么时候了?"就举起手看一看来回答。至于匣子炮,用处自然更多了。我那弟弟原是一个射击选手,每天出野外去,随时皆有目标啪的来那么一下。有时自己不动手,必命令勤务兵试试看(他们每次出门至少得耗去半夹子弹)。但这小豹子既跟在我身边,带枪上路除了惹祸可以说毫无用处。我既不必防人刺杀,同时也无意打人一枪,故临行时我不让他佩枪,且要他把军服换上一套爱国呢中山服。解除了武装,看样子,他已完全不像个军人,只近于一个喜事好弄的中学生了。

我不曾经提到过,我这次回来,原是翻阅一本用人事组成的历史吗?当他跳下水去扛船时,我记起四年前他在上海与我同住的情形。当时我曾假想他过四年后能入大学一年级。现在呢,这个人却正同船上水手一样,为了帮水手忙扛船不动,又湿淋淋的攀着船舷爬上了船,

捏定篙子向急水中乱打，且笑嘻嘻的大声喊嚷。我在船舱里静静的望着他，我心想：幸好我那荒唐打算有了岔儿，既不曾把他的身体用学校锢定，也不曾把他的性灵用书本锢定。这人一定要这样发展才像个人！他目前一切，比起住在城里大学校的大学生，开运动会时在场子中呐喊吆喝两声，饭后打打球，开学日集合好事同学通力合作折磨折磨新学生，派头可来得大多了。

等到船已挪动水手皆上了船时，我喊他：

"祖送，祖送，嗳嗳，你不冷吗？快穿起你的衣来！"

他一面舞动手中那支篙子，一面却说：

"冷呀，我们在辰州前些日子还邀人泅过大河！"

到应吃午饭时，水手无空闲，船上烧水煮饭的事完全由他作。

把饭吃过后，想起临行时哥哥嘱咐他的话，要他详详细细的来告给我那一点把对手放翻时的"经验"，以及事前事后的"感想"。"故事"上半天已说过了，我要明白的只是故事对于他本人的"意义"。我在他那种叙述上，我敢说我当真学了一门稀奇的功课。

他的坦白，他的口才，皆帮助我认识一个人，一颗心在特殊环境下所有的式样。他虽一再犯罪却不应受何种惩罚。他并不比他的敌人如何强悍，不过只是能忍耐，知等待机会，且稍稍敏捷准确一点儿罢了。当他一个人被欺侮时，他并不即刻发作，他显得很老实，沉默，且常常和气的微笑。"大爷，你老哥要这样，还有什么话说吗？谁敢碰你老哥？请老哥海涵一点……"可是，一会儿，"小宝"飕的抽出来，或是一板凳一柴块打去，这"老哥"在措手不及情形中，哽了一声便被他弄翻了。完事后必需跑的自然就一跑，不管是税卡，是营上，或是修械厂，到一个新地方，住在棚里闲着，有什么就吃什么，不吃也饿得起，一见别人做事，就赶快帮忙去做，用勤快溜刷①引起头目的注意。直到补了名字，因此把生活又放在一个新的境遇新的门路上当作赌注押去。这个人打去打来总不离开军队，一点生存勇气的来源却亏得他家祖父是个为国殉职的游击。"将门之子"的意识，使他到

---

① 溜刷：湘西方言，敏捷之意。

任何境遇里皆能支撑能忍受。他知道游击同团长名分差不多，他希望作团长。他记得一句格言："万丈高楼平地起。"他因此永远能用起码名分在军队里混。

对于这个人的性格我不稀奇，因为这种性格从三厅屯垦军子弟中随处可以发现。我只稀奇他的命运。

小船到辰河著名的"箱子岩"上游一点，河面起了风，小船拉起一面风帆，在长潭中溜去。我正同他谈及那老游击在台湾与日本人作战殉职的遗事，且劝他此后忍耐一点，应把生命押在将来对外战争上，不宜于仅为小小事情轻生决斗。想要他明白私斗一则不算脚色，二则妨碍事业。见他把头低下去，长长的叹了一口气，我以为所说的话有了点儿影响，心中觉得十分快乐。

经过一个江村时，有个跑差军人身穿军服斜背单刀正从一只方头渡船上过渡，一见我们的小船，装载极轻，走得很快，就喊我们停船，想搭便船上行。船上水手知道包船人的身份，就告给那军人，说不方便，不能停船。

赶差军人可不成，非要我们停船不可。说了些恐吓话，水手还是不理会。我正想告给水手要他收帆停船，让那个军人搭坐搭坐，谁知那军人性急火大，等不得停船，已大声辱骂起来了。小豹子原蹲在船舱里，这时方爬出去打招呼：

"弟兄，弟兄，对不起，请不要骂！我们船小，也得赶路。后面有船来，你搭后面那一只船吧。"

那一边看看船上是一个中学生样子人物，就说：

"甚么对不起，赶快停停！掌舵的，你不停船我×你的娘，到码头时我要用刀杀你这狗杂种！"

那个掌艄人正因为风紧帆饱，一面把帆绳拉着，一面就轻轻的回骂："你杀我个鸡公，我怕你！"

小豹子却依然向那军人很和气的说："弟兄，弟兄，你不要骂人！全是出门人，不要开口就骂人！"

"我要骂人怎么样，我骂你，我就骂你，……你到码头等我！"

我担心这口舌，便喊叫他，"祖送！"

小豹子被那军人折辱了，似乎记起我的劝告，一句话不说，摇摇头，默然钻进了船舱里。只自言自语的说："开口就骂人，不停船就用刀吓人，真丢我们军人的丑。"

那时节跑差军人已从渡船上了岸，还沿河追着我们的小船大骂。

我说："祖送，你同他说明白一下好些，他有公事我们有私事，同是队伍里的人，请他莫骂我们，莫追我们。"

"不讲道理让他去，不管他。他疑心这小船上有女人，以为我们怕他！"

小船挂帆走风，到底比岸上人快一些，一会儿，转过山岨时，那个军人就落后了。

小船停到××时，水手全上岸买菜去了，小豹子也上岸买菜去了，各人去了许久方回来。把晚饭吃过后，三个水手又说得上岸有点事，想离开船，小豹子说：

"你们怕那个横蛮兵士找来，怕甚么？不要走，一切有我！这是大码头，有部队驻扎在这里，凡事得讲个道理！"

几个船上人虽分辩，仍然一同匆匆上岸去了。

到了半夜水手们还不回来睡觉，我有点儿担心，小豹子只是笑。我说：

"几个人别叫那横蛮军人打了，祖送，你上去找找看！"

他好像很有把握笑着说："让他们去，莫理他们。他们上烟馆同大脚妇人吃荤烟去了，不会挨打。"

"我担心你同那兵士打架，惹了祸真麻烦我。"

他不说甚么，只把手电灯照他手上的金表，大约因为表停了，轻轻的骂了两句野话。待到三个水手回转船上时，已半夜过了。

第二天一早，天还未大明，船还不开头，小豹子就在被中咕喽咕喽笑。我问他笑些甚么，他说：

"我夜里做梦，居然被那横蛮军人打了一顿。"

我说："梦由心造，明明白白是你昨天日里想打他，所以做梦就挨打。"

那小豹子睡眼迷蒙的说："不是日里想打他，只是昨天煞黑时当真打了那家伙一顿!"

"当真吗?你不听我话,又闹乱子打架了吗?"

"哪里哪里,我不会同谁打什么架!"

"你自己承认的,我面前可说谎不得!你说谎我不要你跟我。"

他知道他露了口风,把话说走,就不再作声了,咕咕笑将起来。原来昨天上岸买菜时,他就在一个客店里找着了那军人,把那军人嘴巴打歪,并且差一点儿把那军人膀子也弄断了。我方明白他昨天上岸买菜去了许久的理由。

(原载 1934 年 10 月《水星》第 1 卷第 1 期)

一个爱惜鼻子的朋友

民国十年，湘西统治者陈渠珍①，受了点"五四"余波的影响，并对于联省自治抱了幻想，在保靖办了个湘西十三县联合中学校，教师全是由长沙聘请来的，经费由各县分摊，学生由各县选送。那学校位置在城外一个小小山丘上，清澈透明的酉水，在西边绕山脚流去，滩声入耳，使人神气壮旺。对河有一带长岭，名野猪坡，高约七八里，局势雄强（翻岭有条官路可通永顺）。岭上土地、丛林与洞穴，为烧山种田人同野兽大蛇所割据。一到晚上，虎豹就傍近种山田的人家来吃小猪，从小猪锐声叫喊里，还可知道虎豹跑去的方向（这大虫有时白天"昂"的一吼，夹河两岸山谷回声必响应许久）。种田人也常常拿了刀叉火器，以及种种家伙，往树林山洞中去寻觅，用绳网捕捉大蛇，用毒烟熏取野兽。岭上最多的是野猪，喜欢偷吃山田中的包谷和白薯，为山中人真正的仇敌。正因为对付这个无限制的损害农作物的仇敌，岭上打锣击鼓猎野猪的事，也就成为一种常有的工作，一种常有的游戏了。学校前面有个大操场，后边同左侧皆为荒坟同林莽，白日里野狗成群结队在林莽中游行，或各自蹲坐在荒坟头上眺望野景，见人不惊不惧。天阴月黑的夜里，这畜生就把鼻子贴着地面长嗥，招

---

① 陈渠珍：湘西麻阳县人，二十年代初至抗战前，任湘西镇守使，人称"湘西王"。

呼同伴，掘挖新坟，争夺死尸咀嚼。与学校小山丘遥遥相对，相去不到半里路另一山丘中凹地，是当地驻军的修械厂，机轮轧轧声音终日不息，试枪处每天可听到机关枪迫击炮的响声。新校舍的建筑，因为由军人监工，所有课堂宿舍的形式与布置，同营房差不多。学生所过的日子，也就有些同军营相近。学校中当差的用两班徒手兵士，校门守卫的用一排武装兵士，管厨房宿舍的全由部中军佐调用。在这种环境中陶冶的青年学生，将来的命运，不能够如一般中学生那么平安平凡，一看也就显然明白了。

当时那些青年中学生，除了星期日例假，可以到城里城外一条正街和小街上买点东西，或爬山下水玩玩，此外就不许无故外出。不读书时他们就在大操场里踢踢球，这游戏新鲜而且活泼，倒很适宜于一群野性中学生。过不久，这游戏且成为一种有传染性的风习，使军部里一些青年官佐也受传染影响了。学生虽不能出门，青年官佐却随时可以来校中赛球。大家又不需要什么规则，只是把一个球各处乱踢，因此参加的人也毫无限制。我那时节在营上并无固定职务，正寄食于一个表兄弟处，白日里常随同号兵过河边去吹号，晚上就蜷伏在军装处一堆旧棉军服上睡觉。有一次被人邀去学校踢球，跟着那些青年学生吼吼嚷嚷满场子奔跑，他们上课去了，我还一个人那么玩下去。学校初办，四周还无围墙，只用有刺铁丝网拦住，甚么人把球踢出了界外时，得请野地里看牛牧羊人把球抛过来，不然就得出校门绕路去拾球。自从我一作了这个学校踢球的清客后，爬铁丝网拾球的事便派归给我。我很高兴当着他们面前来作这件事，事虽并不怎么困难，不过那些学生却怕处罚，不敢如此放肆，我的行为于是成为英雄行为了。我因此认识了许多朋友。

朋友中有三个同乡，一个姓杨，本城高枧乡下地主的独生子。一个姓韩，我的旧上司的儿子（就是辰州府总爷巷第一支队司令部留守处那个派我每天钓蛤蟆下酒的老军官的儿子）。一个姓印，眼睛有点近视。他的父亲曾作过军部参谋长，因此在学校他俨然是个自由人。前两个人都很用心读书，姓印的可算得是个球迷。任何人邀他踢球，他必高兴奉陪，球离他不管多远，他总得赶去踢那么一脚。每到星期

天，军营中有人往沿河下游四里的教练营大操场同学生玩球时，这个人也必参加热闹。大操场里极多牛粪，有一次同人争球，见牛粪也拼命一脚踢去，弄得另一个人全身一塌胡涂。这朋友眼睛不能辨别面前的皮球同牛粪，心地可雪亮透明。体力身材皆不如人，倒有个很好的脑子。玩虽玩得厉害，应月考时各种功课皆有极好成绩。性情诙谐而快乐，并且富于应变之才，因此全校一切正当活动少不了他，大家都亲昵的称呼他为"印瞎子"，承认他的聪明，同时也断定他会"短命"。

每到有人说他寿命不永时，他便指定自己的鼻子："大爷，别损我。我有这条鼻子，活到八十八，也无灾无难！"

有一次，几个人在一株大树下言志，讨论到各人将来的事业。姓杨的想办团防，因为作了团总就可以不受人敲诈，倒真是个地主的好打算。姓韩的想作副官长，原因是他爸爸也作过副官长，所谓承先人之业是也。还有想管"常平仓"的，想作县公署第一科长的，想作苗守备官下苗乡去称王作霸的，以及想作徐良、黄天霸，身穿夜行衣，反手接飞镖，以便打富济贫的。

有人询问那个近视眼，想知道他将来准备作甚么。

他伸手出去对那个发问人打了个响榧子，"不要小看我印瞎子，我不像你他那么无出息。我要做个伟人！说大话不算数，你们等着瞧吧。看相的王半仙夸奖我这条鼻子是一条龙，赵匡胤黄袍加身，不儿戏！"他说了他的抱负后，转脸向我，用手指着他自己那条鼻子，有点众人不识英雄的神气，"大爷，你瞧，你说老实话，像我这样一条鼻子，送过当铺去，不是也可以当个一千八百吗？"

我忙笑着说："值得值得！"但因为想起另外一件事，不由得大笑起来了。

另一时他同我过渡，预备往野猪坡大岭上去看乡下人新捕获的大豹子，手中无钱，不能给撑渡船的钱。船快拢岸时他就那么说："划船的，伍子胥落难的故事你明白不明白？"

撑渡船的就说："我明白！"

"你明白很好。你认准我这条鼻子，将来有你的好处。"

那弄船的好像知道是甚么事了，却也指着自己鼻子说："少爷，不带钱不要紧,你也认清我这鼻子!"

"我认得,我认得,不会忘记。这是朱砂鼻子,按相书说主酒食,你一天能喝多少?我下次同你来喝个大醉罢。"

弄船的大约也很得意自己那条鼻子,听人提到它便很妩媚的微笑了。那鼻子,直透红得像条刚从饭锅里捞出的香肠!

……

至于我当时的志向呢,因为就过去经验说来,我只能各处流转接受个人应得的一份命运,既无事业可作,还能希望甚么好生活。不过我很明白"时间"这个东西十分古怪。一切人一切事都会在时间下被改变,当前的安排也许不大对,有了小小错处,不大合理,我很愿意尽一份时间来把世界同世界上的人改造一下看看。我并不计划作苗官,又不能从鼻子眼睛上甚么特点增加多少自信。我不看重鼻子,不相信命运,不承认目前形势,却尊敬时间。我不大在生活上的得失关心,却了然时间对这个世界同我个人的严重意义。我愿意好好的结结实实的来作一个人,可说不出将来我要作个甚么样的人。因此一来,我当时也就算不得是个有志气的人。

民国十三年川军熊克武率领廿万大军从湘西过境,保靖地方发生了一场混战,各种主要建设全受军事影响毁掉了,那个学校在我们撤退时也被一把火烧尽了。学生各自散走后,有的成了小学教员,有的从了军,有几个还干脆作了土匪,占山落草称大王,把家中童养媳接上山去圆亲充押寨夫人。我那时已到北京,从家信中得来一点点关于他们的消息,认为很自然也很有意思。时间正在改造一切,尽强健的爬起,尽懦怯的灭亡。我在这一分岁月中,变动得比那些小同乡还更厉害,他们作的事我毫不出奇,毫不惊讶。

到了民国十六年,革命军北伐攻下武汉后,两湖方面党的势力无处不被浸入。小县小城无不建立了党的组织,当地小学教员照例十分积极成为党的中坚分子。烧木偶,除迷信,领导小学生开会游行,对本地土豪劣绅刻薄商人主张严加惩罚,打庙里菩萨破除迷信,便是小县城党部重要工作。当地防军头目同县知事,处处事事受党的挟制,虽有实力却不敢随便说话。那个姓杨的同姓韩的朋友,适在本县作小

学教员。两人在这个小小县城里,居然燃烧了自己的血液,在这一种莫名其妙的情形中,成了党的台柱。加上了个姓刘的特派员的支持,一切事都毫无顾忌,放手作去。工作的狂热,代为证明他们对这个问题认识得还如何天真。必然的变化来了,各处清党运动相继而起。军事领袖得到了惩罚活动分子的密令,十分客气把两个人从课室中请去县里开会,刚到会场就宣布省里指示,剥了他们的衣服,派一排兵士簇拥出西门城外砍了。

那个近视眼朋友,北伐军刚到湖南,就入长沙党务学校受训练,到北伐军奠定武汉,长江下游军事也渐渐得手时,他也成为毛委员的小助手,身穿了一件破烂军服,每日跟随着委员各处跑,日子过得充满了狂热与兴奋。他当真有意识在做候补"伟人"了。这朋友从卅×军政治部一个同乡处,知道我还困守在北京城,只是白日做梦,想用一支笔奋斗下去,打出个天下。就写了个信给我:

大爷,你真是条好汉!可是做好汉也有许多地方许多事业等着你,为什么尽捏紧那支笔?你记不记得起老朋友那条鼻子?不要再在北京城写甚么小说,世界上已没有人再想看你那种小说了。到武汉来找老朋友,看看老朋友怎么过日子罢!你放心,想唱戏,一来就有你戏唱。从前我用脚踢牛屎,现在一切不同了,我可以踢许多许多东西了。……

他一定料想不到这一封信就差点儿把我踢入北京城的监狱里。收到这信后我被查公寓的宪警麻烦了四五次,询问了许多蠢话,抖气把那封信烧了。我当时信也不回他一个。我心想:"你不妨依旧相信你那条鼻子,我也不妨仍然迷信我这一只手,等等看,过两年再说吧。"不久宁汉左右分裂,清党事起,万个青年人就从此失了踪,不知道往甚么地方去了。我在武汉一些好朋友,如顾千里、张采真……也从此在人间消失了。这个朋友的消息自然再也得不到了。

……

我听许多人说及北伐时代两湖青年对革命的狂热。我对于政治缺

沈从文
散文精选

少应有理解，也并无有兴味，然而对于这种民族的狂热感情却怀着敬重与惊奇。这究竟是怎么回事？我愿意多知道一点点。估计到这种狂热虽用人血洗过了，被时间漂过了，现在回去看看，大致已看不出什么痕迹了。然而我还以为即或"人性善忘"，也许从一些人的欢乐或恐怖印象里，多多少少还可以发现一点对我说来还可说是极新的东西。回湖南时，因此抱了一种希望。

在长沙有五个同乡青年学生来找我，在常德时我又见着七个同乡青年学生。一谈话就知道这些人一面正被"杀人屠户"提倡的读经打拳政策所困惑，不知如何是好，一面且受几年来国内各种大报小报文坛消息所欺骗，都成了颓废不振萎琐庸俗的人物。一见我别的不说，就提出四十多个"文坛消息"要我代为证明真伪都不打算到本身能为社会做什么，愿为社会做什么。对生存既毫无信仰，却对于三五稍稍知名或善于卖弄招摇的作家那么发生浓厚兴味。且皆想做"诗人"，随随便便写两首诗，以为就是一条出路。从这些人推测将来这个地方的命运，我俨然洞烛着这地方从人的心灵到每一件小事的糜烂与腐蚀。这些青年皆患精神上的营养不足，皆成了绵羊，皆怕鬼信神。一句话，全完了。……

过辰州时几个青年军官燃起了我另外一种希望。从他们的个别谈话中，我得到许多可贵的见识。他们没有信仰，更没有幻想，最缺少的还是那个精神方面的快乐。当前严重的事实紧紧束缚他们，军费不足，地方经济枯竭，环境尤其恶劣。他们明白自己在腐烂，分解，于我面前就毫不掩饰个人的苦闷。他们明白一切，却无力解决一切。然而他们的身体都很康健，那种本身覆灭的忧虑，会迫得他们去振作。他们虽无幻想，也许会在无路可走时接受一个幻想的指导。他们因为已明白习惯的统治方式要不得，机会若许可他们向前，这些人界于生存与灭亡之间，必知有所选择！不过这些人平时也看报看杂志，因此到时他们也会自杀，以为一切毫无希望，用颓废身心的狂嫖滥赌而自杀！……

我的旅行到了离终点还有一天路程的塔伏，住在一家桥头小客店里。洗了脚，天还未黑。店主人正告给我当地有多少人家，多少烟馆。忽然听得桥东人声嘈杂，小队人马过后，接着是一乘京式三顶拐轿子。一行人等停顿在另外一家客店门前。我知道大约是什么委员，心中就

希望这委员是个熟人,可以在这荒寒小地方谈谈。我正想派随从虎雏去问问委员是谁。料不到那个人一下轿,脸还不洗,就走来了。一个匣子炮护兵指定我说:"你姓沈吗?局长来了!"我看到一个高个子瘦人,脸上精神饱满,戴了副玳瑁边近视眼镜,站在我面前,伸出两只瘦手来表示要握手的意思。我还不及开口,他就嚷着说:

"大爷,你不认识我,你一定不认识我,你看这个!"他指着鼻子哈哈大笑起来。

"你不是印瞎子?"

"大爷,印瞎子是我!"

我认识那条体面鼻子,原来真是他!我高兴极了。问起来我才明白他现在是乌宿①地方的百货捐局长,这时节正押解捐款回城。未到这里以前,先已得到侦探报告,知道有个从北方来姓沈的人在前面,他就断定是我。一见当真是我,他的高兴可想而知。

我们一直谈到吃晚饭,饭后他说我们可以谈一个晚上,派护兵把他宝贵的烟具拿来。装置烟具的提篮异常精致,真可以说是件贵重美术品。烟具陈列妥当后,因为我对于烟具的赞美,他就告我这些东西的来源,那两支烟枪是贵州省主席李晓炎的,烟灯是川军将领汤子模的,烟匣是黔省军长王文华的,打火石是云南鸡足山……原来就是这些小东西,也各有历史或艺术价值,也是古董。至于提篮底呢,还是贵州省一个烟帮首领特别定做送给局长的,试翻转篮底一看原来还很精巧的织得有几个字!问他为甚么会玩这个,他就老老实实的说明,北伐以后他对于鼻子的信仰已失去,因为吸这个,方不至于被人认为那个,胡乱捉去那个这个的。说明他把一只手比拟在他自己颈项上,做出个咔嚓一刀的姿势,且摇头否认这个解决方法。他说他不是阿Q,不欢喜这种"热闹"。

我们于是在这一套名贵烟具旁谈了一整晚话,当真好像读了另外一本《天方夜谭》,一夜之间使我增长了许多知识,这些知识可谓稀有少见。

---

① 乌宿:地名,属沅陵县。

此后把话讨论到他身上那件玄狐袍子的价钱时，他甩起长袍一角，用手抚摸着那美丽皮毛说：

"大爷，这值三百六十块袁头①，好得很！人家说：'瞎子，瞎子，你年纪还不到三十岁，穿这样厚狐皮会烧坏你那把骨头。'好吧，烧得坏就让他烧坏罢。我这性命横顺是捡来的，不穿不吃作什么。能多活三十年，这三十年也算是我多赚的。"

我把这次旅行观察所得同他谈及，问他是不是也感觉到一种风雨欲来的预兆。而且问他既然明白当前的一切，对于那个明日必需如何安排？他就说军队里混不是个办法，占山落草也不是出路。他想写小说，想戒了烟，把这套有历史的宝贝烟具送给中央博物院，再跟我过上海混，同茅盾老舍抢一下命运。他说他对于脑子还有点把握，只是对于自己那只手，倒有点怀疑，因为六年来除了举起烟枪对准火口，小楷字也不写一张了。

天亮后大家预备一同动身，我约他到城里时邀两个朋友过姓杨姓韩的坟上看看。他仿佛吃了一惊，赶忙退后一步，"大爷，你以为我戒了烟吗？家中老婆不许我戒烟。你真是……从京里来的人，简直是个京派。甚么都不明白。入境问俗，你真是……"我明白他的意思。估计他到城里，也不敢独自来找我。我住在故乡三天，这个很可爱的朋友，果然不再同我见面。

……

（原载 1935 年 5 月《水星》第 2 卷第 2 期）

一九四〇年一月二十一日校后二节。黄昏，天空淡白，
山树如黛。微风摇曳加利树，如有所悟。
五月八日校正数处。脚甚肿痛，天闷热。
十月一日在昆明重校。时市区大轰炸，毁屋数百栋。
一九八〇年一月兆和校毕。

---

① 袁头：即有袁世凯头像的银圆。

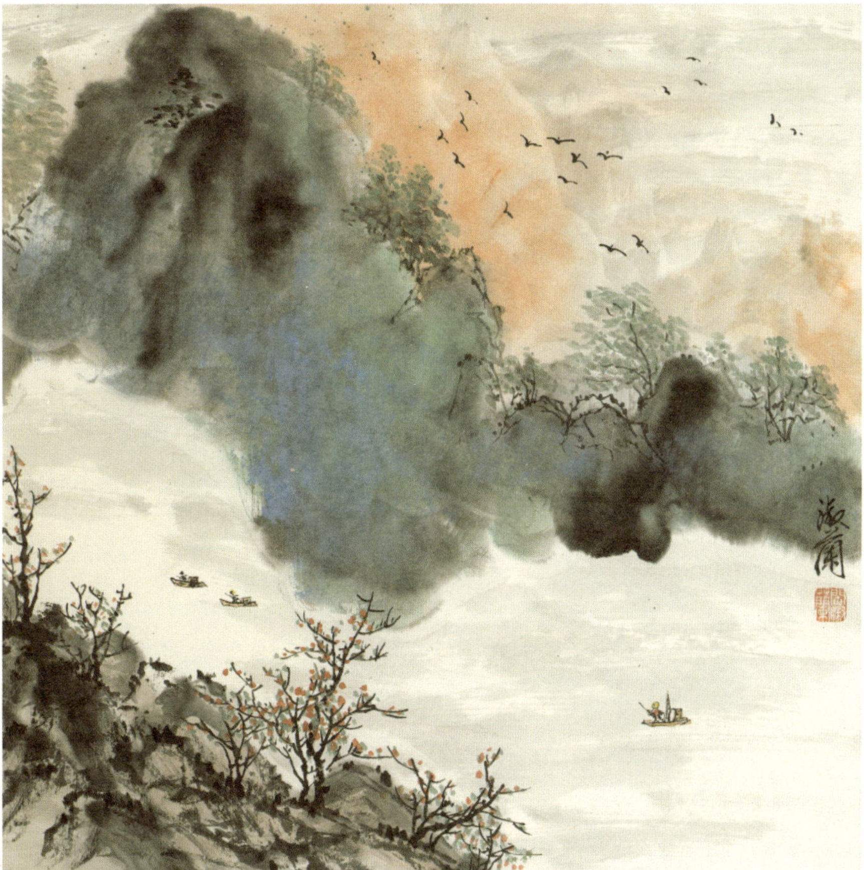

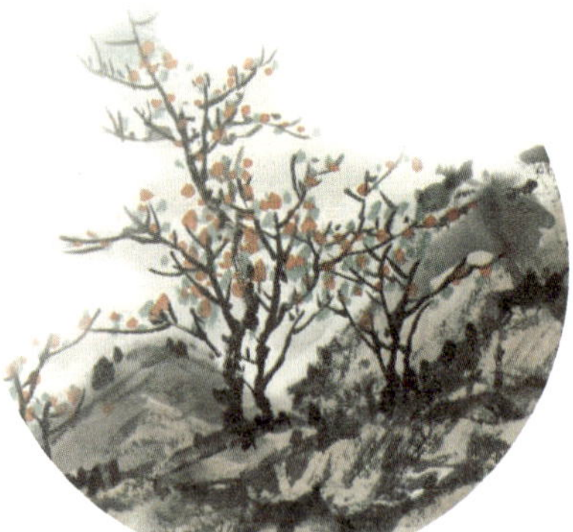

辑二 生之记录

一封未曾付邮的信

阴郁模样的从文,目送二掌柜出房以后,用两只瘦而小的手撑住了下巴,把两个手拐子搁在桌子上去,"唉!无意义的人生——可诅咒的人生!"伤心极了,两个陷了进去的眼孔内,热的泪只是朝外滚。

"再无办法,火食可开不成了!"二掌柜的话很使他十分难堪,但他并不以为二掌柜对他是侮辱与无理。他知道,一个开公寓的人,如果住上了三个以上像他这样的客人,公寓中受的影响,是能够陷于关门的地位的。他只伤心自己的命运。

"我不能奋斗去生,未必连爽爽快快去结果了自己也不能吧?"一个不良的思绪时时抓着他心。

生的欲望,似乎是一件美丽东西。也许是未来的美丽的梦,在他面前不住的晃来晃去,于是,他又握起笔来写他的信了。他要在这最后一次决定自己的命运。

A 先生:

在你看我信以前,我先在这里向你道歉,请原谅我!

一个人,平白无故向别一个陌生人写出许多无味的话语,妨碍了别人正经事情;有时候,还得给人以不愉快,我知道,这是一桩很不对的行为。不过,我为求生,除了这个似乎已无第二个途径了!所以我不怕别人讨嫌,依然写了这信。

先生对这事，若是懒于去理会，我觉得并不什么要紧。我希望能够像在夏天大雨中，见到一个大水泡为第二雨点破灭了一般不措意。

我很为难。因为我并不曾读过什么书，不知道如何来说明我的为人以及对于先生的希望。

我是一个失业人——不，我并不失业，我简直是无业人！我无家，我是浪人——我在十三岁以前就成了一个无家可归的人了。过去的六年，我只是这里那里无目的的流浪。

我坐在这不可收拾的破烂命运之舟上，竟想不出办法去找一个一年以上的固定生活。我成了一张小而无根的浮萍，风是如何吹——风的去处，便是我的去处。湖南，四川，到处飘，我如今竟又飘到这死沉沉的沙漠北京了。

经验告我是如何不适于徒坐。我便想法去寻觅相当的工作，我到一些同乡们跟前去陈述我的愿望，我到各小工场去询问，我又各处照这个样子写了好多封信去，表明我的愿望是如何低而容易满足。可是，总是失望！生活正同弃我而去的女人一样，无论我是如何设法去与她接近，到头终于失败。

一个陌生少年，在这茫茫人海中，更何处去寻找同情与爱？我怀疑，这是我方法的不适当。

人类的同情，是轮不到我头上了。但我并不怨人们待我苛刻。我知道，在这个扰攘争逐世界里，别人并不须对他人尽什么应当尽的义务。

生活之绳，看看是要把我扼死了！我竟无法去解除。

我希望在先生面前充一个仆欧。我只要生！我不管任何生活都满意！我愿意用我手与脑终日劳作，来换取每日最低限度的生活费。我愿……我请先生为我寻一生活法。

我以为："能用笔写他心同情于不幸者的人，不会拒绝这样一个小孩子。"这愚陋可笑的见解，增加了我执笔的勇气。

我住处是××××，倘若先生回复我这小小愿望时，愿先生

康健！

"伙计！伙计！"他把信写好了，叫伙计付邮。

"什么？——有什么事？"在他喊了六七声以后，才听到一个懒懒的应声。从这声中，可以见到一点不愿理会的轻蔑与骄态。

他生出一点火气来了。但他知道这时发脾气，对事情没有好处，且简直是有害的，便依然按捺着性子，和和气气的喊："来呀，有事！"

一个青脸庞二掌柜兼伙计，气呼呼的立在他面前。他准备把信放进刚写好的封套里，"请你发一下！……本京一分……三个子儿就得了！"

"没得邮花怎么发？……是的，就是一分，也没有！——你不看早上洋火、夜里的油是怎么来的！"

"……"

"一个大没有如何发？——哪里去借？"

"……"

"谁扯诳？——那无法……"

"那算了吧。"他实在不能再看二掌柜难看的青色脸了，打发了他出去。

窗子外面，一声小小冷笑送到他耳朵边来。

他同疯狂一样，全身战栗，粗暴的从桌上取过信来，一撕两半。那两张信纸，轻轻的掉了下地，他并不去注意，只将两个半边信封，叠做一处，又是一撕，向字篓中尽力的掼去。

一九二四年十二月中旬作

（原载 1924 年 12 月 22 日《晨报副刊》）

狂人书简

给到×大学第一教室绞脑汁的可怜朋友

可怜的你们,既然到这里来,大概都是为着生活的威迫而陷于失业时候了。你们没有职业,为甚不去爽爽利利的结果了自己,何苦对于"生"如此眷恋?你们也许是因为你们自己的梦,你们也许因为自己家中可怜的父母姊妹——他们的梦又建筑在你身上——而觉得生足以眷恋吧?但是,这世界,是能让你们这样柔懦的人们,永远的,永远的,做着梦生下去的世界吗?

你们抱着偌大的希望,来到这里,期望自己写的那两个小楷字,什么意见书的文章,走到看卷先生们眼下,引起注意,得蒙赏识,认定你的能力时,会给你一口饭吃;可你们人是这样多,而足以安置你们的书记又是这样少!你们的希望,可怜啊!你们两百人中间一百九十几个的希望。

我想你们的脑汁实在不必绞了!——尤其少年的弟兄。你们应当到别的事情上去想法。这桩事,最好是让老到不能干重活粗活的叔父们去干。你们可以跑到军队中去,你们可以去做与兵对称与兵时时相互变易名号的匪队里去。你们除了兵匪以外也还可以去做一个苦力——但你们无论如何却不应做这种事情。你们还年青!你们的梦也不能建筑在这种比卖淫的女人还不如的事业上!你们既不能借着父兄余荫，享一点安乐福；你们又不会像别人百计钻营，最好还是当兵哟！我们当兵去，我们都可以当兵去！别个朋友劝我当兵，我更想劝你们都去。当兵的好处，比像每日随着打筛的马同一步骤同一待遇的书记强多了！当兵入伍，比我们到这囚牢中给一些狗看我们像看受刑的囚犯似的情形好多了！

左右我们在世界上实在值不得活下去，——就是春天的好处也没有你我的份；一枪打死，算个什么呢。万一中若不被打死，你就可以去打人了；你可以用枪随你的意思去向敌人瞄准，不拘打哪一块。

你们也许还从不认清你们的敌人。这我可以告你。眼前的一切，都是你的敌人！法度，教育，实业，道德，官僚……一切一切，无有不是。至于像在大讲堂上那位穿洋服梳着光溜溜的分头的学者，站立在窗子外边龇着两片嘴唇嘻笑的未来学者（以及同你在战场上血肉搏争的对抗兵士），他们却不是你们的敌人，只是在你们敌人手下豢养而活的可怜两脚兽罢了！他们虽然对于你们的苦囚样子，感到一点好玩的卑劣意思，为着自己地位的骄傲，暗里时常发笑，也间或会于不能自已的时候，想把你们放到脚下来蹂躏几脚，抒抒他们被他主人践踏无处发泄的怨气。但他们终不是我们敌人，他们的行为，我们见到，也只觉得又讨嫌又可怜罢了！

说到匪，你们会比兵还更其不愿听；但这不是你们的罪，却是束缚你们的链索太紧了，所以也许你们听到我的话时，要不知不觉把两个手掌掩到耳朵上来。你们似乎以为抢劫犯是人类最劣等的东西，抢劫是人类中最不良的行为。其实，你们错了！你们都给传统下来的因袭奴隶德性缚死了！你们不是不知要满足你们生命的要求——你们知道可以满足你们要求实现你们梦的路途，却不敢去走。可怜啊！你们这些懦弱不中用的傻子！

你们理智告你们抢人是不道德，只准你屈服于生活下。怎么你们就这样傻？在你不得吃饭那天，抱着肚子到卤肉铺门前嗅香味，"咽嘟咽嘟"咽唾沫时，从铺子里出来的那个穿狐皮大衣的肥白脸子的绅士，曾因为见到你的可怜，抛掷过一小节腊肠给你吗？假使你真遇到过这么一回事，你的道德心也不空用了！到这世界上，谁个不是仗着与同类抢抢夺夺来维持生存？你不夺人，别人把你连生活下去的权利也剥夺去了！金钱，名位，哪里不是从这个手中抢到那个手中？你们眼力也不算很差，在后排的还能看出黑板上面那题目几个小字，但为甚这么大一条谎骗人的东西，却看不出？

别人的抢劫，有制度为他护符；有强力为他勒迫承认，——但抢还是抢，你既不能像别人那么去抢，连干脆凭本领去抢人也不行吗？你们，该死的你们！你们不知道别人连你生存权利也早抢了去，你们已不配生；你们不敢去抢人，单做点梦来欺骗你自己，你们也不能生！

在可怜的柔懦弟兄们圈子中偷跑出来的一个人。

附言 承"试官先生"给了一份卷子，使我能写出这信与各弟兄们谈谈，在此特别致谢。承另一位先生引示我到讲室的途径，我也在此谢谢。出讲室时，又承众多在外面看热闹的弟兄，各把冷的视线投到我脸上，我也在此谢谢。不知是哪个先生，曾说过："这是一个癫子！"这我不仅谢谢他的好意；并且更觉得这位不识面的先生眼力过人而值得佩服了！

一九二五年四月十五日作

（原载1925年5月5日《京报·民众文艺》）

到北海去

铃子叮叮当当摇着,一切低起头在书桌边办公的同事们,思想都为这铃子摇到午饭的馒头上去了。我呢,没有馒头,也没有什么足以使我神往的食物。馆子里有的是味道好的东西,可是却不是为我预备的。大胆的进去吧。进去不算一回事,不用壮胆也可以,不过进去以后又怎么出来呢?借口解一个手,或是说"伙计伙计,为我再来一碟辣子肉丁,赶快赶快!让我去买几个苹果来下下酒",于是,一溜出来,扯脚忙走,只要以后莫再从这条路过去。但是,到你口上说着"买几个苹果"想开溜时,那伶精不过的伙计,看破了你的计划,不声不响的跟了出去,在他那一双鬼眼睛下,又怎么个跑得了呢?还是莫冒险吧。

于是,恍恍惚惚出了办公室,出了衙门,跳上那辆先已雇好在门外等候着的洋车。

这在他的确确都是梦一般模糊!衙门是今天才上。他觉得今天的衙门同昨天的衙门似乎是两个,纵门前冲天匾分明一样挂着。昨天引见他给厅长那个传达先生,对他脸不烂的;昨天在窗子下吃吃冷笑的那几个公丁先生,今天当他第一次伏上办公室书桌时,却带有和善可亲的意思来给他恭恭敬敬递一杯热茶。……

似乎都不同了,似乎都立时对他和气起来,而这和气面孔,他昨天搜寻了半天也搜寻不到一个。

沈 从 文
散 文 精 选

使他敢于肯定昨天到的那个地方就是今天这地方的,只有桌子上用黄铜圆图钉钉起四角,伏伏贴贴爬到桌面上那方水红色吸水纸。昨天这纸是这么带有些墨水痕迹,爬到桌上,意思如在说话,小东西,你来了!好好,欢迎欢迎。这里事不多,咱们谈天相亲的日子多着呢,……今天仍然一样,红起脸来表示欢迎诚意。不过当他伏在它身上去察视时,吸墨纸上却多了三小点墨痕,不知谁个于昨天出门时在那上面喂了这些墨给它。哈哈!朋友,你怎么也不是昨天那么干净了?呵呵,小东西,我职务是这样,虽然不高兴,但没有法,况且,这些恶人又把我四肢钉在桌上,使我转动不得。他们喂我墨吃,有什么法子拒绝?小东西,这是命!命里只合吃墨,所以在你见我以后又被人喂了一些墨了!难道这些已经发酸了的墨我高兴吃它,但无法的事。像你,当你上司刚才进房来时一样,自然而然,用他的地位把你们贴在板凳上的屁股悬起来,你们是勉强,不勉强也不行。我如你一样,无可如何。

吸墨纸同他接谈太久,因此这第一日上衙门,他竟找不出时间来同这办公厅中同事们周旋。

车子同他,为那中年车夫拖拉着,颠簸在后门一带不平顺的石子路上。

这时的北京城全个儿都在烈日下了。走路的人,全都像打摆子似的心里难受。警察先生,本为太阳逼到木笼子里去躲避,但太阳还不相容,接着又赶进去。他们显然是藏无可藏了,才又硬着头皮出来,把腰边悬挂在皮带上那把指挥刀敲着电车道钢轨,口中胡乱吆喝着。他常常以为自己是世界上再无聊没有的人,如今见了这位警察先生,才知道这人比自己还更无聊。

"忙怎的?慢慢儿也还赶得到——你有什么要紧事,所以想赶快拉到吧?"他觉得车夫为了得两吊钱便如此拼命的跑,太不合理。

"先生,多把我两个子儿,我跑快点。"

车夫显然错会了意思,以为坐车嫌他太慢了,提出条件来。

因这错误引起了他的憎恶来。"唉,你为两个子儿也能累得喘气,那么二十个子简直可以换你一斤肉一碗血了!……"但他口上却说:

慢点也不要紧,左右是消磨,洋车上,北海,公寓,同是消磨这下半天的时光。

"先生去北海,有船可坐,辅币一毛。"大概车夫已听到座上的话了,从喘气中抽出空闲来说。

车夫脾气也许是一样的吧,尤其是北京的,他们天生都爱谈话,都会谈话。间或他们谈话的中肯处,竟能使你在车座上跳起来。我碰到的车夫,有几个若是他那时正穿起常礼服,高据讲台之一面肆其雄谈时,我竟将无条件的承认他是一个什么能言会说的代议士了。我见过许多口上只会那么结结巴巴的学者,我听过论救国谓须懂五行水火相生,明脉经,忌谈革命的学者。今日的中国,学者过多,也许是积弱的一种重要原因吧!

"有船吧,一毛钱不贵——你坐过船不曾?"

"不,不,我们哪有力量进去呢!哈哈,一毛,二十二枚,从交道口拉沙滩儿大楼还只有十八枚,好家伙,一毛钱过一次渡!"

"那你生长北京连船也不曾见过了?——"

"不,不,我上年子还亲自坐过洋船的,到天津,送我老爷到天津。是我为他拉包月车时候。他姓宋,是司法部参事。"他仍然从喘气中匀出一口气来说话。过去的生活,使他回忆亦觉快适,说到天津时,他的兴致显得很想笑一阵的神气。"咦!那洋船又不大!有像新世界那么高的楼三层,好家伙!三层,四层——不,先生,究竟是三层还是四层,这时我记不起了。……那个锚,在船头上那铁锚,黑漆漆的,怕不有五六千斤吧,好家伙!"

他,不能肯定所见的洋船有几层,恐怕车坐对他所说不相信,故又引出一个黑漆漆的大铁锚来证明,然而这铁锚的斤两究难估计,故终于不再做声,又自个默默的奔他的路。

"这不一定。大概三层四层——以至于五六层都有。小的还只有一层;再小的便像普通白屋子一样,没有楼。你北京地方房子,不是很少有楼的吗?"

这话又勾动了健谈的话匣子,少不得又要匀出一口气来应付了。

"对啦!天津日本租界过去那小河中——我是在那铁桥上见到

沈 从 文
散 文 精 选

的——一排排泊着些小舶子，据说那叫做洋舶子。小到同汽车不差什么，走动时也很快，只听见咯咯咯咯和汽车号筒一样，尾子上出烟，烟拖在水面上成一条线……那贵吧，比汽车，先生？"

"不知道。"

"外国人真狠，咱们中国人造机器总赶不上别人，……他们造机器运到中国来赚咱们的钱，所以他们才富强……"

话只要你我爱听，同车夫扯谈，不怕是三日三夜，想他完也是不会完的！但是，这时有件东西要塞住他的口子。他因加劲跑过一辆粪车刚撒过娇的路段，于是单用口去喘气。

他开始去注意马路上擦身而过的一切。

女人，女人，女人，一出来就遇到这些敌人，一举目就见到这些鬼物，花绸的遮阳把他的眼睛牵引到这边那边，而且似乎每一个少年女人擦身过去时，都能同时把他心带去一小片儿。"呵呵，这成什么事？我太无聊了！我病太深了！我灵魂当真非找人医治一下不可！我要医治的是灵魂，是像水玻璃般脆薄东西，是像破了的肥皂泡，我的医生到什么地方去找？呵呵，医生哟！病入膏肓的我，不应再提到医治了！……"手帕子又掩着他的眼睛了，有一种青春追捉不到的失望悲哀扼着了他的心。

这是一条新来代替昨天为鼻血染污了的丝质手巾，有蓝的缘边与小空花。这手巾从他的朋友手中取来时，朋友的祝告是：瘦躲①弟弟用这毛巾，满满的装一包欢喜还我吧。当时以为大孩子虽然是大孩子，但明天到他家时为买二十个大苹果送他，大概苹果中就含有欢喜的意义了。明天就是这样空着还他吧，告他欢喜已有许多沾在这巾上。

一九二五年八月五日作

（原载 1925 年 8 月 25 日《晨报·文学旬刊》）

---

① 躲：湘西凤凰县方言。意为小。

西山的月

"求你将我放在你心上如印记,带在你臂上如戳记。"我念诵着《雅歌》来希望你,我的好人。

你的眼睛还没掉转来望我,只起了一个势,我早惊乱得同一只听到弹弓弦子响中的小雀了。我是这样怕与你灵魂接触,因为你太美丽了的缘故。

但这只小雀它愿意常常在弓弦响声下惊惊惶惶乱窜,从惊乱中它已找到更多的舒适快活了。

在青玉色的中天里,那些闪闪烁烁的星群,有你的眼睛存在:因你的眼睛也正是这样闪烁不定,且不要风吹。

在山谷中的溪涧里,那些清莹透明的出山泉,也有你的眼睛存在:你眼睛我记着比这水还清莹透明,流动不止。

我侥幸又见到你一度微笑了,是在那晚风为散放的盆莲旁边。这笑里有清香,我一点都不奇怪,本来你笑时是有种比清香还能沁人心脾的东西!

我见到你笑了,还找不出你的泪来。当我从一面篱笆前过身,见

沈 从 文
散 文 精 选

到那些嫩紫色牵牛花上负着的露珠，便想：倘若是她有什么不快事缠上了心，泪珠不是正同这露珠一样美丽，在凉月下会起虹彩吗？

我是那么想着，最后便把那朵牵牛花上的露珠用舌子舔干了。

"怎么这人哪，不将我泪珠穿起？"你必不会这样来怪我，我实在没有这种本领。我头发白得太多了，纵使我能，也找不到穿它的东西！

病渴的人，每日里身上疼痛，心中悲哀，你当真愿意不愿给渴了的人一点甘露喝？

这如像做好事的善人一样：可怜路人的渴涸，济以茶汤，恩惠将附在这路人心上，做好事的人将蒙福至于永远。

我日里要做工，没有空闲。在夜里得了休息时，便沿着山涧去找你。我不怕虎狼，也不怕伸着两把钳子来吓我的蝎子，只想在月下见你一面。

碰到许多打起小小火把夜游的萤火，问它们，"朋友朋友，你曾见过一个人吗？"

"你找寻的那个人是个什么样子呢？"

我指那些闪闪烁烁的群星，"哪，这是眼睛。"

我指那些飘忽的白云，"哪，这是衣裳。"

我要它们静心去听那些涧泉和音，"哪，她声音同这一样。"

我末了把刚从花园内摘来那朵粉红玫瑰在它们眼前晃了一下，"哪，这是脸。"

这些小东西，虽不知道什么叫做骄傲，还老老实实听我的话，但当我问它们听清白没有？只把头摇了摇就想跑。

"怎么，究竟见不见到呢？"——我赶着追问。

"我这灯笼照我自己全身还不够！先生，放我吧，不然，我会又要绊倒在那些不忠厚的蜘蛛设就的圈套里……虽然它们也不能奈何我，但我不愿意同它麻烦。先生，你还是问别个吧，再扯着我会赶不上它们了。"——它跑去了。

我行步迟钝，不能同它们一起遍山遍野去找你——但凡是山上有

月色流注到的地方我都到了,不见你的踪迹。

回过头去,听那边山下有歌声飘扬过来,这歌声出于日光只能在垣处徘徊的狱中。我跑去为他们祝福:

你那些强健无知的公绵羊啊!
神给了你强健却吝了知识:
每日和平守分地咀嚼主人给你们的窝窝头。
疾病与忧愁永不凭附于身;
你们是有福了——阿门!

你那些懦弱无知的母绵羊啊!
神给了你温柔却吝了知识:
每日和平守分地咀嚼主人给你们的窝窝头,
失望与忧愁永不凭附于身;
你们也是有福了——阿门!

世界之霉一时侵不到你们身上,
你们但和平守分的生息在圈牢里:
能证明你主人的恩惠——
同时证明了你主人的富有;
你们都是有福了——阿门!

当我起身时,有两行眼泪挂在脸上。为别人流还是为自己流呢?我自己还要问他人。但这时除了中天那轮凉月外,没有能做证明的人。
我要在你眼波中去洗我的手,摩到你的眼睛,太冷了。
倘若我的眼睛真是这样冷,在你鉴照下,有个人的心会结成冰。

这也是我游香山时找得的一篇文章,找得的地方是半山亭。似乎是什么人遗落忘记的稿子。文章虽不及古文高雅,但半夜里能一个人跑上半山亭来望月，本身已就是个妙人了。

当我刚发见这稿子念过前几段时，心想不知是谁个女人来消受他这郁闷的热情，未免起了点妒羡心。到末了使我了然，因最后一行写的是"待人承领的爱"这六个字令我失望，故把它圈掉了。为保存原文起见，乃在这里声明一句。

若有某个人能切实证明这招贴文章是寄她的，只要把地点告知，我也愿把原稿寄给她，左右留在我身边也是无用东西。至于我，不经过别人许可，就在这里把别人文章发表了，不合理的地方，特在此致一声歉，不过想来既然是招贴类文章，擅自发表出来，也不算十分无道德心吧。

一九二五年九月一日作

（原载 1925 年 9 月 7 日《晨报副刊》）

一天

　　有时我常觉得自己为人行事，有许多地方太不长进了。每当什么佳节或自己生辰快要来临时，总像小孩子遇到过年一般，不免有许多期待，等得日子一到，又毫无意思的让它过去了，过去之后，则又对这已逝去的一切追恋，怅惘。这回候了许久的中秋，终于被我在山上候来了。我预备这天用沙果葡萄代替粮食。我预备夹三瓶啤酒到半山亭，把啤酒朝肚子里一灌，再把酒瓶子掷到石墙上去，好使亭边正在高兴狂吟的蝈蝈儿大惊一下。这些事，到时又不高兴去做了。我预备到那无人居住的森玉笏去大哭一阵，我预备买一点礼物去送给六间房那可怜乡下女人，虽然我还记到她那可怜样子，心中悲哀怫郁无处可泄，然而我只在昏昏蒙蒙的黄色灯光下，把头埋到两个手掌上，消磨了上半夜。听到别院中箫鼓竞奏，繁音越过墙来，继之以掌声，笑语嘈杂，痴痴的想起些往事，记出些过去与中秋相关连的人来，觉得都不过一个当时受用而事一过去即难追寻的幻梦罢了！四年前这夜，洪江①船上，把脑袋钻进一个三十斤的大西瓜中演笑话的小孩，怎么就变成满头白发的感伤憔悴人了？过去的若果是梦，则后土坡之坟墓，其中纵确曾葬了一人，所葬的也不是那个当年活跃豪爽的漪舅妈了。……

---

① 洪江：市名，属湖南怀化地区。

中秋过了，我第二个所期待之双十节又到了。

听大家说，今年北京真是太平景象。执政府门前的灯，不但比去年冷落的总统府门前热闹了许多，就是往年无论哪一次庆祝盛会，也不能比此次的阔绰。今年据说不比往时穷，有许多待执政解决的国际账，账上找出很多盈余来，热闹自是当然的事。街上呢，谅来庆贺那么多回的商人，挂旗子加电灯总不必再劳动警察厅的传令人了！且这也可以说是一些绸缎铺、洋货店、粮食店一个赚钱的好机会，哪个又愿轻易放过？各铺子除了电灯红绿其色外，门前瓦斯灯总由一盏增加二或三盏。小点的铺子呢，那日账上支出项下，必还有一笔：

"庆祝双十节付话匣子租金洋一元二角。"

街上喊老爷喊太太讨钱的穷女人，靠求乞为生的穷朋友，今夜必也要叨了点革命纪念日的光。平时让你卑躬屈求置之不理的老爷太太们，会因佳节而慷慨了许多，在第三声请求哀矜以前，即摸个把铜子掷到地上了。……

我若能进城去，到马路旁不怕汽车恐吓的路段上去闲踱，把西单牌楼踱完时，再搭电车到东单，两处都有灯可看。亮亮煌煌的灯光下，必还可见到许多生长得好看的年青女人们，花花绿绿，出进于稻香村丰祥益一类铺号中。虽说天气已到了深秋，我这单菲菲的羽纱衫子，到大街上飘飘乎风中，即不怕人笑，但为风一吹，自己也会不大受用，也许立时就咳起嗽来，鼻子不通，见寒作热。然而我所以不进城者，倒另是一个原因。倘若进城，我是先有一种周到的计划的。我想大白天里，有太阳能帮助我肩背暖和，在太阳下走动，也许穿单衫倒比较适宜一点，热时不致于出汗，走路也轻便得多。一到夜里，铺子上电灯发光时，我就专朝到人多的地方撞去，用力气去挤别人，也尽别人用气力来挤我，相互挤挨，这样会生出多量的热来，寒气侵袭，就无恐惧之必需了。西单东单实在都到了无可挤时，我再搭乘二等电车到前门，跑向大栅栏一带去发汗，大栅栏不到深夜是万不会无人可挤的。并且二等电车中，就是一个顶好避寒的地方。譬如我在西单一家馒头铺听话匣子，死矗矗站了半个钟头之后，业已受了点微寒，打了几个冷战，待一上电车，那寒气马上会跑去无余。

要说是留恋山上吧，山上又无可足恋。看到山上的一切，都如同大厨房的大师傅一样，腻人而已。也不是无钱，我荷包还剩两块钱。就算把那张懋业银行的票子做来往车费，也还有一张一元钱交通票够我城中花费：坐电车，买宾来香的可可糖，吃一天春的鲍鱼鸡丝面，随便抓三两堆两个子儿一堆的新落花生，塞到衣袋里去，慢慢的尽我到马路上一颗一颗去剥，也做得到。

说来似乎可笑！我一面觉得北京城的今夜灯光实在亮得可以，有去玩玩，吃可可糖，吃鲍鱼面，剥落花生的需要，但另一方面不去的原因，却只是怠懒。

"好，不用进城了，我就是这么到这里厮混一天吧。"墙壁上，映着从房门上头那小窗口射进来的一片红灯光。朝外面这个窗口，已经成灰白色了。我醒来第一个思想，既自己不否认这思想是无聊，所以我重新将薄棉被蒙起我的头，一直到外面敲打集会钟时才起身。这时已到八点钟。我纵想再勉强睡下去，做渺茫空虚半梦迷的遐想，也是不可能的事了。

太阳已从窗口爬到我床上了。在那一片狭狭的光带中，见到有无数本身有光的小微尘很活泼的在游行着。

大楼屋顶上那个检瓦的小泥水匠，每日上上下下的那架木梯，还很寂寞地搁到我窗前不远的墙上，本身晒着太阳，全身灰色，表明它的老成。昨天前天，那黑小身个儿的泥水匠，还时时刻刻在屋顶角上发现，听到他的甜蜜哨子时，我一抬头就看到他。因为提取灰泥，不能时上时下，到下面一个小工拌合灰泥完成时，他就站近檐口边来，一只脚踹到接近白铁溜水筒的旁边，一只脚还时常移动。大楼离地约三四丈高，一不小心，从上面掉到地上，就得跌坏，岂是当真闹着玩儿？他竟能从容不迫，在上面若无其事似的，且有余裕用嘴巴来打哨子，嘘出反二簧的起板来，使我佩服他远胜过我所尊重的文人还甚。这时只有梯子在太阳下取暖，却不见他一头吹哨子一头用绳子放到地下，拉取那挂在绳钩上的水泥袋子了！大概他也叨了点国庆日的光，取得一天休息到别处玩去了。

这时会场的巴掌，时起时落。且于极庄严的国歌后，有许多欢呼

沈从文
散文精选

继起。这小身子儿泥水匠，也许正在会场外窗子旁边看别人热闹吧！也许于情不自禁时，亦搭到别人热闹着，拍了两下巴掌吧！若是窗子边沿间找不到这位朋友，我想他必定是在陶工厂那窑室前了。我有许多次晚饭后散步从陶工厂过身时，都见到他跨坐在一个石碌碡上磨东西，磨治的大致是些荡刀之类铁器。他大概还是一个学徒，所以除一般工作外，随时随地总还有些零碎活应做。但这人，随时仍找得出打哨子的余裕来，听他哨子，就知道工作的繁琐枯燥，还不能给这朋友多少烦恼。……幸福同这人一块儿，所以不必问他此时是在会场窗子边露出牙齿打哈哈，或是仍然跨据着那个石碌碡上磨铁器。今天午饭时，照例小工有一顿白馒头，幸福的人，总会比往常分外高兴了！

这是我到院来第二次见到的热闹事。

这次是露天会场。凡是办事人，各在左襟上挂一朵红纸花，纸花下面，挂一个小别针将红绫子写有职分的条子。人人长袍马褂，面有春色，初初看来，恰似办喜事娶新娘子的傧相一般。场上有不少的男男女女，打扮的干净整齐。女的身上特别香；男的衣衫和通常多不同，但是大家要看的还只是跳舞、赛跑、丢皮球玩、学绕圈子等等。

我不曾见过什么大热闹的运动会，如像远东运动会，或小点如华北运动会，不知那是怎样一些热闹场面，怎样一种情况。但我想，这会场同那些会场，大概也不差许多：大家看哪个赛跑脚步踹得快点，大家比赛看谁有力气丢铅球远点，大家看谁能像机械般坚定整齐团体操时受支配点，大家学猫儿戏看谁跳加官跳得好一点……比赛之中，旁人拍巴掌来增加疲倦欲死的运动员以新的力气，以后发奖。

拍巴掌对于表演者，确是一种精神鼓励，只要听见噼噼拍拍，表演者无有不给大家更卖力气的。至于拍手的人，则除了自己觉得好玩好笑时，不由自己的表现出看傀儡的游戏或紧张心情，更无其他意味了。

我的两个手掌，似乎也狠狠接触了几阵，也不过是觉得好玩好笑罢了。我见到五十码决赛时，六个赛跑的姑娘家，听枪声一响，鸭子就食似的把十二个小脚板翻来翻去，一直向终点流过去。对于她们的跑，我看用"流"字来形容是再好没有了。她们正如同一堆碎散的潮头，鱼肚白的上衣散乱飘动如浪花，下面衬着深蓝。不过是一堆来得

不猛的慢潮，见不到汹汹然气势。看，怎不叫人好笑呢？六个人竟一崭齐排一字的"流"！虽然我同大家一样，都相信这不是哪一个本可上前却故意延挨下来候她的干姐姐，但我却能肯定，那两个胖点的，为怕羞下蛮劲赶着的。你看，一共六个人，两个瘦而伶精的，两个不肥不瘦的，两个胖墩墩的，身个儿原不一样，流过那头去时一共五十码远，竟一崭齐到地，像她们身上绊了一根索子，又如同上了夹板，看起来怎不好笑呢？

于是我就拍手，别人当然也拍。他们拍够了我一个人还在拍。本来这太有意思了。若是无论什么一种竞争，都能这样同时进行所希望到达的地方，谁也不感到落伍的难堪，看来竞争两字的意义，就不见得像一般人所谓的危险吧！

第二次我又拍掌，那是因另一群中一个女运动员，不幸为自己过多的脂肪所累，在急于追赶前面的干妹妹时，竟摔倒在地打了一个滚。但她爬起身，略略拍拍灰土，前面五个已快到终点了，她却仍用操体操时那种好看姿势，两臂曲肱，在胁下前后摆动，脚板很匀调的翻转，一直走到终点，我佩服她那种毅力，佩服她那种从容不迫的神态。在别人不顾命的奋进中，她既落了伍，不因失望而中途退场，已很难了！她竟能在继续进行中记得到衣服脏了不好看，记得到平时体育教员教给那跑步走时正确姿势，于是我又拍手了。

——假若要老老实实去谈恋爱，便应找这种人做伴侣。能有这种不屈不挠求达目的的决心，又能在别人胜利后从从容容不馁其向前的锐气，才真算是可以共同生活的爱侣！……

——若她是我的女人，若我有这样一个女人来为我将生活改善鞭策我向前猛进，我何尝不可以在这世界上做一番事业？我们相互厮守着穷困，来消磨这行将毁灭无余的青春。我们各人用力去做工作事，用我们的手为伴侣揩抹眼泪。……

若不愿在这些虫豸们喧嚣的世界中同人掠夺食物时，我们就一同逃到革命恩惠宪法恩惠所未及的苗乡中去，做个村塾师厮守一生。我虽无能力使你像那种颈脖上挂珠串的有福太太的享用，但我们相互得了另一个的心，也很可以安慰了……

沈从文
散文精选

  我怎么还要生这些妄想？这样想下去，我会当到大庭广众中，又要自伤自怨起来。看这女人不过十七八岁，一个略无花样朴朴实实的头，证明她是孤儿寡女一般命运的人。本色壮健的皮肤，脸上不擦胭脂也有点儿微红。这是一个平常女子，在相貌上除了忠厚外没有什么出色处。身段虽不很活泼娇媚，但有种成熟的少女风味，像三月间清晨田野中的空气，新鲜甜净。从命运上说来，或者也是个苦命女子。然而别人再不遇，将来总还能寻一个年龄相仿足以养活她的丈夫，为甚要来同我这样穷无聊赖的上年纪的人来相爱呢？自己饿死不为奇，难道还要再邀一个女人来伴到挨饿吗？

  关于女人的事，我不敢再想了。

  接着一队肉红色衣裙的幼稚生打圈子的，又是一件令人发笑的事情。大家看那些装扮得像新娘子似的女先生们，提裙理鬓的做提灯竞走，鸭子就食似的样子，还偏三倒四的将灯笼避到风吹，到后锦标却为会长老先生所得，若得蒙幼园的一群小东小西也活跃起来。众人使劲鼓掌。我手不动，我脸还剩有适才为幽怨情怀而自伤的余寒，只从有庆祝"百年长寿""生意兴隆"意思的掌声中留心隔座谈话。

  "……喔！令尊大人也到了长沙了！去年我见到他老人家仙健异常，八十多的人——会上了八十吧？"

  "是，他哪八十二了。五月子诞日。托福近来还好，每天听说总要走到八角亭去玩玩，酒也离不得：他那脾气是这样。"

  "那怎么不到这来为他老人家做个九秩大庆呢？"

  "明年子我这样想，好是蛮好的，不过……"

  这是两个长沙伢俐①很客气的"寒暄"，若甚亲热。平时一听到应酬话就头痛的我，此时却感激它为我松弛一下感情了。

  "今天——"听到这不甚陌生的声音，我把头掉转去，一个圆圆儿的笑脸出现在我眼前了。这是熟人，同桌吃过饭的熟人，但我因为不会去请教人贵姓台甫，所以至今还不知如何称呼。这人则常喊我为沈先生，有时候又把先生两字削掉，在我姓上加"密司特"三字。他

---

① 伢俐：长沙方言，即伢子、男孩子之意。

的笑脸，与其说对我特别表示亲善，不如说是生成的。笑时不能令人喜也不会给人以大不怿，因此这个脸在我看来，还算是一个好脸。

"阁下又很可做一篇记录了。"

"噢，凉栅差一点儿吹去，柱子倒下来，可不把我们一起打死了！"我故意把话扯过一边去，谬误处使他听来简直非打一个哈哈不可。

他把我膀子轻的拍了一下，做个胜利符号，微笑中融和了点自己聪明而他人愚蠢的满足兴头，就跑过别一个坐位后去找快活去了。

当我眼睛停在一个青背心小丑似的来宾身上时，耳朵同时就接收了许多有趣味的谈话。隔坐一个人很肯定的说："跑趟子①纵让你跑得再快，也终不能跑出这个世界！"附和这话，并由此证明赛跑是无味的竟有五人以上之多。他们对一些小孩子争绕圈儿跑步走玩意事，竟提出那么大、那么高深一个问题来，真是哲学家的口吻了。这位先生必未曾想到：人生终局是死亡，若能想到这死亡是必然事实，则每天必不再吃大米饭泡好味道的冬菜肉片汤了。

我的怪脾味，凡是到什么公共热闹场中，我所留意的不是大众注意的种种，却只注意那些别人不注意的看客。我喜欢看别人演剧式的应酬，很顽固的争论，以至于各不相下相打相骂。这些解除我无聊抑郁，比之花五角钱入电影场还更有效力。见别人因应付环境，对意见不相同的对手，特别装一副脸嘴谈笑，对手方也装着注意，了解，同情，亲密，热心……以图达到诓骗目的。我以为在人生的剧场演剧的人，比台上背剧本的玩意事，不单是彻底许多，也艺术化许多了！

这时，第三个位子上，来宾席一个中年胖子先生说道：

"我打许多电话，莫看见接，我想莫非电话坏了吧？以后又听到你柜上说，才知是早出来了。"

"是是，早就出门了。先本想早点来，看看运动会展览会，谁知道一出门就碰到一位同学，才知今天学校须把应考的课业理清，自十点到十二点，幸而完了，忙动身来了——"

---

① 跑趟子：湘西方言，即跑步。

两个的话，都有点长沙湘潭混合语气。若非长沙伢俐，说来也不会如此亲切吧。说话的态度，能帮助人的互相亲近，真是至确之事。

大家对于学生们用一根竹篙子撑高跳的本领称赞异常。有两人很有把握似的，说如此本领，跳院门的高墙已绰绰有余；可是另外两人不知趣的又说还差得远，院墙比那竹篙至少高三尺。幸好大家也不过于认真，不然，就会非得把学生喊来，要他扛一根竹竿试在院门前跳一下不可了。

说跳得过的就是那两位主客，客又说前次华东运动会时，所见跳高的选手也不过如斯。客的话从气派上看来，虽保守了点长沙人夸大风味，然这似乎也无害宾主间友情。这些话若是拿来为体育教员说，还许能令喊口令的声气加壮。

"老刘，老刘，你客来了吧？"不知是谁个在后排问了一句。

胖子姓刘是一定了。我见到笑了一忽儿，用手略指指客人，一面回过头去说是哪哪这不是吗？所谓客者，听到那边问询胖子，才记起把帽子从头上抓下来，同时将头略扭，预备介绍时间贵姓台甫。

老光的头发向后梳去，有阵微风过时，我那一排椅子坐的人，大概都能嗅到一点玫瑰油淡淡香气。

实际上今天受恩惠的，是几个卖柿子的乡下人。他们比我们来的还早，八点钟以前就从门头村一带担柿子来做生意了。几个用筐子装柿的，比用青布包单提来的还多卖了点香蕉糖之类。卖落花生的，则分干湿两种。到晚上，他们的货物，多变成双铜元躲进身边的麻布口袋里去了，他们希望每年能遇到院中多有那么几次会，似乎比普通看热闹的人也来的更恳切一点。货物卖完，就收拾担子回去了。

当落日沉到山后，日脚残影很快的从大操坪爬过卧佛寺山头了，天上已蒸出了些淡淡桃红色云彩。我随到散乱的队伍挤进大门时，见到一个幼稚生为柿皮滑滚地上，烂起脸牵着保姆的手挤到我的前面去了。我脚下的花生壳，踹来也软软的。

一九二五年十月十日作

（原载 1925 年 10 月 21 日《晨报副刊》）

水车

"我是个水车，我是个水车，"它自己也知道是一个水车，常自言自语这样说着。它虽然有脚，却不曾自己走路，然而一个人把它推到街上去玩，倒是隔时不隔日的事。清清的早晨，不问晴雨，住在甜水井旁的宋四疤子，就把它推起到大街小巷去串门！它与在马路上低头走路那些小煤黑子推的车身份似乎有些两样，就是它走路时，像一个遇事乐观的人似的，口中总是不断的哼哼唧唧，唱些足以自赏的歌。

"那个煤车也快活，虽不会唱，颈脖下有那么一串能发出好听的声音的铃铛，倒足示骄于同伴！……

我若也有那么一串，把来挂在颈脖下，似乎数目是四个或五个就够了，那又不！……"

它有时还对煤车那铃铛生了点羡慕。然而它知道自己是不应当颈脖上有铃铛的，所以它不像普通一般不安分的人，遇到失望就抑郁无聊，打不起精神。铃子虽然可爱，爱而不得时，仍不能妨碍自己的歌唱！

"因失望而悲哀的是傻子。"它常想。

"我的歌，终日不会感到疲倦，只要四疤子肯推我。"它还那么自己宣言。

虽说是不息的唱，可是兴致也好像有个分寸。到天色黑下来，四

沈从文
散文精选

疤子把力气用完了，慢慢的送它回家去休息时，看到大街头那些柱子上，檐口边，挂得些红绿圆泡泡，又不见有人吹它燃它，忽然又明，忽然又熄。

"啊啊，灯盏是这么奇异！是从天上摘来的星子同月亮？……"为研究这些事情堕入玄境中，因此歌声也轻微许多了。

若是早上，那它顶高兴：一则空气早上特别好，二则早上不怕什么。关于怕的事，它说得很清楚——

"除了早上，我都时时刻刻防备那街上会自己走动的大匣子。大概是因为比我多了三只脚吧，走路又不快！一点不懂人情世故，只是飞跑，走的还是马路中间最好那一段。老远老远，就喝喝子喊起来了！你让得只要稍稍慢一点，它就冲过来撞你一拐子。撞拐子还算好事。有许多时候，我还见它把别个撞倒后就毫不客气的从别个身上踩过去呢。

"幸好四疤子还能干，总能在那匣子还离我身前很远时，就推我在墙脚前歪过一边去歇气。不过有一次也就够担惊了！是上月子吧，四疤子因贪路近，回家是从辟才胡同进口，刚要进机织卫时，四疤子正和着我唱《哭长城》，猛不知从西头跑来一个绿色大匣子，先又一个不做声，到近身才咯的一下，若非四疤子把我用劲扳了下，身子会被那凶恶东西压碎了！

"那东西从身边挨过去时，我们中间相距不过一尺远，我同四疤子都被它吓了一跳，四疤子说它是'混账东西'，真的，真是一个混账东西！那么不讲礼，横强霸道，世界上哪里有？"

早上，匣子少了许多，所以水车要少担点心，歌也要唱得有劲点。

那次受惊的事，虽说使它不宁，但因此它得了一种新知识。以先，它以为那匣子既如此漂亮，到街上跑时，又那么昂昂藏藏，一个二个雄帮帮的，必是也能像狗与文人那么自由不拘，在马路上无事跑趟子，自己会走路，会向后转，转弯也很灵便的活东西，是以虽对于那凶恶神气有点愤恨，然权威的力量，也倒使它十分企慕。当一个匣子跑过身时，总喷喷羡不绝口——

"好脚色，走得那么快！"

"你看它几多好看！又是颜色有光的衣服，又是一对大眼睛。橡皮靴子多么漂亮，前后还佩有金晃晃的徽章！

"我更喜欢那些头上插有一面小小五色绸国旗的……

"身上那么阔气，无怪乎它不怕那些恶人，（就是时常骂四疤子的一批恶人）恶人见它时还忙举起手来行一个礼呢！"

还时时妄想，有一天，四疤子也能为它那么打扮起来。好几次做梦，都觉得自己那一只脚，已套上了一只灰色崭新的橡皮套鞋，头上也有那么一面小国旗，不再待四疤子在后头推送，自己就在西单牌楼一带人群里乱冲乱撞，穿黄衣在大街上站岗的那恶人也一个二个把手举起来，恭恭敬敬的了。

从那一次惊吓后，它把"人生观"全变过来。因为通常它总无法靠近一个匣子身边站立，好细心来欣赏一下所钦佩的东西的内容。这一次却见到了。见了后它才了然。它知道原来那东西本事也同自己差不了许多。不仅跑趟子快慢要听到坐在它腰肩上那人命令，就是大起喉咙吓人让路时的声音，也得那人扳它的口。穿靴子其所以新，乃正因其奴性太重，一点不敢倔强的缘故，别人才替它装饰。从此就不觉得那匣子有一点可以佩服处了，也不再希望做那大街上冲冲撞撞的梦了，"这正是一个可耻的梦啊。"背后的忏悔，有过很久时间。

近来一遇见那些匣子之类，虽同样要把身子让到一边去，然而口气变了。

"有什么价值？可耻！"且"嘘！嘘"不住的打起哨子表示轻蔑。

"怎么，那匣子不是英雄吗？"或一个不知世故的同伴问。

"英雄，可耻！"遇到别个水车问它时，它总做出无限轻蔑样子来鄙薄匣子。本来它平素就是忠厚的，对那些长年四季不洗澡的脏煤车还表同情，对待粪车也只以"职务不同"故"敬而远之"，然在匣子面前，却不由得不骄傲了。

"请问：我说话是有要人扳过口的事吗？我虽然听四疤子的命令，但谁也不敢欺负谁，骑到别个的身上啊！我请大家估价，把'举止漂亮'除开，看谁的是失格！"

假使"格"之一字，真用得到水车与汽车身上去，恐怕水车的骄傲也不是什么极不合理的事！

一九二五年十一月六日作

（原载 1925 年 11 月 14 日《晨报副刊》）

生之记录①

一

下午时,我倚在一堵矮矮的围墙上,浴着微温的太阳。春天快到了,一切草,一切树,还不见绿,但太阳已很可恋了。从太阳的光上我认出春来。

没有大风,天上全是蓝色。我同一切,浴着在这温暾的晚阳下,都没言语。

"松树,怎么这时又不做出昨夜那类响声来吓我呢?"

"那是风,何尝是我意思!"有微风树间在动,做出小小声子在答应我了!

"你风也无耻,只会在夜间来!"

"那你为什么又不常常在阳光下生活?"

我默然了。

因为疲倦,腰隐隐在痛,我想哭了。在太阳下还哭,那不是可羞

---

① 《生之记录》之一、二原载 1926 年 3 月 27 日、29 日《晨报副刊》;之三原以《怯步者笔记·鸡声》为题,载 1925 年 7 月 16 日《晨报副刊》;之四以《怯步者笔记·端阳》为题,原载 1925 年《现代评论》第 38 期;之五以《绿的花瓶》为题,原载 1926 年 5 月 3 日《晨报副刊》。

的事吗？我怕在墙坎下松树根边侧卧着那一对黄鸡笑我，竟不哭了。

"快活的东西，明天我就要教老田杀了你！"

"因为妒嫉的缘故，"松树间的风，如在揶揄我。

我妒嫉一切，不止是人！我要一切，把手伸出去，别人把工作扔在我手上了，并没有见我所要的同来到。候了又候，我的工作已为人取去，随意的一看，又放下到别处去了，我所希望的仍然没有得到。

第二次，第三次，扔给我的还是工作。我的灵魂受了别的希望所哄骗，工作接到手后，又低头在一间又窄又霉的小房中做着了，完后再伸手出去，所得的还是工作！

我见过别的朋友们，忍受着饥寒，伸着手去接得工作到手，毕后，又伸手出去，直到灵魂的火焰烧完，伸出的手还空着，就此僵硬，让漠不相关的人抬进土里去，也不知有多少了。

这类烧完了热安息的幽魂，我就有点妒嫉它。我还不能像他们那样安静的睡觉！梦中有人在追赶我，把我不能做的工作扔在我手上，我怎么不妒嫉那些失了热的幽魂呢？

我想着，低下头去，不再顾到抖着脚曝于日的鸡笑我，仍然哭了。在我的泪点坠跌际，我就妒嫉它，泪能坠到地上，很快的消灭。

我不愿我身体在灵魂还有热的以前消灭。有谁人能告我以灵魂的火先身体而消灭的方法吗？我称他为弟兄，朋友，师长——或更好听一点的什么，只要把方法告我！

我忽然想起我浪了那么多年为什么还没烧完这火的事情了，研究它，是谁在暗里增加我的热。

——母亲，瘦黄的憔悴的脸，是我第一次出门做别人副兵时记下来的……

——妹，我一次转到家去，见我灰的军服，为灰的军服把我们弄得稍稍陌生了一点，躲到母亲的背后去；头上扎着青的绸巾，因为额角在前一天涨水时玩着碰伤了……

——大哥，说是"少喝一点吧"，答说"将来很难再见了"。看看第二支烛又只剩一寸了，说是"听鸡叫从到关外就如此了"，大的泪，沿着为酒灼红了的瘦颊流着，……

"我要把妈的脸变胖一点。"单想起这一桩事,我的火就永不能熄了。

若把这事忘却,我就要把我的手缩回,不再有希望了。……

可以证明春天将到的日头快沉到山后去了。我腰还在痛。想拾片石头来打那骄人的一对黄鸡一下,鸡咯咯的笑着逃走去。

把石子向空中用力掷去后,我只有准备夜来受风的恐吓。

二

灰的幕,罩上一切,月不能就出来,星子很多在动。在那只留下一个方的轮廓的建筑下面,人还能知道是相互在这世上活着,我却不能相信世上还有两个活人。世上还有活东西我也不肯信。因为一切死样的静寂,且无风。

我没有动作,倚在廊下听自己的出气。

若是世界永远是这样死样沉寂下去,我的身子也就这样不必动弹,作为死了,让我的思想来活,管领这世界。凡是在我眼面前生过的,将再在我思想中活起来了,不论仇人或朋友,连那被我无意中捏死的吸血蚊子。

我要再来受一道你们世上人所给我的侮辱。

我要再见一次所见过人类的残酷。

我要追出那些眼泪同笑声的损失。

我要捉住那些过去的每一个天上的月亮拿来比较。

我要称称我朋友们送我的感情的分量。

我要摩摩那个把我心碰成永远伤创的人的眼。

我要哈哈的笑,像我小时的笑。

我要在地下打起滚来哭,像我小时的哭!

……

我没有那样好的运,就是把这死寂空气再延下去一个或半个时间也不可能——一支笛子,在比那堆只剩下轮廓的建筑更远一点的地方,提高喉咙在歌了。

沈 从 文
散 文 精 选

听不出他是怒还是喜来，孩子们的嘴上，所吹得出的是天真。

"小小的朋友，你把笛子离开嘴，像我这样，倚在墙或树上，地上的石板干净你就坐下，我们两人来在这死寂的世界中，各人把过去的世界活在思想里，岂不是好吗？在那里，你可以看见你所爱的一切，比你吹笛子好多了！"

我的声音没有笛子的尖锐，当然他不会听到。

笛子又在吹了，不成腔调，正可证明他的天真。

他这个时候是无须乎把世界来活在思想里的，听他的笛子的快乐的调子可以知道。

"小小的朋友，你不应当这样！别人都没有做声，为什么你来搅乱这安宁，用你的不成腔的调子？你把我一切可爱的复活过来的东西都破坏了，罪人！"

笛子还在吹。他若能知道他的笛子有怎样大的破坏性，怕也能看点情面把笛子放下吧。

什么都不能不想了，只随到笛子的声音。

沿着笛子我记起一个故事，六岁至八岁时，家中一个苗老阿妩①，对我说许多故事。关于笛子，她说原先有个皇帝，要算喜欢每日里打着哈哈大笑，成了疯子。皇后无法，把赏格悬出去，治得好皇帝的赏公主一名。这一来人就多了。公主美丽像一朵花，谁都想把这花带回家去。可是谁都想不出什么好办法来。有些人甚至于把他自己的儿子，牵来当到皇帝面前，切去四肢，皇帝还是笑！同样这类笨法子很多。皇帝以后且笑得更凶了。到后来了一个人，乡下人样子，短衣，手上拿一支竹子。皇后问：你可以治好皇帝的病吗？来人点头。又问他要什么药物，那乡下人递竹子给皇后看。竹子上有眼，皇后看了还是不懂。一个乡下人，看样子还老实，就叫他去试试吧。见了皇帝，那人把竹子放在嘴边，略一出气，皇帝就不笑了。第一段完后，皇帝笑病也好了。大家喜欢得了不得。……那公主后来自然是归了乡下人。不过，公主学会吹笛子后，皇后却把乡下人杀了。……从此笛子就传下

---

① 阿妩：苗语称谓，意为大姐。

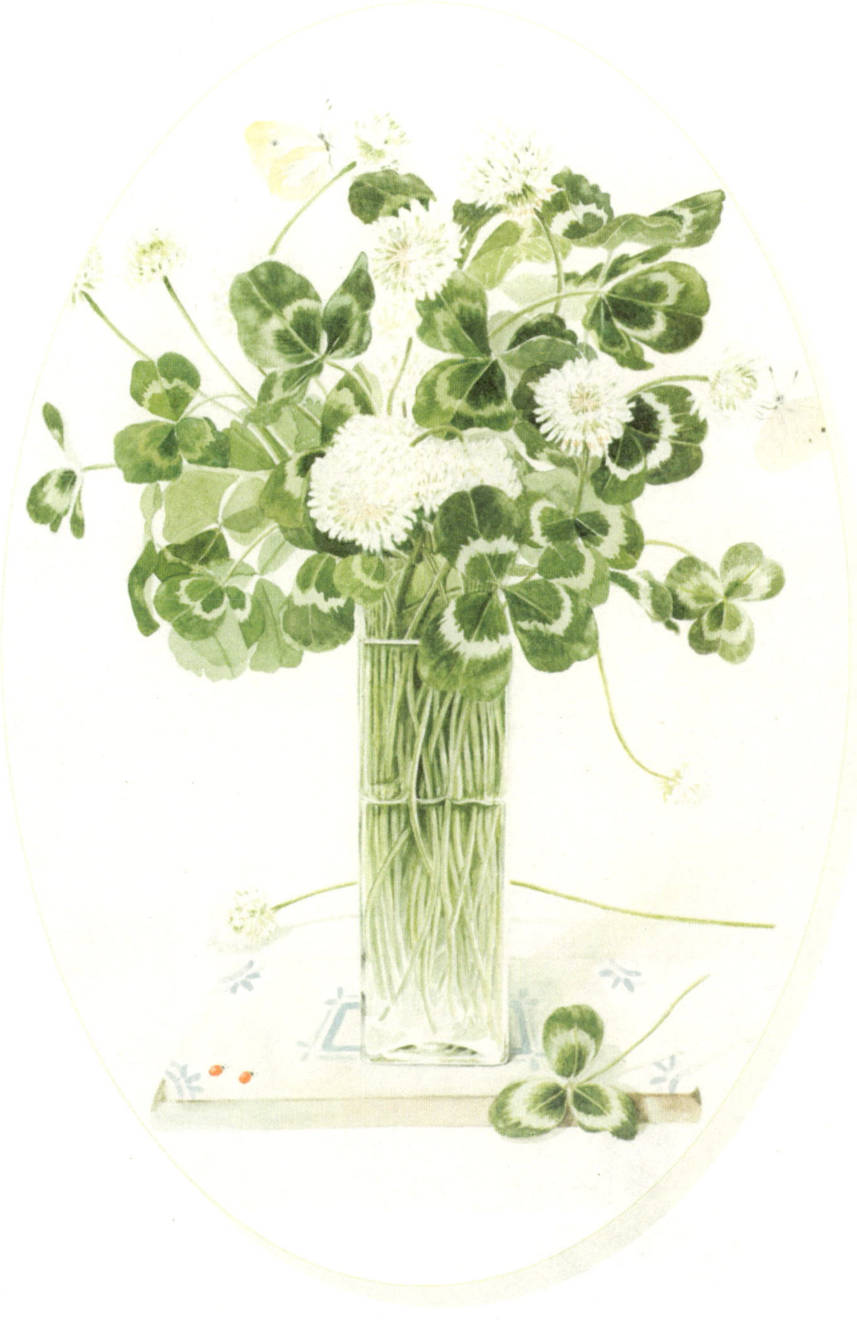

来，因为有这样一段惨事，笛子的声音听起来就很悲伤。

阿妤人是早死了，所留下的，也许只有这一个苗中的神话了。（愿她安宁！）

我从那时起，就觉得笛子用到和尚道士们做法事顶合式。因为笛子有催人下泪的能力，做道场接亡时，不能因丧事流泪的，便可以使笛子掘开他的泪泉！

听着笛子就下泪，那是儿时的事，虽然不一定家中死什么人。二姐因为这样，笑我是孩子脾气，有过许多回了。后来到她的丧事，一个师傅，正拿起笛子想要逗引家中人哭泣，我想及二姐生时笑我的情形，竟哭的晕去了。

近来人真大了，虽然有许多事情养成我还保存小孩爱哭的脾气，可是笛子不能令我下泪。近来闻笛，我追随笛声，飚到虚空，重现那些过去与笛子有关的事，人一大，感觉是自然而然也钝了。

笛声歇了，我骤然感到的空虚起来。

——小小的吹笛的朋友，你也在想什么吧？你是望着天空一个人在想什么吧？我愿你这时年纪，是只晓得吹笛的年纪！你若是真懂得像我那样想，静静的想从这中抓取些渺然而过的旧梦，我又希望你再把笛勒在嘴边吹起来！年纪小一点的人，载多悲哀的回忆，他将不能再吹笛了！还是吹吧，夜深了，不然你也就睡得了！

像知道我在期望，笛又吹着了，声音略变，大约换了一个较年长的人了。

抬起头去看天，黑色，星子却更多更明亮。

三

在雨后的中夏白日里，麻雀的吱喳虽然使人略略感到一点单调的寂寞，但既没有沙子被风吹扬，拿本书坐在槐树林下去看，还不至于枯燥。

镇日为街市电车弄得耳朵长是嗡嗡隆隆的我，忽又跑到这半乡村式的学校来了。名为骆驼庄，我却不见过一匹负有石灰包的骆驼，大

沈从文
散文精选

概它们这时是都在休息了吧。在这里可以听到富于生趣的鸡声，还是我到北京来一个新发现。这些小喉咙喊声，是夹在农场上和煦可亲的母牛唤犊的喊声里的，还有坐在榆树林里躲荫的流氓鹧鸪同它们相应和。

鸡声我至少是有了两年以上没有听到过了，乡下的鸡声则是民十时在沅州的三里坪农场中听过。也许是还有别种缘故吧，凡是鸡声，不问它是荒村午夜还是晴阴白昼，总能给我一种极深的新的感动。过去的切慕与怀恋，而我也会从这些在别人听来或许但会感到夏日过长催人疲倦思眠的单调长声中找出。

初来北京时，我爱听火车的呜呜汽笛。从这中我发见了它的伟大，使我不驯的野心常随着那些呜呜声向天涯不可知的辽远渺茫中驰去。但这不过是一种空虚寂寞的客寓中寄托罢了！若拿来同乡村中午鸡相互唱酬的叫声相比，给人的趣味，可又不相同了。

我以前从不会在寓中半夜里有过一回被鸡声叫醒的事情。至于白日里，除了电车的隆隆隆以外，便是百音合奏的市声！连母鸡下蛋时"咯大咯"也没有听到过。我于是疑心北京城里的住户人家是没有养过一只活鸡的。然而，我又知道我猜测的不对了，我每次为相识扯到饭馆子去，总听到"辣子鸡""熏鸡"等等名色。我到菜市去玩时，似乎看到那些小摊子下面竹罩笼里，的确也又还有些活鲜鲜（能伸翅膀，能走动，能低头用嘴壳去清理翅子但不做声）的鸡。它们如同哑子，挤挤挨挨站着却没有做声。倘若一个从没看见过鸡的人，仅仅根据书上或别人口中传说"鸡是好勇狠斗，能引吭高唱……"鸡的样子，那末，见了这罩笼里的鸡，我敢说他绝不会相信这就是鸡！

它们之所以不能叫，或者并不是不会叫（因为凡鸡都会叫，就是鸡婆也能"咯大咯"），只是时时担惊受怕，想着那锋利的刀，沸滚的水，忧愁不堪，把叫的事就忘怀了呢！这本不奇怪，譬如我们人到忧愁无聊（还不至于死）时，不是连讲话也不大愿意开口吗？

然而我还有不解者，是：北京的鸡，固然是日陷于宰割忧惧中，但别的地方鸡，就不是拿来让人宰割的？为甚别的地方的鸡就有兴致高唱愉快的调子呢？我于是乎觉得北京古怪。

看着沉静不语的深蓝天空,想着北京城中的古怪,为那些一递一声鸡唱弄得有点疲倦来了。日光下的小生物,行动野佻的蚊子,在空中如流星般晃去,似乎更其愉快活泼,我记起了"翩若惊鸿宛若游龙"两句古典文章来。

四

夜来听到淅沥的雨声,还夹着嗡嗡隆隆的轻雷,屈指计算今年消失了的日月,记起小时觉得有趣的端阳节将临了。

这样的雨,在故乡说来是为划龙舟而落。若在故乡听着,将默默地数着雨点,为一年来老是卧在龙王庙仓房里那几只长而狭的木舟高兴,童心的欢悦,连梦也是甜蜜而舒适!北京没有一条小河,足供五月节龙舟竞赛,所以我觉得北京的端阳寂寞。既没有划龙舟的小河,为划龙舟而落的雨又这样落个不止,我于是又觉得这雨也落得异常寂寞无聊了。

雨是哗喇哗喇地落,且当做故乡的夜雨吧:卧在床上已睡去几时候的九妹,为一个炸雷惊醒后,听到点点滴滴的雨声,又怕又喜,将搂着并头睡着妈的脖颈,极轻的说:

"妈,妈,你醒了吧。你听又在落雨了!明天街上会涨水,河里自然也会涨水。莫把北门河的跳岩淹过了。我们看龙舟又非要到二哥干爹那吊楼上不可了!那桥上的吊楼好是好,可是若不涨大水,我们仍然能站到玉英姨她家那低一点的地方去看,无论如何要有趣一点。我又怕那楼高,我们不放炮仗,站到那么高高的楼上去看有什么意思呢,妈,妈,你讲看:到底是二哥干爹那高楼上好呢,还是玉英姨家好?"

"我宝宝说得都是。你喜欢到哪一处就去哪处。你讲哪处好就是哪处。"妈的答复,若是这样能够使九妹听来满意,那么,九妹便不再做声,又闭眼睛做她的龙舟梦去了。

第二天早上,我倘若说:

——老九,老九,又涨大水了。明天,后天,看龙船快了!你预备的衣服怎样？这无论如何不到十天了啦！

她必又格登格登跑到妈身边去催妈为赶快把新的花纺绸衣衫缝好，说是免得又穿那件旧的花格子洋纱衫子出丑。其实她那新衣只差的一排扣子同领口没完工，然而终不能禁止她去同妈唠叨。

晚上既下这样大雨，一到早上，放在檐口下的那些木盆木桶会满盆满桶的装着雨水了。这雨水省却了我们到街上喊卖水老江进屋的功夫。包粽子的竹叶子便将在这些桶里洗漂。

只要是落雨，可以不用问他大小，都能把小孩子引到端节来临的欢喜中去。大人们呢，将为这雨增添了几分忙碌。

但雨有时会偏偏到五日那一天也不知趣大落而特落的。（这是天的事情，谁能断料的定？）所以，在这几天，小孩子人人都有一点工作——这是没有哪一个小孩子不愿抢着做的工作：就是祈祷。他们诚心祈祷那一天万万莫要落下雨来，纵天阴没太阳也无妨。他们祈祷的意思如像请求天一样，是各个用心来默祝，口上却不好意思说出。这既是一般小孩的事，是以九妹同六弟两人都免不了背人偷偷的许下愿心——大点的我，人虽大了，愿天晴的心思却不下于他俩。

于是，这中间就又生出争持来了。譬如谁个胆虚一点，说了句：

"我猜那一天必要落雨呀。"

那一个便"不，不，决不！我敢同谁打赌：落下了雨，让你打二十个耳刮子以外还向你磕一个头。若是不，你就为我——"

"我猜必定要下，但不大。"心虚者又若极有把握的说。

"那我同你打赌吧。"

不消说为天晴袒护这一方面的人，当听到雨必定要下的话时气已登脖颈了！但你若疑心到说下雨方面的人就是存心愿意下雨，这话也说不去。这里两人心虚，两个都深怕下雨而愿意莫下雨，却是一样。

侥幸雨是不落了。那些小孩子们对天的赞美与感谢，虽然是在心里，但你也可从那微笑的脸上找出。这些诚恳的谢词若用东西来贮藏，恐怕找不出那么大的一个口袋呢。

我们在小的孩子们（虽然有不少的大人，但这样美丽佳节原只是为小孩子预备的，大人们不过是搭秤的猪肝罢了。）喝彩声里，可以

看到那几只狭长得同一把刀一样的木船在水面上如掷梭一般抛来抛去。一个上前去了，一个又退后了；一个停顿不动了，一个又打起圈子演龙穿花起来。使船行动的是几个红背心绿背心——不红不绿之花背心的水手。他们用小的桡桨促船进退，而他们身子又让船载着来往，这在他们，真可以说是用手在那里走路呢。

……

过了这样发狂似的玩闹一天，那些小孩子如像把期待尽让划船的人划了去，又太平无事了。那几只长狭木船自然会有些当事人把它拖上岸放到龙王庙去休息，我们也不用再去管它。"它不寂寞吗？"幸好遇事爱发问的小孩们还没有提出这么一个问题来为难他妈。但我想即或有聪明小孩子问到这事，还可以用这样话来回答："它已结结实实同你们玩了一整天，这时应得规规矩矩睡到龙王庙仓下去休息！它不像小孩子爱热闹，所以也不会寂寞。"

从这一天后，大人小孩似乎又渐渐的把前一日那几把水上抛去的梭子忘却了——一般就很难听人从闲话中提到这梭子的故事。直到第二年五月节将近，龙舟雨再落时，又才有人从点点滴滴中把这位被忘却的朋友记起。

五

我看我桌上绿的花瓶，新来的花瓶，我很客气的待它，把它位置在墨水瓶与小茶壶之间。

节候近初夏了。各种的花都已谢去。这样古雅美丽的瓶子，适宜插丁香花。适宜插藤花，一枝两枝，或夹点草，只要是青的，或是不很老的柳枝，都极其可爱。但是，各样花都谢了，或者是不谢，我无从去找。

让新来的花瓶，寂寞的在茶壶与墨水瓶之间过了一天。

花瓶还是空着，我对它用得着一点羞惭了。这羞惭，是我曾对我的从不曾放过茶叶的小壶，和从不曾借重它来写一点可以自慰的文字的墨水瓶，都有过的。

新的羞惭，使我感到轻微的不安。心想，把来送像廷蔚那种过时的生活的人，岂不是很好么？因为疲倦，虽想到，亦不去做，让它很陌生的，仍立在茶壶与墨水瓶中间。

懂事的老田，见了新的绿色花瓶，知道自己新添了怎样一种职务了，不待吩咐，便走到农场边去，采得一束二月兰和另外一种不知名的草花，把来一同插到瓶子里，用冷水灌满了瓶腹。

既无香气，连颜色也觉可憎……我又想到把瓶子也一同摔到窗外去，但只不过想而已。看到二月兰同那株野花吸瓶中的冷水。乘到我无力对我所憎的加以惩治的疲倦时，这些野花得到不应得的幸福了。

节候近初夏了，各样的花都已谢去，或者不谢，我也无从去找。

从窗子望过去，柏树的叶子，都已成了深绿，预备抵抗炎夏的烈日，似乎绿也是不得已。能够抵抗，也算罢了。我能用什么来抵抗这晚春的懊恼呢？我不能拒绝一个极其无聊按时敲打的校钟，我不能……我不能再拒绝一点什么。凡是我所憎的都不能拒绝。这时远远的正有一个木匠或铁匠在用斧凿之类做一件什么工作。钉钉的响，我想拒绝这种声音，用手蒙了两个耳朵，我就无力去抬手。

心太疲倦了。

绿的花瓶还在眼前，仿佛知道我的意思的老田，换上了新从外面要来的一枝有五穗的紫色藤花。淡淡的香气，想到昨日的那个女人。

看到新来的绿瓶，插着新鲜的藤花，呵，三月的梦，那么昏昏的做过！

……想要写些什么，把笔提起，又无力的放下了。

一九二六年二月完成

小草与浮萍

小萍儿被风吹着停止在一个陌生的岸旁。他打着旋身睁起两个小眼睛察看这新天地。他想认识他现在停泊的地方究竟还同不同以前住过的那种不惬意的地方。他还想：

——这也许便是诗人告给我们的那个虹的国度里！

自然这是非常容易解决的事！他立时就知道所猜的是失望了。他并不见什么玫瑰色的云朵，也不见什么金刚石的小星。既不见到一个生银白翅膀，而翅膀尖端还蘸上天空明蓝色的小仙人，更不见一个坐在蝴蝶背上，用花瓣上露颗当酒喝的真宰。他看见的世界，依然是骚动骚动像一盆泥鳅那末不绝地无意思骚动的世界。天空苍白灰颓同一个病死的囚犯脸子一样，使他不敢再昂起头去第二次注视。

他真要哭了！他于是唱着歌诉说自己凄惶的心情：

"侬是失家人，萍身伤无寄。江湖多风雪，频送侬来去。风雪送侬去，又送侬归来；不敢识旧途，恐乱侬行迹，……"

他很相信他的歌唱出后，能够换取别人一些眼泪来。在过去的时代波光中，有一只折了翅膀的蝴蝶堕在草间，寻找不着它的相恋者，曾在他面前流过一次眼泪，此外，再没有第二回同样的事情了！这时忽然有个突如其来的声音止住了他：

"小萍儿，漫伤嗟！同样漂泊有杨花。"

这声音既温和又清婉，正像春风吹到他肩背时一样，是一种同情

的爱抚。他很觉得惊异,他想:

——这是谁?为甚认识我?莫非就是那只许久不通消息的小小蝴蝶吧?或者杨花是她的女儿,……

但当他抬起含有晶莹泪珠的眼睛四处探望时,却不见一个小生物。他忙提高嗓子:

"喂!朋友,你是谁?你在什么地方说话?"

"朋友,你寻不到我吧?我不是那些伟大的东西!虽然我心在我自己看来并不很小,但实在的身子却同你不差什么。你把你视线放低一点,就看见我了。……是,是,再低一点,……对了!"

他随着这声音才从路坎上一间玻璃房子旁发见一株小草。她穿件旧到将退色了的绿衣裳。看样子,是可以做一个朋友的。当小萍儿眼睛转到身上时,她含笑说:

"朋友,我听你唱歌,很好。什么伤心事使你唱出这样调子?倘若你认为我够得上做你一个朋友,我愿意你把你所有的痛苦细细的同我讲讲。我们是同在这靠着做一点梦来填补痛苦的寂寞旅途上走着呢!"

小萍儿又哭了,因为用这样温和口气同他说话的,他还是初次入耳呢。

他于是把他往时常同月亮诉说而月亮却不理他的一些伤心事都一一同小草说了。他接着又问她是怎样过活。

"我吗?同你似乎不同了一点。但我也不是少小就生长在这里的。我的家我还记着:从不见到什么冷得打战的大雪,也不见什么吹得头痛的大风,也不像这里那么空气干燥,时时感到口渴,——总之,比这好多了。幸好,我有机会傍在这温室边旁居住,不然,比你还许不如!"

他曾听过别的相识者说过,温室是一个很奇怪的东西。凡是在温室中打住的,不知道什么叫作季节,永远过着春天的生活。虽然是残秋将尽的天气,碧桃同樱花一类东西还会恣情的开放。这之间,卑卑不足道的虎耳草也能开出美丽动人的花朵,最无气节的石菖蒲也会变成异样的壮大。但他却还始终没有亲眼见到过温室是什么样子。

"呵！你是在温室旁住着的，我请你不要笑我浅陋可怜，我还不知道温室是怎么样一种地方呢。"

从他这问话中，可以见他略略有点羡慕的神气。

"你不知道却是一桩很好的事情。并不巧，我——"

小萍儿又抢着问：

"朋友，我听说温室是长年四季过着春天生活的！为甚你又这般憔悴？你莫非是闹着失恋的一类事吧？"

"一言难尽！"小草叹了一口气。歇了一阵，她像在脑子里搜索得什么似的，接着又说："这话说来又长了。你若不嫌烦，我可以从头一一告诉你。我先前正是像你们所猜想的那么愉快，每日里同一些姑娘们少年们有说有笑的过日子。什么跳舞会啦，牡丹与芍药结婚啦……你看我这样子虽不什么漂亮，但筵席上少了我她们是不欢的。有一次，真的春天到了，跑来了一位诗人。她们都说他是诗人，我看他那样子，同不会唱歌的少年并没有什么不同。我一见他那尖瘦有毛的脸嘴，就不高兴。嘴巴尖瘦并不是什么奇怪事，但他却尖的格外讨厌。又是长长的眉毛，又是崭新的绿森森的衣裳，又是清亮的嗓子，直惹得那一群不顾羞耻的轻薄骨头发癫！就中尤其是小桃，——"

"那不是莺哥大诗人吗？"照小草所说的那诗人形状，他想，必定是会唱赞美诗的莺哥了。但穿绿衣裳又会唱歌的却很多，因此又这样问。

"嘘！诗人？单是口齿伶便一点，简直一个儇薄儿罢了！我分明看到他弃了他居停的女人，飞到园角落同海棠偷偷的去接吻。"

她所说的话无非是不满意于那位漂亮诗人。小萍儿想：或者她对于这诗人有点妒意吧！

但他不好意思将这疑问质之于小草，他们不过是新交。他只问：

"那末，她们都为那诗人轻薄了！"

"不。还有——"

"还有谁？"

"还有玫瑰。我虽然是常常含着笑听那尖嘴无聊的诗人唱情歌，但当他嬉皮涎脸的飞到她身边，想在那鲜嫩小嘴唇上接一个吻时，她却给他狠狠的刺了一下。"

"以后,——你?"

"你是不是问我以后怎么又不到温室中了吗?我本来是可以在那里住身的。因为秋的饯行筵席上,大众约同开一个跳舞会,我这好动的心思,又跑去参加了。在这当中,大家都觉到有点惨沮,虽然是明知春天终不会永久消逝。"

"诗人呢?"

"诗人早不知到什么地方去了。有些姐妹们也想,因为无人唱诗,所以弄得满席抑郁不欢。不久就从别处请了一位小小跛脚诗人来。他小得可怜,身上还不到一粒白果那么大。穿一件黑油绸短袄子,行路一跳一跳,——"

"那是蟋蟀吧?"其实小萍儿并不与蟋蟀认识,不过这名字对他很熟罢了!

"对。他名字后来我才知道的。那你大概是与他认识了!他真会唱。他的歌能感动一切,虽然调子很简单。——我所以不到温室中过冬,愿到这外面同一些不幸者为风雪暴虐下的牺牲者一道,就是为他的歌所感动呢。——看他样子那么渺小,真不值得用正眼刷一下。但第一句歌声唱出时,她们的眼泪便一起为他挤出来了!他唱的是'萧条异代不同时'。这本是一句旧诗,但请想,这样一个饯行的筵席上,这种诗句如何不敲动她们的心呢?就中尤其感到伤心的是那位密司柳。她原是那绿衣诗人的旧居停。想着当日'临流顾影,婀娜丰姿',真是难过!到后又唱到'姣艳芳姿人阿谀,断枝残梗人遗弃,……'把密司荷又弄得嚎啕大哭了。……还有许多好句子,可惜我不能一一记下。到后跛脚诗人便在我这里住下了。我们因为时常谈话,才知道他原也是流浪性成了随遇而安的脾气。——"

他想,这样诗人倒可以认识认识,就问:

"现在呢?"

"他因性子不大安定,不久就又走了!"

小萍儿听到他朋友的答复,怃然若有所失,好久好久不做声。他末后又问她唱的"小萍儿,漫伤嗟,同样漂泊有杨花!"那首歌

是什么人教给她的时，小草却掉过头去，羞涩的说，就是那跛脚诗人。

一九二五年二月十四日作
（选自《鸭子》，上海北新书局1926年版）

废邮存底

一

　　我行过许多地方的桥,看过许多次数的云,喝过许多种类的酒,却只爱过一个正当最好年龄的人。

××:

　　你们想一定很快要放假了。我要玖①到××来看看你,我说,"玖,你去为我看看××,等于我自己见到了她。去时高兴一点,因为哥哥是以见到××为幸福的。"不知道玖来过没有?玖大约秋天要到北平女子大学学音乐,我预备秋天到青岛去。这两个地方都不像上海,你们将来有机会时,很可以到各处去看看。北平地方是非常好的,历史上为保留下一些有意义极美丽的东西,物质生活极低,人极和平,春天各处可放风筝,夏天多花,秋天有云,冬天刮风落雪,气候使人严肃,同时也使人平静。××毕了业若还要读几年书,倒是来北平读书好。

　　你的戏不知已演过了没有?北平倒好,许多大教授也演戏,还有从女大毕业的,到各处台上去唱昆曲,也不为人笑话。使戏子身份提

---

① 玖:即沈从文的九妹沈岳萌。

高，北平是和上海稍稍不同的。

听说××到过你们学校演讲，不知说了些什么话。我是同她顶熟的一个人，我想她也一定同我初次上台差不多，除了红脸不会有再好的印象留给学生。这真是无办法的，我即或写了一百本书，把世界上一切人的言语都能写到文章上去，写得极其生动，也不会作一次体面的讲话。说话一定有什么天才，×××是大家明白的一个人，说话嗓子洪亮，使人倾倒，不管他说的是什么空话废话，天才还是存在的。

我给你那本书，《××》同《丈夫》都是我自己欢喜的，其中《丈夫》更保留到一个最好的记忆，因为那时我正在吴淞，因爱你到要发狂的情形下，一面给你写信，一面却在苦恼中写了这样一篇文章。我照例是这样子，做得出很傻的事，也写得出很多的文章，一面糊涂处到使别人生气，一面清明处，却似乎比平时更适宜于作我自己的事。××，这时我来同你说这个，是当一个故事说到的，希望你不要因此感到难受。这是过去的事情，这些过去的事，等于我们那些死亡了最好的朋友，值得保留在记忆里，虽想到这些，使人也仍然十分惆怅，可是那已经成为过去了。这些随了岁月而消失的东西，都不能再在同样情形下再现了的，所以说，现在只有那一篇文章，代替我保留到一些生活的意义。这文章得到许多好评，我反而十分难过，任什么人皆不知道我为了什么原因，写出一篇这样文章，使一些下等人皆以一个完美的人格出现。

我近日来看到过一篇文章，说到似乎下面的话："每人都有一种奴隶的德性，故世界上才有首领这东西出现，给人尊敬崇拜。因这奴隶的德性，为每一个不可少的东西，所以不崇拜首领的人，也总得选择一种机会低头到另一种事上去。"××，我在你面前，这德性也显然存在的。为了尊敬你，使我看轻了我自己一切事业。我先是不知道我为什么这样无用，所以还只想自己应当有用一点。到后看到那篇文章，才明白，这奴隶的德性，原来是先天的。我们若都相信崇拜首领是一种人类自然行为，便不会再觉得崇拜女子有什么稀奇难懂了。

你注意一下，不要让我这个话又伤害到你的心情，因为我不是在窘你做什么你所做不到的事情，我只在告诉你，一个爱你的人，如何不能忘你的理由。我希望说到这些时，我们都能够快乐一点，如同读一本书一样，仿佛与当前的你我都没有多少关系，却同时是一本很好的书。

我还要说，你那个奴隶，为了他自己，为了别人起见，也努力想脱离羁绊过。当然这事作不到，因为不是一件容易事情。为了使你感到窘迫，使你觉得负疚，我以为很不好。我曾做过可笑的努力，极力去同另外一些人要好，到别人崇拜我愿意做我的奴隶时，我才明白，我不是一个首领，用不着别的女人用奴隶的心来服侍我，却愿意自己作奴隶，献上自己的心，给我所爱的人。我说我很顽固的爱你，这种话到现在还不能用别的话来代替，就因为这是我的奴性。

××，我求你，以后许可我作我要作的事，凡是我要向你说什么时，你都能当我是一个比较愚蠢还并不讨厌的人，让我有一种机会，说出一些有奴性的卑屈的话，这点点是你容易办到的。你莫想，每一次我说到"我爱你"时你就觉得受窘，你也不用说"我偏不爱你"，作为抗拒别人对你的倾心。你那打算是小孩子的打算，到事实上却毫无用处。有些人对天成日成夜说，"我赞美你，上帝！"有些人又成日成夜对人世的皇帝说，"我赞美你，有权力的人！"你听到被称赞的"天"同"皇帝"，以及常常被称赞的日头同月亮，好的花，精致的艺术回答说"我偏不赞美你"的话没有？一切可称赞的，使人倾心的，都像天生就是这个世界的主人，他们管领一切，统治一切，都看得极其自然，毫不勉强。一个好人当然也就有权力使人倾倒，使人移易哀乐，变更性情，而自己却生存到一个高高的王座上，不必作任何声明。凡是能用自己各方面的美攫住别的人灵魂的，他就有无限威权，处置这些东西，他可以永远沉默，日头，云，花，这些例举不胜举。除了一只莺，他被人崇拜处，原是他的歌曲，不应当哑口外，其余被称赞的，大都是沉默的。××，你并不是一只莺。一个皇帝，吃任何阔气东西他都觉得不够，总得臣子恭维，用恭维作为营养，他才适意，因为恭维不甚得体，所以他有时还发气骂人，让人充军流血。××，你不会像帝皇，一个月亮可不是这样的，一个月亮不拘听到任何人赞美，不拘这赞美如何不得体，如何不恰当，它不拒绝这些从心中涌出的呼

喊。××，你是我的月亮。你能听一个并不十分聪明的人，用各种声音，各样言语，向你说出各样的感想，而这感想却因为你的存在，如一个光明，照耀到我的生活里而起的，你不觉得这也是生存里一件有趣味的事吗？

"人生"原是一个宽泛的题目，但这上面说到的，也就是人生。

为帝王作颂的人，他用口舌"娱乐"到帝王，同时他也就"希望"到帝王。为月亮写诗的人，他从它照耀到身上的光明里，已就得到他所要的一切东西了。他是在感谢情形中而说话的，他感谢他能在某一时望到蓝天满月的一轮。××，我看你同月亮一样。……是的，我感谢我的幸运，仍常常为忧愁扼着，常常有苦恼（我想到这个时，我不能说我写这个信时还快乐）。因为一年内我们可以看过无数次月亮，而且走到任何地方去，照到我们头上的，还是那个月亮。这个无私的月亮不单是各处皆照到，并且从我们很小到老还是同样照到的。至于你，"人事"的云翳，却阻拦到我的眼睛，我不能常常看到我的月亮！一个白日带走了一点青春，日子虽不能毁坏我印象里你所给我的光明，却慢慢的使我不同了。"一个女子在诗人的诗中，永远不会老去，但诗人，他自己却老去了。"我想到这些，我十分忧郁了。生命都是太脆薄的一种东西，并不比一株花更经得住年月风雨，用对自然倾心的眼，反观人生，使我不能不觉得热情的可珍，而看重人与人凑巧的藤葛。在同一人事上，第二次的凑巧是不会有的。我生平只看过一回满月。我也安慰自己过，我说，"我行过许多地方的桥，看过许多次数的云，喝过许多种类的酒，却只爱过一个正当最好年龄的人。我应当为自己庆幸，……"这样安慰到自己也还是毫无用处，为"人生的飘忽"这类感觉，我不能够忍受这件事来强作欢笑了。我的月亮就只在回忆里光明全圆，这悲哀，自然不是你用得着负疚的，因为并不是由于你爱不爱我。

仿佛有些方面是一个透明了人事的我，反而时时为这人生现象所苦，这无办法处，也是使我只想说明却反而窘了你的理由。

××，我希望这个信不是窘你的信。我把你当成我的神，敬重你，同时也要在一些方便上，诉说到即或真神也很糊涂的心情，你高兴，你注意听一下，不高兴，不要那么注意吧。天下原有许多稀奇事情，我××××十年，都缺少能力解释到它，也不能用任何方法说明，譬如想到所爱的一个人的时候，血就流走得快了许多，全身就发热作寒，听到旁人提到这人的名字，就似乎又十分害怕，又十分快乐。究竟为什么原因，任何书上提到的都说不清楚，然而任何书上也总时常提到。"爱"解作一种病的名称，是一个法国心理学者的发明，那病的现象，大致就是上述所及的。

你是还没有害过这种病的人，所以你不知道它如何厉害。有些人永远不害这种病，正如有些人永远不患麻疹伤寒，所以还不大相信伤寒病使人发狂的事情。××，你能不害这种病，同时不理解别人这种病，也真是一种幸福。因为这病是与童心成为仇敌的，我愿意你是一个小孩子，真不必明白这些事。不过你却可以明白另一个爱你而害着这难受的病的痛苦的人，在任何情形下，却总想不到是要窘你的。我现在，并且也没有什么痛苦了，我很安静，似乎为爱你而活着的，故只想怎么样好好的来生活。假使当真时间一晃就是十年，你那时或者还是眼前一样，或者已做了某某大学的一个教授，或者自己不再是小孩子，倒已成了许多小孩子的母亲，我们见到时，那真是有意思的事。任何一个作品上，以及任何一个世界名作作者的传记上，最动人的一章，总是那人与人纠纷藤葛的一章。许多诗是专为这点热情的指使而写出的，许多动人的诗，所写的就是这些事，我们能欣赏那些东西，为那些东西而感动，也照例轻视到自己，以及别人因受自己所影响而发生传奇的行为，这个事好像不大公平。因为这个理由，天将不许你长是小孩子。"自然"使苹果由青而黄，也一定使你在适当的时间里，转为一个"大人"。××，到你觉得你已经不是小孩子，愿意作大人时，我倒极希望知道你那时在什么地方做些什么事，有些什么感想。"菅苇"是易折的，"磐石"是难动的，我的生命等于"菅苇"，爱你的心希望它能如"磐石"。望到北平高空明蓝的天，使人只想下跪，你给我的影响恰如这天空，距离得那么远，我日里望着，晚上做梦，总梦到生着翅膀，向上飞举。向上飞去，便看到许多星子，都成为你的眼睛了。

××，莫生我的气，许我在梦里，用嘴吻你的脚，我的自卑处，是觉得如一个奴隶蹲到地下用嘴接近你的脚，也近于十分亵渎了你的。

　　我念到我自己所写的"葭苇是易折的，磐石是难动的"时候，我很悲哀。易折的葭苇，一生中，每当一次风吹过时，皆低下头去，然而风过后，便又重新立起了。只有你使它永远折伏，永远不再作立起的希望。

一九三一年六月

二

　　今天是我生平看到最美一次的天气，在落雨以后的达园，我望到不可形容的虹，望到不可形容的云，望到雨后的小小柳树，望到雨点。……天上各处是燕子。……虹边还在响雷，耳里听到雷声，我在一条松树夹道上走了好久。我想起许多朋友，许多故事，仿佛三十年人事都在一刻儿到跟前清清楚楚的重现出来。因为这雨后的黄昏，透明的美，好像同××的诗太相像了，我想起××。

　　××你瞧，我在这时什么话也说不出了的。我这几年来写了我自己也数不清楚的多少篇文章，人家说的任何种言语，我几乎都学会写到纸上了，任何聪明话，我都能使用了，任何对自然的美的恭维，我都可以模仿了；可是，到这些时节，我真差不多同哑子一样，什么也说不出。一切的美说不出，想到朋友们，一切鲜明印象，在回忆里如何放光，这些是更说不出的。

　　我想到××，我仿佛很快乐，因为同时我还想到你的朋友小麦，我称赞她爸爸妈妈真是两个大诗人。

　　把一切印象拼合拢来，我非常满意我这一天的生存。我对于自己生存感到幸福，平生也只有这一天。

　　今天真是一个最可记忆的一天，还有一个故事可以同你说：诗人××到这里来，来时已快落雨了。在落雨以前，他又走了。落雨时，他的洋车一定还在×××左右，即或落下的是刀子，他也应当上山去，因

沈从文
散文精选

为若把诗人全身淋湿如落汤鸡，这印象保留在另一时当更有意义。他有一个"老朋友"在×××养病，这诗人，是去欣赏那一首"诗"的。我写这个信时，或者正是他们并肩立在松下望到残虹谈话的时节。××，得到这信时，试去作一次梦，想到×××的雨后的他们，并想到达园小茅亭的从文，今天是六月十九日，我提醒你不要忘记是这个日子。这时已快夜了，一切光景都很快要消失了，这信还没有写完，这一切都似乎就已成为过去了。××，这信到你手边时，应当是一个月以后的事，我盼望它可以在你心里，有小小的光明重现。××，这信到你手边时，你一定也想起从文吧？我告你，我还是老样子，什么也没有改变。在你记忆里保留到的从文，是你到庆华公寓第一次见到的从文，也是其他时节你所知道的从文，我如今就还是那个情形，这不知道应使人快乐还是忧郁？我也有了些不同处，为朋友料不到的，便是"生活"比以前好多了。社会太优待了我，使我想到时十分难受。另一方面，朋友都对我太好了，我也极其难受。因为几年来我做的事并不勤快认真，人越大且越糊涂，任性处更见其任性，不能服侍女人处，也更把弱点加深了。这些事，想到时，我是很忧愁的。关心到我的朋友们，即或自己生活很不在意，总以为从文有些自苦的事情，是应当因为生活好了一点年龄大了一点便可改好的。谁知这些希望都完全是空事情，事实且常常与希望相反，便是我自己越活越无"生趣"。这些话是用口说不分明的，一切猜疑也不会找到恰当的解释，连我自己也不知道，为什么到现在还成天只想"死"。

感谢社会的变迁，时代一转移，就到手中方便，胡乱写下点文章，居然什么工也不必作，就活得很舒服了。同时因这轻便不过的事业，还得到了不知多少的朋友，不拘远近都仿佛用作品成立了一种最好的友谊，算起来我是太幸福了的。可是我好像要的不是这些东西。或者是得到这些太多，我厌烦了。我成天只想做一个小刻字铺的学徒，或一个打铁店里的学徒，似乎那些才是我分上的事业，在那事业里，我一定还可以方便一点，本分一点。我自然不会去找那些事业，也自然不会死去，可是，生活真是厌烦极了。因为这什么人也不懂的烦躁，使我不能安心在任何地方住满一年。去年我在武昌，今年春天到上海，

六月来北平，过不久，我又要过青岛去了，过青岛也一定不会久的，我还得走。我自己也不知道我走到哪儿去好。一年人老一年，将来也许跑到蒙古去。这自愿的充军，如分析起来，使人很伤心的。我这"多疑"、"自卑"、"怯弱"、"执着"的性格，综合以后便成为我人格的一半。××，我并不欢喜这人格。我愿意做一个平常的人，有一颗为平常事业得失而哀乐的心，在人事上去竞争，出人头地便快乐，小小失望便忧愁，见好女人多看几眼，见有利可图就上前，这种我们常常瞧不上眼的所谓俗人，我是十分羡慕却永远学不会的。我羡慕他们的平凡，因为在平凡里的他们才真是"生活"。但我的坏性情，使我同这些人世幸福离远了。我在我文章里写到的事，却正是人家成天在另一个地方生活着的事，人家在"生活"里"存在"，我便在"想象"里"生活"。××，一个作家我们去"尊敬"他，实在不如去"怜悯"他。我自己觉得是无聊到万分，在生活的糟粕里生活的。也有些人即或自己只剩下了一点儿糟粕，如××、××；一个无酒可啜的人，是应分用糟粕过日子的。但在我生活里，我是不是已经喝过我分上那一杯？××，我并没有向人生举杯！我分上就没有酒。我分上没有一滴。我的事业等于为人酿酒，我为年青人解释爱与人生，我告他们女人是什么，灵魂是什么，我又告他们什么是德性，什么是美。许多人从我文章里得到为人生而战的武器，许多人从我文章里取去与女人作战保护自己的盔甲。我得到什么呢？许多女人都为岁月刻薄而老去了，这些人在我印象却永远还是十分年青。我的义务——我生存的义务，似乎就是保留这些印象。这些印象日子再久一点，总依然还是活泼、娇艳、尊贵。让这些女人活在我的记忆里，我自己，却一天比一天老了。××，这是我的一份。

　　××，我应当感谢社会而烦怨自己，这一切原是我自己的不是。自然使一切皆生存在美丽里；一年有无数的好天气，开无数的好花，成熟无数的女人，使气候常常变幻，使花有各种的香，使女人具各种的美，任何一个活人，他都可以占有他应得那一份。一个"诗人"或一个"疯子"，他还常常因为特殊聪明，与异常禀赋，可以得到更多的赏赐。××，我的两手是空的，我并没有得到什么，我的空手，因为我是一个"乖僻的汉子"。

读我另一个信吧。我要预备告给你,那是我向虚空里伸手,攫着的风的一个故事。我想象有一个已经同我那么熟习了的女人,有一个黑黑的脸,一双黑黑的手,……是有这样一个人,像黑夜一样,黑夜来时,她仿佛也同我接近了。因为我住到这里,每当黑夜来时,一个人独自坐在这亭子的栏杆上,一望无尽的芦苇在我面前展开,小小清风过处,朦胧里的芦苇皆细脆作声如有所诉说。我同它们谈我的事情,我告给它们如何寂寞,它们似乎比我最好的读者,比一切年青女人更能理解我的一切。

××,黑夜已来了,我很软弱。我写了那么多空话,还预备更多的空话去向黑夜诉说。我那个如黑夜的人却永不伴同黑夜而来的,提到这件事,我很软弱,心情陷于一种无可奈何的泥淖中。

"年青体面女人,使用一千个奴仆也仍然要很快的老去,这女人在诗人的诗中,以及诗人的心中,却永远不能老去。"××,你心中一定也有许多年青人鲜明的影子。

××,对不起,你这时成为我的芦苇了。我为你请安。我捏你的手。我手已经冰冷,因为不知什么原因,我在老朋友面前哭了。

(这个信,给留在美国的《山花集》作者①)

一九三一年六月作

三

××:

我想跟你写一个信寄到山上来,赞美天气使你"做"一首好诗。

今天真美,因为那么好天气,是我平生少见的。雨后的虹同雨后的雷还不出奇,最值得玩味的,还是一个人坐在洋车上颠颠簸簸,头上淋着雨,心中想着"诗"。你从前做的诗不行了,因为你今天的生

---

① 《山花集》:诗集,1930 年由北新书局出版,作者为刘延蔚。

活是一首超越一切的好诗。

自然你上山去不只做诗,也是去读"诗"的。我算到天上虹还剩下一只脚时,你已经爬上山顶了。若在路上不淋雨自然很好,若淋了雨也一定更好。因为目下湿湿的身体,只是目下的事,这事情在回忆里却能放光,非常眩目。回忆的温暖烘得干现在的透湿衣裳,所以我想你不会着凉的。

因为这天气,我这会写散文的人,也写了三千字散文。可是我这散文是写在黑夜做成的纸上的,因为坐在亭子前面,在黑暗里听蛙叫了四点钟。照规矩我是一点钟写八百字,所以算他一个三千的数目。我想到今天倒是顶快乐的日子,因为从没有能安安静静坐到玩四个钟头的。

现在荷花塘里的青蛙还在叫,可是我的灯已经熄了,各处都有声音。一定有鬼,一定有鬼!我睡了是好的,睡到床上就不再怕鬼了,大约鬼是不上床的。

可是我当真应当睡了,蜡烛不知烧死了多少小飞虫,看到这事真是怪凄惨。这时忽然有个绿翅膀蜻蜓一类小东西,扑到蜡汁上,翅膀振动得厉害,我望到那小东西的胡子,在嘴巴边上。(一定是胡子!)你说,长了胡子的还不懂厉害,还不知道小心,年轻的怎么能避免在追求光明中烧死?

大约人也有这种就光的兴味,我单是想象到我那一支烛,就很难受了(不吃酒的人听到人说"酒"字脸也得红)。让我提起个你已经忘掉的事,就是我去武昌前到你家里那次谈到哭脸的事。现在还是不行。到武昌,到上海,到北京,再到青岛,我没有办法把那一支蜡烛的影子去掉的。我是不是应当烧枯,还是可以用什么观念保护到自己?这件事我得学习。一只小虫飞到火上去,仿佛那情形很可怜的。虽说想象中的烛不能使翅膀烧焦,想象中的热情也还依然能把我绊倒。

一九三一年六月十九日寄冒雨上×山的诗人

辑三 南北风景

市集

　　廉纤的毛毛细雨，在天气还没有大变以前欲雪未能的时节，还是霏霏微微落将下来。一个小小乡场，位置在又高又大陡斜的山脚下，前面濒着觔觔儿①的河，被如烟如雾雨丝织成的帘幕，一起把它蒙罩着了。

　　照例的三八市集②，还是照例的有好多好多乡下人，小田主，买鸡到城里去卖的小贩子，花幞头大耳环丰姿隽逸的苗姑娘，以及一些穿灰色号褂子口上说是来察场讨人烦腻的副爷们，与穿高筒子老牛皮靴的团总，各从附近的乡村来做买卖。他们的草鞋底半路上带了无数黄泥浆到集上来，又从场上大坪坝内带了不少灰色浊泥归去。去去来来，人也数不清多少。

　　集上的骚动，吵吵闹闹，凡是到过南方（湖湘以西）乡下的人，是都会知道的。

　　倘若你是由远远的另一处地方听着，那种喧嚣的起伏，你会疑心到是滩水流动的声音了！

---

　　①　觔觔儿：凤凰方言，小小儿的意思。
　　②　三八市集：湘西赶集，凡邻近的墟场，将赶集的日子岔开，一处为每月的逢一、六，另一处则逢二、七，余类推。三八市集，即每月的逢三、逢八日为赶集日子。

这种洪壮的潮声,还只是一般做生意人在讨论价钱时很和平的每个论调而起。就中虽也有遇到卖牛的场上几个人像唱戏黑花脸出台时那么大喊大嚷找经纪人,也有因秤上不公允而起口角——你骂我一句娘,我又骂你一句娘,你又骂我一句娘……然而究竟还是因为人太多,一两桩事,实在是万万不能做到的!

卖猪的场上,他们把小猪崽的耳朵提起来给买主看时,那种尖锐的嘶喊声,使人听来不愉快至于牙齿根也发酸。

卖羊的场上,许多美丽驯服的小羊儿咩咩地喊着。一些不大守规矩的大羊,无聊似的,两个把前蹄举起来,作势用前额相碰。大概相碰是可以驱逐无聊的,所以第一次甸的碰后,却又作势立起来为第二次预备。牛场却单独占据在场左边一个大坪坝,因为牛的生意在这里占了全部交易四分之一以上。那里四面搭起无数小茅棚(棚内卖酒卖面),为一些成交后的田主们喝茶喝酒的地方。那里有大锅大锅煮得"稀糊之烂"的牛脏类下酒物,有大锅大锅香喷喷的肥狗肉,有从总兵营一带担来卖的高粱烧酒;也还有城里馆子特意来卖面的。假若你是城里人来这里卖面,他们因为想吃香酱油的缘故,都会来你馆子,那么,你生意便比其他铺子要更热闹了。

到城里时,我们所见到的东西,不过小摊子上每样有一点罢了!这里可就大不相同。单单是卖鸡蛋的地方,一排一排地摆列着,满箩满筐的装着,你数过去,总是几十担。辣子呢,都是一屋一屋搁着。此外干了的黄色草烟,用为染坊染布的五倍子和栎木皮,还未榨出油来的桐茶子,米场白濛白濛了的米,屠桌上大只大只失了脑袋刮得净白的肥猪,大腿红腻腻还在跳动的牛肉……都多得怕人。

不大宽的河下,满泊着载人载物的灰色黄色小艇,一排排挤挤挨挨的相互靠着也难于数清。

集中是没有什么统系制度。虽然在先前开场时,总也有几个地方上的乡约伯伯,团总,守汛的把总老爷,口头立了一个规约卖物的照着生意大小缴纳千分之几——或至万分之几,但也有百分之几——的场捐,或经纪佣钱,棚捐,不过,假若你这生意并不大,又不须经纪人,则不须受场上的拘束,可以自由贸易了。

到这天，做经纪的真不容易！脚底下笼着他那双厚底高筒的老牛皮靴子（米场的），为这个爬斗；为那个倒箩筐。（牛羊场的）一面为这个那个拉拢生意，身上让卖主拉一把，又让买主拉一把；一面又要顾全到别的地方因争执时闹出岔子的调排，委实不是好玩的事啊！大概他们声音都略略嚷得有点嘶哑，虽然时时为别人扯到馆子里去润喉。不过，他今天的收入，也就很可以酬他的劳苦了。

……

因为阴雨，又因为做生意的人各都是在另一个村子里住家，有些还得在散场后走到二三十里路的别个乡村去；有些专靠漂场①生意讨吃的还待赶到明天那个场上的生意，所以散场很早。

不到晚炊起时，场上大坪坝似乎又觉得宽大空阔起来了！……再过些时候，除了屠桌下几只大狗在啃嚼残余因分配不平均在那里不顾命的奋斗外，便只有由河下送来的几声清脆篙声了。

归去的人们，也间或有骑着家中打筛的雌马，马项颈下挂着一串小铜铃叮叮当当跑着的，但这是少数；大多数还是赖着两只脚在泥浆里翻来翻去。他们总笑嘻嘻的担着箩筐或背一个大竹背笼，满装上青菜，萝卜，牛肺，牛肝，牛肉，盐，豆腐，猪肠子一类东西。手上提的小竹筒不消说是酒与油。有的拿草绳套着小猪小羊的颈项牵起忙跑；有的肩膊上挂了一个毛蓝布绣有白四季花或"福"字"万"字的褡裢，赶着他新买的牛（褡裢内当然已空）；有的却是口袋满装着钱心中满装着欢喜，——这之间各样人都有。

我们还有机会可以见到许多令人妒羡，赞美，惊奇，又美丽，又娟媚，又天真的青年老奶（苗小姐）和阿妤（苗妇人）。

一九二五年三月二十日于窄而霉小斋作
（原载1925年11月11日《晨报副刊》）

---

① 漂场：赶集，湘西俗称赶场。漂场，即赶完一个市集，第二天又赶邻近的又一个市集，如此连续不断。

游二闸

到晚来，料不到的是天气会骤变，天空响了雷，催来了急雨。人坐在灯下，听到院中雷声雨声的喧闹，像是两人正在那里争持一种两可的意见，怀想着二闸及二闸一切，正因为有雨声雷声，人反而更觉寂寞了。

这时的二闸，是不是也正落着像有人在半空用瓢浇下的雨，是使人关心的事。无论雨是否落到了二闸，凡是日间在闸下，那些赤精了身体，钻到水瀑下面去摸游客掷下铜子的小孩，想来大概都全回家了。家中有着弟妹的，或者还正将着日间从水里摸到的铜子，炫耀给那弟弟妹妹看。弟妹伸手要，但不成，这是自己的，于是，抱在做母亲的手上更小的孩子哭了。于是，作母亲的赏哥哥一掌，于是大的也哭起来。从这种推想下，我便依稀听到一种急剧的短而促的孩子的哭声，深深悔我当时的吝啬。多掷下铜子数枚，在我不过少坐一趟车，在别人家庭，不是就可以免掉那不必起的争端么？也许其中还有那无父无母的孤儿，这时就正把从我们手下得来的铜子，向附近小铺子买了烧饼在那庙门下嚼吧。也许在这些孩子当中，有着那病瘫的母亲，其中孩子的一个，这时就正在他母亲炕前跪着呈奉那一枚铜子，领受那病人瘦手在脸部抚摩吧。也许有空手转家去的孩子，到家时，正为父亲责着，说是生来无用，抢不得一钱，挨着骂，低头在灶边吃窝窝头。也许还有用这钱供家中赎当。……在各式各样的想象下，都使我深悔

不多给这些孩子一点钱。我且奇怪起我自己来,为什么当时明明见到这些人伸手,就能毅然不理,且装着滑稽口吻,向这些人连说:"回头见!"若这些孩子,这时还能想到游客中的我们,对我忙有所抱怨,也是自然而且应该的事情。

孩子们对这雷雨是喜悦还是忧愁,也使我关心。落了雨,闸下水瀑益大,来二闸玩看水瀑的人当益多,则可以从各种娱乐游客的技艺中多得些铜子,看来孩子们应当感谢这天气的骤变了。

然而一落雨,河里的水当更冷。天气已近到深秋,适宜于裸着身子在瀑下钻来爬去的时期似乎已过去。纵有多数游人乐于把钱掷到瀑里去,下水淘摸不已变成一件苦事么?并且,跟着这秋来的便是那能将一切凝成冰冻的冬天,到了瀑水溪河全结了薄冰以后,这些孩子们,又将什么来供游二闸人娱乐以自娱?推冰车冰船吧,又不是一个不到十二岁的孩子们的事。如果这时我还有那往游二闸的兴趣,大概可以见着他们站在闸堤旁缩成一团很无聊的望那冬景了。住在二闸左右的人家,似乎没有一家称得起中产小康的。那萧条景色,到春天还没有能改变过来,这些孩子们,自然也不会有受教育机会了。运河恢复清以来旧观,已是本地人所不敢梦想的事。二闸纵有着一点空名,足以在春夏二季吸引一些好事的人的游踪,然二闸在天然淘汰下,亦只有日复一日萧条下去了!这些孩子,眼见的还有着那比自己更小的一辈,正在努力学着泅水学着打氽子①,以图来年夏季的发财。大一点的,将渐渐长大,若不去务农,总仍然是在划船赶骡两种职业上找到他的终身浪荡生活。但小一点的,到可以从高堤坎上翻觔斗下掷的年龄,又来供谁开心?并且,那新补了父兄划船职业的纤手舵手青年男子,对于他的职业是不是还能像今天那掌舵汉子对于生活的乐观?到那时,船上所载的,总不外乎粪肥、稻草、干柴、芦苇束之类,再要白脸新衣的学生,花两毛钱到这船上来嗅这微臭的空气,把船在这从北京流出的阳沟水面上缓缓的驶行,是办得到的事么?

从这个小小地方,想到国内许多人许多事业,在社会进化过程中

---

① 打氽子:即潜水。

沈从文
散文精选

消沉灭亡的情形，见到这一类人无可奈何的只能在这旧的事业、在这一小块土地上，艰难地度过他们的终生，心中为一种异样惨戚所浸溺，觉得这些人的命运，正和中国我所知道的大小城市乡村的孩子命运差不多，不会有什么前途可言。

到了二闸玩一天，要像许多许多人，记那一个城里人下乡的记录，且赞美着说是秋来天色草木如何如何美，这在我是不可能的事。北京的天气，不拘何时都很容易见到那种四望无边如同一块月蓝竹布天幕的。因为昨夜的雨把空气滤过一道，空中无灰尘，纵着微风，人也不难受。公寓中我住的是东屋，太阳早上晒不着，颇觉冷，一出城，则疑心这是春天刚完的初夏，背当着太阳，就渐渐的发热了。

沿着铁轨从崇文门到东便门，又沿着运河从东便门到了二闸，是步行去的。陪着我走的，有也频①和他的同伴。这一次，算我们今年来走得最远的一次散步了。在另一个时期中，我能负背囊全套及子弹二十八排，另外加扛一支曼里夏五响枪，每日随到大队走八十里路，并且一连走六天，把我自己以及一个头等兵的家业从我本乡运到川东去。这事情，在近来谈及，不知不觉就要采用一点骄傲朋友兼自炫其英雄的口气了。因为自从来到北京后，我的生活只给了我在桌边尽呆的机会，按照那"一种能力久久不用便归消灭"的一条自然规律，我的行路本事在我自己看来就早已失去了。今天居然走到了二闸，腿膝又还似乎并不十分倦，我又觉得多少我还保留一些旧日的本领！

走到后，一切同前年，水同两岸的房子，全是害着病一样。若是单把这些破旧房子陈列在眼前，教人分不出时季。冬天这些门前也是有着那粪肥味与干草味，小小的成群飞着的虫子，似乎是在春夏秋三个节候里都还存在。光身的蹲在补锅匠的炉边看热闹的小孩子，见了人来就把眼睛睁得多大，来看这些不认识的体面的来客。船夫在我们身上做起小小的梦了。赶骡人在我们身上做起梦来了。孩子们有些本来披着衣服在闸上蹲着望水的，开始脱下一切沿着那堤坎旁边一株下垂的树跳下水去了。因了我们来此，至少有二十个人做着发"小洋

---

① 也频：即胡也频，现代作家，著名的"左联五烈士"之一。

财"的好梦。这些梦,在各人脸上,在各人和蔼的话语里,在一切叫嚷空气中,都可以看出。

在闸边稍呆一会,于是便有个很有礼貌的孩子挨到身边来,说有一毛钱,便可以从这三丈高的堤上下掷到水中。可我们并不需要瞧的。于是这孩子又致词,说是把钱掷丢到水瀑下去,哥儿们能找到。也频按照他的建议,试掷了一钱,即刻便为一个猴儿精小子把钱用口衔着了。再掷了一钱,便又见到这四个五个如同故事上所传海和尚一样的孩子钻进瀑下去即刻又出来。

"先生,你把你那银角子扔下去,呆会儿,大家就全下水了。"

全下水,总有二十个以上吧。一枚铜子有四人竞争,一枚银角便有二十人抢夺,从这里我可以了解钱在此地的意义。十个二十个人全下水,万一因抢夺不已,其中一个为水所淹没,怎么办?为了莫太使那大一点的狡猾的孩子得意,也频虽身边有钱也不掷了。但为了莫过分给那不中用的孩子失望,我故意把钱抛到较浅水中去,待到最小那一个口中也衔着一枚铜子时,我们跳上回头的船了。

我们还为他们带了一些欢喜来,这是我们先前所想不到的。但是像这种天气,能够从城中为二闸的人带些小小幸福来,人像是已越来越少了。因此到了那铁桥边遇到第二批四个男女学生模样的人时,我就为那些孩子高兴。

"怎么二闸这样荒凉地方也值得人称道?"

这疑惑,在我心上咬着,如同陶然亭一样,我真不明白。此时得我们的舵公给了一个详确解释了。

这老者,一面不忘用两手揩着那可怜舵把——舵把用"可怜"字样,不是我夸张,我总疑心那是别个人家废辘轳上一段朽木头。——他说道:

"先前几年,虽不算热闹,但并不荒凉,一年四季来这玩的人多着啦。"

"怎么来?"我问,想得到这原由。"说不定这又同三官庙、鹦鹉冢一样,因为是有着公主或郡主属于女子一类艳闻传说而来的。"我心想。

沈 从 文
散 文 精 选

　　话匣子，先是只揭去封条，如今可为我给掀开盖子了。除了用一些话帮助他叙述下去以外，我们用手扶着船棚架子只是静静听。

　　从他口中我们才知道，以前运粮大船，长达十来丈。一些生长在北方的老乡，单为看船，也就有走到二闸一趟的需要了。那时内城既"闲人免入"，其他如戏场、市场、天桥又全不曾有什么玩的地方，所以把喝茶一类北方式的雅兴全部寄托到这运河最后一段的二闸，也是自然的结果。因此我们又才明白二闸赋予北京人的意义，且寓雅俗共赏的性质，比之陶然亭，单在适于新旧诗迷作诗却大不相同。

　　关于这运河，那老者说，这对清室也还有一种用意。粮食何必得拨来拨去？从通州到此还得拨粮五次才入京，比陆路更费。然而为了这里的闲人着想，使之既不至因无工作而缺食，又不至徒邀恩而懒废，故这条河在京奉路通车以后还有物可运。宣统皇帝退了位，就没有人想到此事了。这老者对于满人政治手段当然是同意，可没有说到这一批船户一批靠运河吃饭的人改业以后怎么样，但从靠接送游人的船生意萧条上看，也就可想而知，随了地方的衰败以后凋落不少门户了。我略一闭目，就似乎见到一只八丈九丈长的崭新运粮船从后面撑来，同我们的船并排前进，一支高高的桅子竖起，拉船是用一百个纤手。这些纤手多穿着新蓝布长衫，头上是红缨帽子，有些还能从容取出荷包里的鼻烟壶，倒出一小撮褐色粉末向鼻孔里按。又有一人，在船舷上站立，这人职位应属于游击、参将一类，穿的衣服戴的帽子都极其鲜明，手上还套了一个碧玉扳指，这人便是我从书上知道的运粮官。又有一个人，穿戴把总衣帽，马蹄袖子翻卷起，口上轻轻骂着纯京腔的"混账忘八蛋"一类官场中的雅言督促着纤夫。这人是正两手把着舵（舵的把手当然雕刻的是犀牛、独角兽那类能够分水的怪兽的头）。这人脸相便是此刻我们船上这位老艄公脸相，不过年轻得多。河中的水也还清澄，可以见鱼鳖在水藻内追逐。……我倒记得分明我们船上也正有着一位同样好看品貌的"舵把子"时，微细的风送来一阵河水的臭味，那大的运粮船便消失了。

　　我心想，可惜这运粮船，也频和他的同伴都无缘能看见，独自己是俨然欣赏一番了，就不觉好笑，也许也频在虚空中所见到的是另一

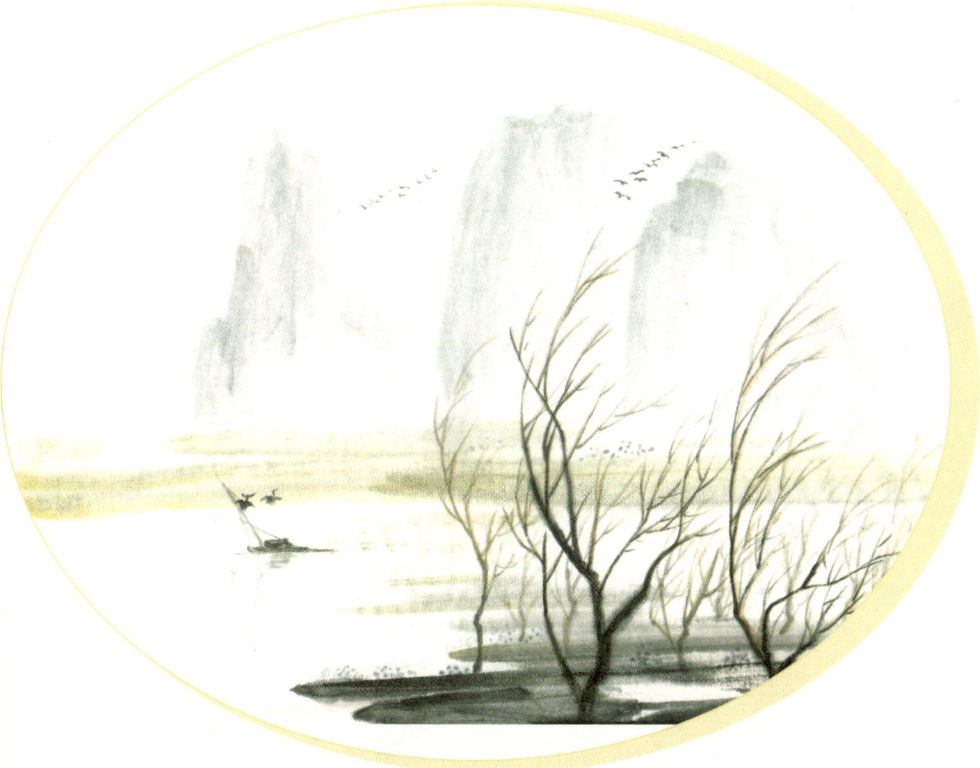

种式样的船吧。因为当那艄公在述及那大船来去时，也频的眼正微闭，似乎在他自己脑中用着艄公所给的材料，也建筑了一只合于经验的船啊！

用一些无所事事的小孩子，身子脱得精光，把皮肤让六月日头炙得成深褐，露着两列白白的牙齿，狡猾地从水中冒出头来讨零钱，代替了大批运粮船来去供人的观览，二闸的寂寞，在那艄公心上骡夫心上都深深的蕴藉着！当我想到这些人，只在天气的恩惠下得一毛两毛钱，度着无聊无赖的生活，心上也就觉得有颇深的寂寞了。在今年，我们什么时候再能来到二闸玩玩？单是记着临下船时那一句"回头见"套话，似乎在最近一个月内我们还应重来一次。

"大通桥的鸭子——各分各帮。"

多给了二十枚酒钱，得到了二闸人奉赠的一句土话。在大通桥下的白色大鸭子，的确像是能够各找到各的队伍，到时便会从容分开的。我们同二闸也分开了。回到北京城来，在一些富人贵人得意男女队伍中驻足，我总是自觉人是站在另外一边样子。二闸人倘若有那闲思想，能够想到今天日里来二闸玩的我们，又不知道要以为我们同他那里的世界距离有多远了。

在这雨声中，这一帮的人念到那一帮的人，同做不经常的梦一样。说不定有人也正把那充满善意的思念系在我们这一边！

一九二七年九月二十二日深夜作完

（原载 1927 年 9 月 28 日、29 日、30 日《晨报副刊》）

街

有个小小的城镇,有一条寂寞的长街。

那里住下许多人家,却没有一个成年的男子。因为那里出了一个土匪,所有男人便都被人带到一个很远很远的地方去,永远不再回来了。他们是五个十个用绳子编成一连,背后一个人用白木梃子敲打他们的腿,赶到别处去作军队上搬运军火的伕子的。他们为了"国家"应当忘了"妻子"。

大清早,各个人家从梦里醒转来了。各个人家开了门,各个人家的门里,皆飞出一群鸡,跑出一些小猪,随后男女小孩子出来站在门限上撒尿,或蹲到门前撒尿,随后便是一个妇人,提了小小的木桶,到街市尽头去提水。有狗的人家,狗皆跟着主人身前身后摇着尾巴,也时时刻刻照规矩在人家墙基上抬起一只腿撒尿,又赶忙追到主人前面去。这长街早上并不寂寞。

当白日照到这长街时,这一条街静静的像在午睡,什么地方柳树桐树上有新蝉单纯而又倦人的声音,许多小小的屋里,湿而发霉的土地上,头发干枯脸儿瘦弱的孩子们,皆蹲在土地上或伏在母亲身边睡着了。作母亲的全按照一个地方的风气,当街坐下,织男子们束腰用的板带过日子。用小小的木制手机,固定在房角一柱上,伸出憔悴的手来,敏捷地把手中犬骨线板压着手机的一端,退着粗粗的棉线,一面用一个棕叶刷子为孩子们拂着蚊蚋,带子成了,便用剪子修理那些

边沿，等候每五天来一次的行贩，照行贩所定的价钱，把已成的带子收去。

许多人家门对着门，白日里，日头的影子正正的照到街心不动时，街上半天还无一个人过身。每一个低低的屋檐下人家里的妇人，各低下头来赶着自己的工作，做倦了，抬起头来，用疲倦忧愁的眼睛，张望到对街的一个铺子，或见到一条悬挂到屋檐下的带样，换了新的一条，便仿佛奇异的神气，轻轻的叹着气，用犬骨板击打自己的下颌，因为她一定想起一些事情，记忆到由另一个大城里来的收货人的买卖了。她一定还想到另外一些事情。

有时这些妇人把工作停顿下来，遥遥的谈着一切。最小的孩子饿哭了，就拉开衣的前襟，抓出枯瘪的乳头，塞到那些小小的口里去。她们谈着手边的工作，谈着带子的价钱和棉纱的价钱，谈到麦子和盐，谈到鸡的发瘟，猪的发瘟。

街上也常常有穿了红绸子大裤过身的女人，脸上抹胭脂擦粉，小小的髻子，光光的头发，都说明这是一个新娘子。到这时，小孩子便大声喊着看新娘子，大家完全把工作放下，站在门前望着，望到看不见这新娘子的背影时才重重的换了一次呼吸，回到自己的工作凳子上去。

街上有时有一只狗追一只鸡，便可以看见到一个妇人持了一长长的竹子打狗的事情，使所有的孩子们都觉得好笑。长街在日里也仍然不寂寞。

街上有时什么人来信了；许多妇人皆争着跑出去，看看是什么人从什么地方寄来的。她们将听那些识字的人，念信内说到的一切。小孩子们同狗，也常常凑热闹，追随到那个人的家里去，那个人家便不同了。但信中有时却说到一个人死了的这类事，于是主人便哭了。于是一切不相干的人，围聚在门前，过一会，又即刻走散了。这妇人，伏在堂屋里哭泣，另外一些妇人便代为照料孩子，买豆腐，买酒，买纸钱，于是不久大家都知道那家男人已死掉了。

街上到黄昏时节，常常有妇人手中拿了小小的筐箩，放了一些米，一个蛋，低低地喊出了一个人的名字，慢慢的从街这端走到另一端去。

这是为不让小孩子夜哭发热，使他在家中安静的一种方法，这方法，同时也就娱乐到一切坐到门边的小孩子。长街上这时节也不寂寞的。

黄昏里，街上各处飞着小小的蝙蝠。望到天上的云，同归巢还家的老鸹，背了小孩子们到门前站定了的女人们，一面摇动背上的孩子，一面总轻轻的唱着忧郁凄凉的歌，娱悦到心上的寂寞。

"爸爸晚上回来了，回来了，因为老鸹一到晚上也回来了！"

远处山上全紫了，土城擂鼓起更了，低低的屋里，有小小油灯的光，为画出屋中的一切轮廓，听到筷子的声音，听到碗盏磕碰的声音……但忽然间小孩子又哇的哭了。

爸爸没有回来。有些爸爸早已不在这世界上了，但并没有信来。有些临死时还忘不了家中的一切，便托便人带了信回来。得到信息哭了一整夜的妇人，到晚上便把纸钱放在门前焚烧。红红的火光照到街上下人家的屋檐，照到各个人家的大门。见到这火光的孩子们，也照例十分欢喜。长街这时节也并不寂寞的。

阴雨天的夜里，天上漆黑，街头无一个街灯，狼在土城外山嘴上嗥着，用鼻子贴近地面，如一个人的哭泣，地面仿佛浮动在这奇怪的声音里。什么人家的孩子在梦里醒来，吓哭了，母亲便说："莫哭，狼来了，谁哭谁就被狼吃掉。"

卧在土城高处木棚里老而残废的人，打着梆子。这里的人不须明白一个夜里有多少更次，且不必明白半夜里醒来是什么时候。那梆子声音，只是告给长街上人家，狼已爬进土城到长街，要他们小心一点门户。

一到阴雨的夜里，这长街更不寂寞，因为狼的争斗，使全街热闹了许多。冬天若夜里落了雪，则早早的起身的人，开了门，便可看到狼的脚迹，同糍粑一样印在雪里。

一九三一年五月十日作

（原载1931年《文艺月刊》第2卷第7期）

昆明冬景

新居移上了高处，名叫北门坡，从小晒台上可望见北门门楼上用虞世南①体写的"望京楼"的匾额。上面常有武装同志向下望，过路人马多，可减去不少寂寞！我的住屋前面是个大敞坪，敞坪一角有杂树一林。尤加利树瘦而长，翠色带银的叶子，在微风中荡摇，如一面一面丝绸旗帜，被某种力量裹成一束，想展开，无形中受着某种束缚，无从展开。一拍手，就常常可见圆头长尾的松鼠，在树枝间惊窜跳跃。这些小生物又如把本身当成一个球在空中，抛来抛去，俨然在这种抛掷中，就能够得到一种生命自足的乐趣，一种从行为中证实生命存在的欢欣。且间或稍微休息一下，四处顾望，看看它这种行为能不能够引起其它生物的注意。或许会发现，原来一切生物都各有它的"心事"。那个在晒台上拍手的人，眼光已离开尤加利树，向虚空凝眸了。虚空一片明蓝，别无他物。这也就是生物中之一种，"人"，多数人中一种人，目前对于生命存在的意义，他的想象或情感，正在不可见的一种树枝间攀援跳跃，同样略带一点惊惶，一点不安，在时间上转移，由彼到此，始终不息。他是三月前由沅陵坐了二十四天的公路汽车，才独自来到昆明的。

敞坪中妇人孩子虽多，对这件事却似乎都把它看得十分平常，从

---

① 虞世南：唐初书法家、文学家。

沈从文
散文精选

不曾有谁将头抬起来看看。昆明地方到处是松鼠,许多人对于这小小生物的知识,不过是捉把来卖给"上海人",值"中央票子"两毛钱到一块钱罢了。站在晒台上的那个人,就正是被本地人称为"上海人",花用中央票子,来昆明租房子住、工作、过日子的。住到这里来近于凑巧,因凑巧反而不会令人觉得稀奇了。妇人多受雇于附近一个小小织袜厂,终日在敞坪中摇纺车约棉纱。孩子们无所事事,便在敞坪中追逐吵闹,拾捡碎瓦小石子打狗玩。敞坪四面是路,时常有无家狗在树林中垃圾堆边寻东觅西,鼻子贴地各处闻嗅,一见孩子们蹲下,知道情形不妙,就极敏捷的向坪角一端逃跑。有时只露出一个头来,两眼很温和的对孩子们看着,意思像是要说,"你玩你的,我玩我的,不成吗?"有时也成。那就是一个卖牛羊肉的,扛了个木架子,带着官秤,方形的斧头,雪亮的牛耳尖刀,来到敞坪中,搁下架子找寻主顾时。妇女们多放下工作,来到肉架边,讨价还钱。孩子们的兴趣转移了方向。几只野狗便公然到敞坪中来,由经验提高了警惕,先是坐在敞坪一角便于逃跑的地方,远远的看热闹。其次是在一种试探形式中,慢慢的走近人丛里来。直到忘形挨近了肉架边,被那羊屠户见着,扬起长把手斧,大吼一声"畜生,走开!"方肯略略走开,站在人圈子外边,用一种非常诚恳非常热情的态度,略微偏着头,欣赏肉架上的前腿,后腿,以及后腿末端那条带毛小羊尾巴,和搭在架旁那些花油。意思像是觉得不拘什么地方都很好,都无话可说,因此它不说话。它在等待,无望无助的等待。照例妇人们在集群中向羊屠户连嚷带笑,加上各种"神明在上,报应分明"的誓语,这一个证明实在赔了本,那一个证明买下它家用的秤并不大,好好歹歹作成了交易,过了秤,数了钱,得钱的走路,得肉的进屋里去,把肉挂在悬空钩子上,孩子们也随同进到屋里去时,这些狗方趁空走近,把鼻子贴在先前一会搁肉架的地面,闻嗅闻嗅,或得到点骨肉碎渣,一口咬住,就忙匆匆向敞坪空处跑去,或向尤加利树下跑去。树上正有松鼠剥果子吃,果子掉落地上。上海人走过来拾起嗅嗅,有"万金油"气味,微辛而芳馥。

早上六点钟，阳光在尤加利树高处枝叶间，敷上一层银灰光泽。空气寒冷而清爽。敞坪中很静，无一个人，无一只狗。几个竹制纺车瘦骨伶精的搁在一间小板屋旁边。站在晒台上望着这些简陋古老工具，感觉"生命"形式的多方。敞坪中虽空空的，却有些声音仿佛从敞坪中来，在他耳边响着。

"骨头太多了，不要这个腿上大骨头。"

"嫂子，没有骨头怎么走路？"

"曲蟮①有不有骨头？"

"你吃曲蟮？"

"哎哟，菩萨。"

"菩萨是泥的木的，不是骨头做成的。"

"你毁佛骂佛，死后会入三十三层地狱，磨石碾你，大火烧你，饿鬼咬你。"

"活下来做屠户，杀羊杀猪，给你们善男信女吃，做赔本生意，死后我会坐在莲花上，只往上飞，飞到西天一个池塘里，洗个大澡，把一身罪过，一身羊臊血腥气，洗得个干干净净！"

"西天是你们屠户去的？白做梦！"

"好，我不去让你们去。我们做屠户的都不去了，怕你们到那地方肉吃不成！你们都不吃肉，吃长斋，将来西天住不了，急坏了佛爷，还会骂我们做屠户的，不会做生意。一辈子做赔本生意，不落得人的骂名，还落个佛的骂名。肉你不要，我拿走。"

"你拿走好！肉臭了，看你喂狗吃。"

"臭了我就喂狗吃，不很臭，我把人吃。红焖好了请人吃，还另加三碗包谷烧酒，怕不有人叫我做伯伯、舅舅、干老子。许我每天念莲花经一千遍，等我死后坐朵方桌大金莲花到西天去！"

"送你到地狱里去，投胎变成一只蛤蟆，日夜哗哗呱呱叫。"

"我不上西天，不入地狱，忠贤区区长告我说，姓曾的，你不用卖肉了吧，你住忠贤区第八保，昨天抽壮丁抽中了你，不用说什么，

---

① 曲蟮：蚯蚓。

沈从文
散文精选

到湖南打仗去。你个子长，穿上军服排队走在最前头，多威武！我说好，什么时候要我去，我就去。我怕无常鬼，日本鬼子我不怕。派定了我，要我姓曾的去，我一定去。"

"××××××××"

"我去打仗，保卫武汉三镇。我会打枪，我亲哥子是机关枪队长！他肩章上有三颗星，三道银边！我一去就要当班长，打个胜仗，我就升排长。打到北京去，赶一群绵羊回云南来做生意，真正做一趟赔本生意！"

接着便又是这个羊屠户和几个妇人各种赌咒的话语。坪中一切寂静，远处什么地方有军队集合，下操场的喇叭声音在润湿空气中振荡。静中有动，他心想：

"武汉已陷落三个月了。"

屋上首一个人家白粉墙刚刚刷好，第二天，就不知被谁某一个克尽厥职的公务员看上了，印上十二个方字。费很多想象把字认清楚后，更费很多想象把意思也弄清楚了。只就中间一句话不大明白，"培养卫生"。这好像是多了两个字或错了两个字。这是小事。然而小事若弄得使人糊涂，不好办理，大处自然更难说了。

一会，带着小小铜项铃的瘦马，驮着粪桶过去了。

一个猴子似的瘦脸嘴人物，从某个人家小小黑门边探出头来，"娃娃，娃娃，"娃娃不回声。见景生情，接着他自言自语说道，"你哪里去了？吃屎去了？"娃娃年纪已经八岁，上了学校，可是学校因疏散下了乡，无学校可上，只好终日在敞坪里煤堆上玩。"煤是哪里来的？""从地下挖来的。""作什么用？""可以烧火。"娃娃知道的同一些专家知道的相差并不很远。那个上海人心想："你这孩子，将来若可以升学，无妨入矿冶系。因为你已经知道煤炭的出处和用途。好些人就因那么一点知识，被人称为专家，活得很有意义！"

娃娃的父亲，在儿子未来发展上，却老做梦，以为长大了应当作设治局长，督办，——照本地规矩，当这些差事很容易发财，发了财，买下对门某家那栋房子。上海人越来越多了，到处有人租房子，肯出

大价钱。押租又多。放三分利，利上加利，三年一个转。想象因之而丰富异常。

做这种天真无邪的好梦的本地人恐怕正多着，这恰好是一个地方安定与繁荣的基础。

提起这个会令人觉得痛苦，是不是？不提也好。

因为你若爱上了一片蓝天，一片土地，和一群忠厚老实人，你一定将不由自主地嚷："这不成！这不成！天不辜负你们这群人，你们不应当自弃，不应当！得好好的来想办法！你们应当得到的还要多，能够得到的还要多！"

于是必有人问："先生，你这是什么意思？在骂谁？教训谁，想煽动谁？用意何居？"

问的你莫名其妙，不特对于他的意思不明白，便是你自己本产的意思，也会弄糊涂的。话不接头，两无是处。你爱"人类"，他怕"变动"。你"热心"，他"多心"。

"美"字笔画并不多，可是似乎很不容易认识。"爱"字虽人人认识，可是真懂得它意义的人却很少。

（原载 1939 年 2 月 6 日香港《大公报·文艺》）

云南看云

云南因云而得名。可是外省人到了云南一年半载后,一定会和本地人差不多,对于云南的云,除却只能从它变化上得到一点晴雨知识,就再也不会单纯的来欣赏它的美丽了。看过卢锡麟先生的摄影后,必有许多人方俨然重新觉醒,明白自己是生在云南,或住在云南。云南特点之一,就是天上的云变化得出奇。尤其是傍晚时候,云的颜色,云的形状,云的风度,实在动人。

战争给许多人一种有关生活的教育,走了许多路,过了许多桥,睡了许多床,此外还必然吃了许多想象不到的小苦头。然而真正具有教育意义的,说不定倒是明白许多地方各有各的天气,天气不同还多少影响到一点人事。云有云的地方性:中国北部的云厚重,人也同样那么厚重。南部的云活泼,人也同样那么活泼。海边的云幻异,渤海和南海云各不相同,正如两处海边的人性情不同。河南的云一片黄,抓一把下来似乎就可以作窝窝头,云粗中有细,人亦粗中有细,湖湘的云一片灰,长年挂在天空一片灰,无性格可言,然而桔子、辣子就在这种地方大量产生,在这种天气下成熟,却给湖南人增加了生命的发展和进取精神。四川的云与湖南云虽相似而不尽相同,巫峡峨嵋高峰把云分割又加浓,云有了生命,人也有了生命。

论色彩丰富,青岛海面的云应当首屈一指。有时五色相煊,千变万化,天空如展开一张锦毯。有时素净纯洁,天空只见一片绿玉,别

无它物。看来令人起轻快感,温柔感,音乐感,情欲感。一年中有大半年天空完全是一幅神奇的图画,有青春的嘘息,煽起人狂想和梦想。海市蜃楼即在这种天空显现,海市蜃楼虽并不常在人眼底,却永远在人心中。秦皇汉武的事业,同样结束在一个长生不死青春常在的美梦里,不是毫无道理的。云南的云给人印象大不相同,它的特点是素朴,影响到人性情也应当挚厚而单纯。

云南的云似乎是用西藏高山的冰雪,和南海长年的热风,两种原料经过一种神奇的手续完成的,色调出奇的单纯,惟其单纯反而见出伟大。尤以天时晴明的黄昏前后,光景异常动人。完全是水墨画,笔调超脱而大胆。天上一角有时黑得如一片漆,它的颜色虽然异样黑,给人感觉竟十分轻。在任何地方"乌云蔽天"照例是个沉重可怕的象征,唯有云南傍晚的黑云,越黑反而越不碍事,且表示第二天天气必然顶好。几年前中国古物运到伦敦展览时,有一个赵松雪①作的卷子,名《秋江叠嶂》,净白如玉的澄心堂纸上用浓墨重重涂抹,给人印象却十分美秀。云南的云也恰恰如此,看来只觉得黑而秀。

可是我们若在黄昏前后,到城郊外一个小丘上去,或坐船在滇池中,看到这种云彩时,低下头来一定会轻轻的叹一口气。具体一点将发生"大好河山"感想,抽象一点将发生"逝者如斯"感想。心中一定觉得有些痛苦,为一片悬在天空中的沉静黑云痛苦。因为这东西给了我们一种无言之教,比目前政论家的文章,宣传家的讲演,杂感家的讽刺文,都高明得多,深刻得多,同时还美丽得多。觉得痛苦原因或许也就在此。那么好看的云,孕育了在这一片天底下讨生活的人,究竟是些什么?是一种精深博大的人生思想?还是一种单纯美丽的诗的感情?若把它与地面所见、所闻、所有两相对照,实在使人不能不痛苦!

在这美丽天空下,人事方面,我们每天所能看到的,除了空洞的论文,不通的演讲,小巧的杂感,此外似乎到处就只碰到"法币"。商人和银行办事人直接为法币而忙。最可悲的现象,实无过于大学校

---

① 赵松雪:即赵孟頫,元书画家。

沈从文
散文精选

的商学院,每到注册上课时,照例人数必最多。这些人其所以习经济、习会计,都可说对于生命毫无高尚理想可言,目的只在毕业后入银行作事。"熙熙攘攘,皆为利往,挤挤挨挨,皆为利来,利之所在,群集若蛆。"社会研究所的专家,机会一来即向银行跑。习图书馆的,弄考古的,学外国文学的,因为亲戚、朋友、同乡……种种机会,又都挤进银行或相近金融机关作办事员。大部分优秀脑子,都给真正的法币和抽象的法币弄得昏昏的,失去了应有的灵敏与弹性,以及对于"生命"较高的认识。其余无知识的脑子,成天打算些什么,也就可想而知了。云南的云即或再美丽一点,对于多数人还似乎毫无意义可言的。

近两个月来,本市在连续的警报中,城中二十万市民,无一不早早的就跑到郊外去,向天空把一个颈脖昂酸,无一人不看到过几片天空飘动的浮云,仰望结果,不过增加了许多人对于财富得失的忧心罢了。"我的法币下落了","我的汽油上涨了","我的事业这一年发了五十万财","我从公家赚了八万三",这还是就仅有十几个熟人中说说的。此外说不定还有个把教授之流,终日除玩牌外无其他娱乐,会想到前一晚上玩麻雀牌输赢事情,聊以解嘲似地自言自语,"我输牌不输理。"这种教授先生当然是不输理的,在警报解除以后,还不妨跑到老同学住处去,再玩个八圈,证明一下输的究竟是什么。一个人若乐意在地下爬,以为是活下来最好的姿势,他人劝说站起来走,或更盼望他挺起脊梁来做个人,当然是不会有什么结果的。

就在这么一个社会一种情形中,卢先生却来展览他在云南的照相,告给我们云南法币以外还有些什么。即以天空的云彩言,色彩单纯的云有多健美,多飘逸,多温柔,多崇高!观众人数多,批评好,正说明只要有人会看云,就从云影中取得一种诗的感兴和热情,还可望将这种尊贵的感情,转给另外一种人。换言之,就是云南的云即或不能直接教育人,还可望由一个艺术家的心与手,间接来教育人。卢先生照相的兴趣,似乎就在介绍这种美丽感印给多数人,所以作品中对于云物的题材,处理得特别好。每一幅云都有一种不同的性情,流动的美。不纤巧,不做作,不过分修饰,一任自然,心手相印,表现得素

朴而亲切。作品成功是必然的。可是得到"赞美"不是艺术家最终的目的，应当还有一点更深的意义。我意思是如果一种可怕的实际主义，正在这个社会各组织各阶层间普遍流行，腐蚀我们多数人做人的良心、做人的理想，且在同时把每一个人都有形无形市侩化。社会中优秀分子一部分，所梦想，所希望，也都只是糊口混日子了事，毫无一种较高的情感，更缺少用这情感去追求一个美丽而伟大的道德原则的勇气时，我们这个民族应当怎么办？大学生读书目的，不是站在柜台边作行员，就是坐在公事房作办事员，脑子都不用，都不想，只要有一碗饭吃就算有了出路。甚至于做政论的，作讲演的，写不高明讽刺文的，习理工的，玩玩文学充文化人的，办党的，信教的，……出路也都是只顾眼前。大众眼前固然都有了出路，这个国家的明天，是不是还有希望可言？我们如真能够像卢先生那么静观默会天空的云彩，云的美丽，也许会慢慢的陶冶我们，启发我们，改造我们，使你们习惯于向远景凝眸，不敢坠落，不甘心坠落。我以为这才像是一个艺术家最后的目的。正因为这个民族是在求发展，求生存，战争已经三年。战争虽败北，不气馁，虽死亡万千人民，牺牲无数财富，仍然能坚持抗战，就为的是这战争背后还有个庄严伟大的理想，使我们对于忧患之来，在任何情形下都能忍受。我们其所以能忍受，不特是我们要发展，要生存，还要为后来者设想，使他们活在这片土地上，更好一点，更像人一点！我们责任那么严重而且又那么困难，所以不特多数知识分子必然要有一个较坚朴的人生观，拉之向上，推之向前，就是作生意的，也少不了需要那么一分知识，方能够把企业的发展与国家的发展，放在同一目标上，分道并进，异途同归！

举一个浅近的例来说说：我们的眼光注意到"出路""赚钱"以外，若还能够估量到在滇越铁路的另一端，正有多少鬼蜮成性阴险狡诈的木屐儿，圆睁两只鼠眼，安排种种巧计阴谋，在武力与武器无作用地点，预备把劣货倾销到昆明来，且把推销劣货的责任，派给昆明市的大小商家时，就知道学习注意远处，实在是目前一件如何重要的事情！照相必选择地点，取准角度，方可望有较好成就。做人何尝不是一样，明分际，识大体，"有所不为"，敌人虽花样再多，劣货在有经验商家的眼中，总依然看得出，取舍之间是极容易的。若只图发财，见利忘义，"无所不为"，日本货变成国货，改头换面，不过是反手间事！劣货推销仅仅是若干有形事件中之一种。此外各层知识阶级中不争气处，所作所为，实在更甚于此者。

所以我觉得卢先生的摄影，不只是给人看看，还应当给人深思。

一九四〇年，昆明
（原载 1940 年 12 月 12 日《大公报》）

绿魇

一　绿

  我躺在一个小小山地上，四围是草木蒙茸①枝叶交错的绿荫，强烈阳光从枝叶间滤过，洒在我身上和身前一片带白色的枯草间。松树和柏树作成一朵朵墨绿色，在十丈远近河堤边排成长长的行列。同一方向距离稍近些，枝柯疏朗的柿子树，正挂着无数玩具一样明黄照眼的果实。在左边，更远一些公路上，和较近人家屋后，尤加利树高摇摇的树身，向天直矗，狭长叶片杨条鱼一般在微风中闪泛银光。近身园地中那些石榴树，每丛相去丈许各自在阳光下立定，叶子细碎绿中还夹杂些鲜黄，阳光照及处都若纯粹透明。仙人掌的堆积物，在园坎边一直向前延展，若不受小河限制，俨然即可延展到天际。肥大叶片绿得异常哑静，对于阳光竟若特有情感，吸收极多，生命力因之亦异常饱满。最动人的还是身后高地那一片待收获的高粱，枝叶在阳光雨露中已由青泛黄，各顶着一丛丛紫色颗粒，在微风中特有一种萧瑟感，同时从成熟状态中也可看出这一年来人的劳力与希望结合的庄严。从松柏树的行列罅隙间，还可看到远处浅淡的绿原，和那些刚由闪光锄

---

① 蒙茸：蓬松、杂乱的样子。

沈从文
散文精选

头翻过的赭色①田亩相互交错，以及镶在这个背景中的村落，村落尽头那一线银色湖光。在我手脚可及处，却可从银白光泽的狗尾草细长枯茎和黄茸茸杂草间，发现各式各样绿得等级完全不同的小草。

我努力想来捉捕这个绿芜照眼的光景，和在这个清洁明朗空气相衬，从平田间传来的锄地声，从村落中传来的舂米声，从山坡下一角传来的连枷②扑击声，从空气中传来的虫鸟搏翅声，以及由于这些声音共同形成的特殊静境，手中一支笔，竟若丝毫无可为力。只觉得这一片绿色，一组声音，一点无可形容的气味综合所作成的境界，使我视听诸官觉沉浸到这个境界中后，已转成单纯到不可思议。企图用充满历史霉斑的文字来写它时，竟是完全的徒劳。

地方对于我虽并不完全陌生，可是这个时节耳目所接触，却是个比梦境更荒唐的实在。

强烈的午后阳光，在云上，在树上，在草上，在每个山头黑石和黄土上，在一枚爬着的飞动的虫蚁触角和小脚上，在我手足颈肩上，都恰像一只温暖的大手，到处给以同样充满温情的抚摩。但想到这只手却是从亿万里外向所有生命伸来的时候，想象便若消失在天地边际，使我觉得生命在阳光下，已完全失去了旧有意义了。

其时松树顶梢有白云驰逐，正若自然无目的的游戏。阳光返照中，天上云影聚拢复散开；那些大小不等云彩的阴影，便若匆匆忙忙的如奔如赴从那些刚过收割期不久的远近田地上——掠过，引起我一点新的注意。我方从那些灰白色残余禾株间，发现了些银绿色点子。原来十天半月前，庄稼人趁收割时嵌在禾株间的每一粒蚕豆种子，在润湿泥土与和暖阳光中，已普遍从薄而韧的壳层里，解放了生命，茁起了小小芽梗，有些下种较早的，且已变成绿芜一片。小溪上这里那里到处有白色蜉蝣蚊蠓，在阳光下旋成一个柱子，队形忽上忽下，表示对于暂短生命的悦乐。阳光下还有些红黑对照色彩鲜明的小甲虫，各自

---

① 赭（zhě）色：中国传统色彩名词，红色、赤红色。
② 连枷：农具，由一个长柄和一组平排的竹条或木条构成，用来拍打谷物、小麦、豆子、芝麻等，使子粒掉下来。也作梿枷。

从枯草间找寻可攀援的白草，本意俨若就只是玩玩，到了尽头时，便常常从草端从容堕下，毫不在意，使人对于这个小小生命所具有的完整性，感到无限惊奇。忽然间，有个细腰大头黑蚂蚁，爬上了我的手背，仿佛有所搜索，到后便停顿在中指关节间，偏着个头，缓慢舞动两个小小触须，好像带点怀疑神气，向阳光提出询问：

"这是甚么东西？有甚么用处？"

我于是试在这个纸上，开始写出我的回答：

"这个古怪东西名叫手爪，和这个动物的生存发展大有关系。最先它和猴子不同处，就是这个东西除攀树走路以外，偶然发现了些别的用途。其次是服从那个名叫脑子的妄想，试作种种活动，把石头磨成武器，用木头摩擦生火，因此这类动物中慢慢的就有了文化和文明，以及代表文化文明的一切事事物物。这一处动物和那一处动物，既生存在气候不同物产不同迷信不同环境中，脑子的妄想以及由于妄想所产生的一切，发展当然就不大一致，到两方面失去平衡时，因此就有了战争。战争的意义，简单一点说来，便是这类动物的手爪，暂时各自返回原始的用途，用它来撕碎身边真实或假想的仇敌，并用若干年来手爪和脑子相结合产生的精巧工具，在一种多少有点疯狂恐怖情绪中，毁灭那个妄想与勤劳的堆积物，以及一部分年青生命。必须重新得到平衡后，这个手爪方有机会重新转用到有意义的方面去。那就是说生命的本来，除战争外有助于人类高尚情操的种种发展。战争的好处，凡是这类动物都异常清楚，我向你可说的也许是另外一回事，是因动物所住区域和皮肤色泽产生的成见，与各种历史上的荒谬迷信，可能会因之而消失，代替来的虽无从完全合理，总希望可能比较合理。正因为战争像是永远去不掉的一种活动，所以这些动物中具妄想天赋也常常被阿谀势力号称'哲人'的，还有对于你们中群的组织，加以特别赞美，认为这个动物的明日，会从你们组织中取法，来作一切法规和社会设计的。关于这一点你也许不会相信。可是凡是属于这个动物的问题，照例有许多事，他们自己也就不会相信！他们的心和手结合为一形成的知识，已能够驾驭物质，征服自然，用来测量在太空中飞转星球的重量和速度，好像都十分有把握，可始终就不大能够处理

沈　从　文
散 文 精 选

名为'情感'的这个名词,以及属于这个名词所产生的种种悲剧。大至于人类大规模的屠杀,小至于个人家庭纠纠纷纷,一切'哲人'和这个问题碰头时,理性的光辉都不免失去,乐意转而将它交给'伟人'或'宿命'来处理。这也就是这个动物无可奈何处。到现在为止,我们还缺少一种哲人,有勇气敢将这个问题放到脑子中向深处追究。也有人无章次的梦想过,对伟人宿命所能成就的事功怀疑,可惜使用的工具却已太旧,因之名叫'诗人',同时还有个更相宜的名称,就是'疯子'。"

那只蚂蚁似乎并未完全相信我的种种胡说,重新在我手指间慢慢爬行,忽若有所悟,又若深怕触犯忌讳,急匆匆的向枯草间奔去,即刻消失了。它的行为使我想起十多年前一个同船上路的大学生,当我把脑子想到的一小部分事情向他道及时,他那种带着谨慎怕事惶恐逃走的神情,正若向我表示:"一个人思索太荒谬不近人情。我是个规矩公民,要的是份可靠工作,有了它我可以养家活口。我的理想只是无事时玩玩牌,说点笑话,买个储蓄奖券。这世界一切都是假的,相信不得,尤其关于人类向上书呆子的理想。我只见到这种理想和那种理想冲突时的纠纷混乱,把我做公民的信仰动摇,把我找出路的计划妨碍。我在大学读过四年书,所得的好结论,就是绝对不做书呆子,也不受任何好书本影响!"快二十年了,这个公民微带嘶哑充满自信的声音,还在我耳际萦回。这个朋友和许多知识分子定的知识阶级一样,这时节说不定已作了委员、厅长或主任。在世界上活得也好像很尊严,很幸福。一双灰色斑鸠从头上飞过,消失到我身后斜坡上那片高粱林中去了,我于是继续写下去,试来询问我自己:

"我这个手爪,这时节有些甚么用处?将来还能够作些甚么?是顺水浮舟,放乎江潭?是酾糟啜醨,拖拖混混?是打拱作揖,找寻出路?是卜课占卦,遣有涯生?"

自然是无结论可得。一片绿色早把我征服了。我的心这个时节就毫无用处,没有取予,缺少爱憎,失去应有的意义。在阳光变化中,我竟有点怀疑,我比其他绿色生物,究竟是否还有甚么不同处。很显明,即有点分别,也不会比那生着桃灰色翅膀,颈臂上围条花带子的

斑鸠，与树木区别还来得大。我仿佛触着了生命的本体。在阳光下包围于我身边的绿色，也正可用来象征人生，虽同一是个绿色，却有各种层次。绿与绿的重叠，分量比例略微不同时，便产生各种差异。这片绿色既在阳光下不断流动，因此恰如一个伟大乐曲的章节，在时间交替下进行，比乐律更精微处，是它所产生的效果，并不引起人对于生命的痛苦与悦乐，也不表现出人生的绝望和希望。它有的只是一种境界，在这个境界中，似乎人与自然完全趋于谐和，在谐和中又若还具有一分突出自然的明悟。必须稍次一个等级，才能和音乐所煽起的情绪相邻，再次一个等级，才能和诗歌所传递的感觉相邻。然而这个层次的降落原只是一种比拟，因为阳光转斜时，空气已更加温柔，那片绿原中渐渐染上一层薄薄灰雾，远处山头有由绿色变成黄色的，也有由淡紫色变成深蓝色的。正若一个人从壮年移渡到中年，由中年复转成老年，先是鬓毛微斑，随即满头如雪，生命虽日趋衰老，一时可不曾见出齿牙摇落的日暮景象。其时生命中杂念与妄想，为岁月漂洗而去尽，一种清净纯粹之气，却形于眉宇神情间。人到这个状况下时，自然比诗歌和音乐更见得素朴而完整。

　　我需要一点欲念，因为欲念若与那个社会限制发生冲突，将使我因此而痛苦。我需要一点狂妄，因为若扩大它的作用，即可使我从这个现实光景中感到孤单。不拘痛苦或孤单，都可将我重新带进这个乱糟糟的人间，让固执的爱与热烈的恨，抽象或具体的交替来折磨我这颗心，于是我会从这个绿色次第与变化中，发现象征生命所表现的种种意志。如何形成一个小小花蕊，创造出一根刺，以及那个凭借草木在微风中摇荡飞扬旅行的银白色茸茸毛种子，成熟时自然轻轻爆裂弹出种子的豆荚，这里那里还无不可发现一切有生为生存与繁殖所具有的不同德性。这种种德性，又无不本源于一种坚强而韧性的试验，在长时期挫折与选择中方能形成。我将大声叫嚷："这不成！这不成！我们人类的意志是个甚么形式？在长期试验中有了些甚么变化和进展？它存在，究竟何处？它消失，究竟为甚么而消失？一个民族或一种阶级，它的逐渐堕落，是不是纯由宿命，一到某种情形下即无可挽救？会不会只是偶然事实，还可能用一种观念一种态度将它重造？我们是不是还需要些人,将这个民族的自尊心和自信心,用一些新的抽象原则,重建起来?对于自然美的热烈赞颂,对传统世故的极端轻蔑,是否即可从更年青一代见出新的希望?"

不知为甚么,我的眼睛却被这个离奇而危险的想象弄得迷蒙潮润了。

我的心,从这个绿荫四合所作成的奇迹中,和斑鸠一样,向绿荫边际飞去,消失在黄昏来临以前的一片灰白雾气中,不见了。

……一切生命无不出自绿色,无不取给于绿色,最终亦无不被绿色所困惑。头上一片光明的蔚蓝,若无助于解脱时,试从黑处去搜寻,或者还会有些不同的景象。一点淡绿色的磷光,照及范围极小的区域,一点单纯的人性,在得失哀乐间形成奇异的式样。由于它的复杂与单纯,将证明生命于绿色以外,依然能存在,能发展。

二 黑

同样是强烈阳光中,长大院坪里正晒了一堆堆黑色的高粱,几只白母鸡在旁边啄食。一切寂静,院子一端草垛后的侧屋中,有木工的斧斤削砍声,和低沉人语声,更增加这个乡村大宅的静境。

当我第一次用"城里人"身份,进到这个乡户人家广阔庭院中,站在高粱堆垛间,为迎面长廊承尘梁柱间的繁复眩目金漆彩绘呆住时,引路的马伕,便在院中用他那个为烟草所毁发沙带哑的嗓子嚷叫起来:

"二奶奶,二奶奶,有人来看你房子!"

那几只白母鸡起始带点惊惶神气,奔蹿到长廊上去。二奶奶于是从大院左侧断续斧斤声中厢屋走了出来。六十岁左右,一身的穿戴,一切都是三十年前老辈式样,额间玄青缎勒正中镶上一片绿玉,耳边两个玉镶大金环,阔边的袖口和衣襟,脸上手上象征勤劳的色泽和粗线条皱纹,端正的鼻梁,微带忧郁的温和眼神,以及从相貌中即可发现的一颗厚道单纯的心,我心想:

"房子好,环境好,更难得的也许还是这个主人,一个本世纪行将消失、前一世纪的正直农民范本。"

我稍微有点担心,即这房子未必有希望由我来处分。可是一分钟后,我就明白这点忧虑为不必要了。

于是照一般习惯,我开始随同这个肩背微偻的老太太,各处慢慢走去。从那个充满繁复雕饰涂金绘彩的长廊,走进靠右的院落。在门廊间小小停顿时,我不由得不带着诚实赞美口气说:"老太太,你这房子真好!木材多整齐,工夫多讲究!"

正像这种赞美是必然的,二奶奶便带着客气的微笑,指点第一间空房给我看,一面说:"不好,不好,好哪样!城里好房子多呐多!"

于是我们在雕花槅扇间,在镂空贴金拼嵌福寿字样的过道窗口下,在厅子里,在楼梯边,在一切分量沉重式样古拙朱漆灿然的家具旁,在连接两院低如船厅的长方形客厅中,在宽阔楼梯上,在后楼套房小小窗口那一缕阳光前,在供神木座一堆黝黑放光的铜像左右,到处都停顿了一会儿。这其间,或是二奶奶听我对于这个房子所作的颂扬,或是我听二奶奶对于这个房子种种说明。最后终于从靠右一个院落走出,回到前面大院子中,在那个六方边沿满是浮雕戏文故事的青石水缸旁站定,一面看木工拼合寿材,一面讨论房子问题。

"先生看可好?好就搬来住!楼上、楼下,你要的我就打扫出来。那边院子归我作主,这边归三房,都好商量。可要带朋友来看看?"

"老太太,房子太好了。不用再带我那些朋友来看也成。我们这时节就说好。后楼连佛堂算六间,前楼三间,楼下长厅子算两间,全部归我。今天二十五号,下月初我们一定会搬来。老太太你可不能反悔,又另外答应别人。"

"好罗,好罗,就是那么说,只管来好了。我们不是城里那些租房子的。乡下人心直口直,说一是一,你放心就是。"

走出了这个人家大门,预备上马回到小县城里去看看时,已不见原来那匹马和马伕,门前路坎边,有个乡下公务员模样的中年人,正把一匹小小枣骝马系在那一株高大仙人掌树干上。当真的,一匹马系在一丈五六高的仙人掌树干上。那树上还正开放一簇簇酒杯大黄花!景象自然也是我这个城里人少见的。转过河堤前时,才看到马和马伕共同在那道小河边饮水。

沈从文
散文精选

这房子第一回给我的印象，竟简直像做个荒唐的梦。那个寂静的院落，那青石作成的雕花大水缸，那些充满东方人幻想将巧思织在对称图案上的金漆槅扇，那些大小笨重的家具，尤其是后楼那几间小套房，房间小小的，窗口小小的，下午三点左右一缕阳光斜斜从窗口流进，由暗朱色桌面逼回，徘徊在那些或黑或灰庞大的瓶罂间，所形成的那种特别空气，那种稀有情调，说陌生可并不吓怕，虽不吓怕可依然不易习惯，真使人不大相信是一个房间，这房间且宜于普通人住下！可是事实上，再过三五天，这些房间便将有大部分归我随意处分，我和几个朋友，就会用这些房间来作家了！

在马上时，我就试把这些房间一一分配给朋友：作画的宜在楼下那个长厅中，虽比较低矮，可相当宽阔光亮。弄音乐的宜住后楼，虽然光线不足，有的是僻静，人我两不相妨，至于那个特殊情调，对于习音乐的也许还更相宜。前楼那几间单纯光亮房子，自然就归给我了。因为由窗口望出去，远山近树的绿色，对于我的工作当有帮助；早晚由窗口射进来的阳光，对于孩子们健康实在需要。正当我猜想到房东生活时，那个肩背微伛的马伕，像明白我的来意，便插口说：

"先生，可看中那房子？这是我们县里顶好一所大房子。不多不少，一共作了十二年。橡子柱子亏老爹上山一根一根找来！你试留心看看，那些窗槅子雕的菜蔬瓜果，蛤蟆和兔子，样子全不相同，是一个木匠主事，用他的斧头凿子作成功的！还有那些大门和门闩，扣门锁门定打的大铁老鸹拌，那些承柱子的雕花石鼓，那些搬不出房门的大木床，哪一样不是我们县里第一！往年老当家的在世时，看过房子的人翘起大拇指说：'老爹，呈贡县惟有你这栋房子顶顶好！'老爹就笑起来说：'好哪样！你说的好。'其实老爹累了十二年，造成这栋大房子，最快乐的事，就是人说这句话。他有空儿回答这句话。相貌活像个土地公公，见人就笑。修路搭桥，一生做了多少好事！在老房子住时，看坎上有匹白马，长得好膘头，看了八年，才把地买来。动工一挖，原来是四水缸白银元宝。先生你算算值多少！可是老爹为人脾气怪，房子好了不让小伙子住，说免得耗折福分。房子造好后好些房间都空着，老爹就又在那个房子里找木匠做寿材，自己监工，四个木

匠整整做了一年，前后油漆了几十次，阴宅好后，他自己也就死了。新二房大爹接手当家，爱热闹要大家迁进来住，谁知年青小伙子各另有想头，读书的，做事的，有了新媳妇的，都乐意在省上租房子住。到老的讨了个小太太后，和二奶奶合不来，老的自己也就搬回老屋，不再在新房子里住。所以如今就只二奶奶守房子。好大栋房子，拿来收庄稼当仓屋用！省上有人来看房子时，二奶奶高高兴兴带人楼上楼下打圈子，听人说房子好时，一定和那个老爹一样，会说'好哪样'。二奶奶人好心好，今年快近七十了。大爹嘛，别的学不到，只把过世老爹没有的古怪脾气接过了手，家里人大小全都合不来。这几天听说二奶奶正请了可乐村的木匠做寿材，两副大四合寿木，要好几千中央票子！老夫老妇在生合不来，死后可还得埋在一个坑里。……家里如今已不大成。老当家在时，一共有十二个号口，十二个大管事来来去去都坐软兜轿子，不肯骑马。老爹过去后减成三个号口。民国十二年，土匪看中了这房子，来住了几天，挑去了两担首饰银器，十几担现银元宝，十几担烟土。省里队伍来清乡，打走土匪后，说是这房子窝藏过土匪，又把剩下的东东西西扫括搬走。这一来一往，家里也就差不多了。如今想发旺，恐怕要看小的一代去了。……先生，你可当真预备来疏散？房子清爽好住，不会有鬼的！"

从饶舌的马伕口里，无意中得到了许多关于这个房子的历史传说，恰恰补足了我所要知道的一切。

我觉得甚么都好，最难得的还是和这个房子有密切关系的老主人，完全贴近土地的素朴的心，素朴的人生观。不提别的，单说将近半个世纪生存于这个单纯背景中所有的哀乐式样，就简直是一个宝藏，一本值得用三百五十页篇幅来写出的动人故事！我心想，这个房子，因为一种新的变动，会有个新的未来，房东主人在这个未来中，将是一个最动人的角色。

一个月后，我看过的一些房间，就已如我所估想的住下了人，此外在其他房间中，也住了些别的人。大房子忽然热闹了起来。四五个灶房都升了火，廊下到处牵上了晒衣裳的绳子，在强烈阳光下，各式各样衣物被单如彩色旗帜飘动。小孩子已发现了几个花钵中的蓓蕾，

沈从文
散文精选

二奶奶也发现了小孩子在悄悄的掐折花朵，人类机心似乎亦已起始在二奶奶衰老生命和几个天真无邪孩子间，有了些微影响。后楼几个房间和那两个佛堂，更完全景象一新，一种稀有的清洁，一种年青女人代表青春欢乐的空气。佛堂既作了客厅，且作了工作室，因此壁上的大小乐器，以及这些乐器转入手中时伴同年青歌喉所作成的细碎嘈杂，自然无一不使屋主人感到新的变化。

　　过不久，这个后楼佛堂的客厅中，就有了大学教授和大学生，成为谦虚而随事服务的客人，起始陪同年青女孩子作饭后散步，带了点心食物上后山去野餐，还常常到三里外长松林间去玩赏白鹭群。故事发展虽慢，结束得却突然。有一回，一个女孩赞美白鹭，本意以为这些俊美生物与田野景致相映成趣。一个习社会学的大学教授，却充满男性的勇敢，向女孩子表示，若有支猎枪，就可把松树顶上这些白鹭一只一只打下来。这一来白鹭并未打下，倒把结婚希望打落，于是留下个笑话，仿佛失恋似的走了。大学生呢，读《红楼梦》十分熟习，欢喜背诵点旧诗，可惜几个女孩却不大欣赏这种多情才调。二奶奶依然每天早晚洗过手后，就到佛堂前来敬香，点燃香，作个揖，在北斗七星灯盏中加些清油，笑笑的走开了。遇到女孩子们在玩乐器时，间或也用手试摸摸那些能发不同音响的筝笛琵琶，好像对于一个陌生孩子的慈爱。也坐下来喝杯茶，听听这些古怪乐器在灵巧手指间发出的新奇声音。这一切虽十分新奇，对于她内部的生命，却并无丝毫影响，对于她日常生活，也无何等影响。

　　随后楼下的青年画家，也留下些传说于几个年青女孩子口中，独自往滇西大雪山下工作去了。住处便换了一对艺术家夫妇，和一个有天才称誉的小女孩子。壁上悬挂了些中画和西画，床前供奉了观音和耶稣，房中常有檀香山洋琵琶弹出的热情歌曲，间或还夹杂点充满中国情调新式家庭的小小拌嘴，正因为这两种生活交互替换，所以二奶奶即或从窗边走过，也决不能想象得出这一家有些甚么问题发生。去了一个女仆，又换来一个女仆，这之间自然不可免还有了些小事情，影响到一家人的意识形态。先生为人极谦虚有礼，太太为人极爱美好

客，想不到两种好处放在一处反多周章①。小女孩在这种家庭空气中，性情发展得也就不大正常，应当知道的不知道，不知道的偏知道。且不明白如何一来，当家的大爹，忽然又起了回家兴趣，回来时就坐在厅子中，一面随地吐痰，一面打鸡骂狗。以为这个家原是他的产业，不许放鸡到处屙屎，妨碍卫生。艺术家夫妇恰好就养了几只鸡，这些扁毛畜生可不大能体会大爹脾气，也不大讲究卫生，因之主客之间不免冲突起来。于是有一个时节，这个院子便可听到很热烈的辩论争吵声。大爹一面吵骂不许鸡随便屙屎，一面依然把黄痰向各处远远唾去，那些鸡就不分彼此的来竞争啄食。后楼客厅中，间或又来了个全国闻名的女客。为人有道德，能文章，写的作品，温暖美好的文字，装饰的情感，无不可放在第一流作家中间。更难得的是未结婚前，决不在文章中或生活上涉及恋爱问题，结了婚后推己及人，却极乐意在婚姻上成人之美。家中有个极好的柔软床铺，常常借给新婚夫妇使用。这个知名客人来了又走了，二奶奶还给人介绍认识过。这些目前或俗或雅或美或不美的事件，对她可毫无影响。依然每早上打扫打扫院子，推推磨石，扛个小小鸭嘴锄下田，晚饭时便坐在侧屋檐下石臼边，听乡下人说说本地米粮时事新闻。

随后是军队来了，楼下大厅正房作了团长的办公室和寝室，房中装了电话，门前有了卫兵，全房子都被兵士打扫得干干净净。屋前林子里且停了近百辆灰绿色军用机器脚踏车，村子里屋角墙边，到处有装甲炮车搁下。这些部队不久且即开拔进了缅甸，再不久，就有了失利消息传来，且知道那几个高级长官，大都死亡了。住在这个房子里的华侨中学的中学生，因随军入缅，也有好些死亡了。住在楼下某个人家，带了三个孩子返广西，半路上翻车，两个孩子摔死的消息也来了。二奶奶虽照例分享了同住人得到这些不幸消息时一点惊异与惋惜，且为此变化谈起这个那个，提出些近于琐事的回忆，可是还依然在原来平静中送走每一个日子。

艺术家夫妇走后，楼下厅子换了个商人，在滇缅公路上往返发了

---

① 周章：周折。

沈从文
散文精选

点小财。每个月得吃几千块钱纸烟的太太，业已生育了四个孩子，到生育第五个时，因失血过多，便在医院死去了。住在隔院一个卸任县长，家中四岁大女孩，又因积食死去。住在外院侧屋一个卖陶器的，不甘寂寞，在公路上行凶抢劫，业已经捉去处决。三份死亡影响到这个大院子：商人想要赶快续婚，带了一群孤雏搬走了。卸任县长事母极孝，恐老太太思念殇女成病，也迁走了。卖陶器的剩下的寡妇幼儿，在一种无从设想的情形下，抛弃了那几担破破烂烂的瓶罐，忽然也离开了。于是房子又换了一批新的寄居者，一个后方勤务部的办事处，和一些家属。过不到一月，办事处即迁走，留下那些家眷不动。几乎像是演戏一样，这些家眷中，就听到了有新作孤儿寡妇的。原来保山局势紧张时，有些守仓库的匆促中毁去汽油不少，一到追究责任时，黠诈的见机逃亡，忠厚的就不免受军事处分。这些孤儿寡妇过不久自然又走了，向不可知一个地方过日子去了。

习音乐的一群女孩子，随同机关迁过四川去了。

后来又迁来一群监修飞机场的工程师，几位太太，一群孩子，一种新的空气亦随之而来。卖陶器的住处换了一家卖糖的，用修飞机场工人作对象，从外县赶来做生意。到由于人类妄想与智慧结合所产生的那些飞机发动机怒吼声，二十三十日夜在这个房子上空响着时，卖糖的却已发了一笔小财，回转家乡买田开杂货铺去了。年前霍乱的流行，一个村子一个村子的乡民，老少死亡相继。山上成熟的桃李，听他在树上地上腐烂，也不许在县中出卖。一个从四川开来的补充团，碰巧恰到这个地方，在极凄惨情形中死去了一大半，多浅葬在公路两旁，翘起的瘦脚露出土外，常常不免将行路人绊倒。一些人的生命，虽若受一种来自时代的大力所转动，无从自主。然而这个大院中，却又迁来一个寄居者，一个从爱情得失中产生灵感的诗人，住在那个善于唱歌吹笛的聪敏女孩子原来所住的小房中，想从窗口间一霎微光，或书本中一点偶然留下的花朵微香，以及一个消失在时间后业已多日的微笑影子，返回过去，稳定目前，创造未来。或在绝对孤寂中，用少量精美文字，来排比个人梦的形式与联想的微妙发展。每到小溪边

去散步时，必携同我那五岁大的孩子，用竹箬叶①折成小船，装载上一朵野花，一个泛白的螺蚌，一点美丽的希望，并加上出于那个小孩子口中的痴而黠的祝福，让小船顺流而去。虽眼看去不多远，就会被一个树枝绊着，为急流冲翻，或在水流转折所激起的漩涡中消失，诗人却必然眼睛湿蒙蒙的，心中以为这个三寸长的小船，终会有一天流到两千里外那个女孩子身边。而且那些憔悴的花朵，那点诚实的希望，以及出自孩子口中的天真祝福，会为那个女孩子含笑接受。有时正当落日衔山，天上云影红红紫紫如焚如烧，落日一方的群山黯淡成一片墨蓝，东面远处群山，在落照中光影陆离仪态万千时，这个诗人却充满象征意味，独自去屋后经过风化的一个山冈上，眺望天上云彩的变幻，和两面山色的倏忽。或偶然从山凹石罅间有所发现，必扳着那些摇摇欲坠的石块，努力去攀折那个野生带刺花卉，摘回来交给朋友，好像说："你看，我还是把它弄回来了，多险！"情绪中不自觉的充满成功的满足。诗人所住的小房间，即是那个善于吹笛唱歌女孩子住过的，到一切象征意味的爱情，依然填不满生命的空虚，也耗不尽受抑制的充沛热情时，因之抱一宏愿将用个三十万言小说，来表现自己，扩大自己。两年来，这个作品居然完成了大部分。有人问及作品如何发表时，诗人便带着不自然的微笑，十分郑重的说："这不忙发表，需要她先看过，许可发表时再想办法。"决不想到这个作品的发表与否，对于那个女孩于是不能成为如何重要问题的。就因他还完全不明白他所爱慕的女孩子，几年来正如何生存在另外一个风雨飘摇事实巨浪中。怨爱交缚之际，生命的新生复消失，人我间情感与负气作成的无可奈何环境，所受的压力更如何沉重。这种种不仅为诗人梦想所不及，她自己也还不及料，一切变故都若完全在一种离奇宿命中，对于她加以种种试验。这个试验到最近，且更加离奇，使之对于生命的存在与发展，幸或不幸，都若不是个人能有所取舍。为希望从这个梦魇似的人生中逃出，得到稍稍休息，过不久或且又会回到这个梦魇初起

---

① 箬（ruò）叶：一叶兰为多年生常绿草本，根状茎粗状匍匐。叶基生、质硬，基部狭窄成沟状，长叶柄，叶长可达70厘米。

处的旧居来。然而这方面，人虽若有机会回到这个唱歌吹笛的小楼上来，另一方面，诗人的小小箬叶船儿，却把他的欢欣的梦，和孤独的忧愁，载向想象所及的一方，一直向前，终于消失在过去时间里。淡了，远了，即或可以从星光虹影中回来，也早把方向迷失了。新的现实还可能有多少新的哀乐，当事者或旁观者对之都全无所知。当有人告给二奶奶，说三年前在后楼住的最活泼的一位小姐，要回到这个房子来住住时，二奶奶快乐异常的说："那很好。住久了，和自己家里人一样，大家相安。×小姐人好心好，住在这里我们都欢喜她！"正若一个管理码头的，听说某一只船儿从海外归来神气一样自然，全不曾想到这只美丽小船三年来在海上连天巨浪中挣扎，是种甚么经验。为得来这个经验，又如何弄得帆碎橹折，如今的小小休息，还是行将准备向另外一个更不可知的陌生航线驶去！

　　……日月运行，毫无休息，生命流转，似异实同。惟人生另有其庄严处，即因贤愚不等，取舍异趣，入渊升天，半由习染，半出偶然；所以兰桂未必齐芳，萧艾转易敷荣。动者常动，便若下坡转丸，无从自休。多得多患，多思多虑，有时无从用"劳我以生"自解，便觉"得天独全"可羡。静者常静，虽不为人生琐细所激发，无失亦无得，然而"其生若浮，其死则休"，虽近生命本来，单调又终若不可忍受。因之人生转趋复杂，彼此相慕，彼此相妒，彼此相争，彼此相学，相差相左，随事而生。凡此一切，智者得之，则生知识，仁者得之，则生悲悯，愚而好自用者得之，必又另有所成就。不信宿命的，固可从生命变易可惊异处，增加一分得失哀乐，正若对于明日犹可望凭知识或理性，将这个世界近于传奇部分去掉，人生便日趋于合理。信仰宿命的，又一反此种人能胜天的见解，正若认为"思索"非人性本来，倦人而且恼人，明日事不若付之偶然，生命亦比较从容自在。不信一切惟将生命贴近土地，与自然相邻，亦如自然一部分的，生命单纯庄严处，有时竟不可仿佛。至于相信一切的，到末了却将俨若得到一切，惟必然失去了用为认识一切的那个自己。

三 灰

在一堆具体的事实和无数抽象的法则上,我不免有点茫然自失,有点疲倦,有点不知如何是好。打量重新用我的手和想象,攀援住一种现象,即或属于过去业已消逝的,属于过去即未真实存在的……必须得到它方能稳定自己。

我似乎适从一个辽远的长途归来,带着一点混和在疲倦中的淡淡悲伤,站在这个绿荫四合的草地上,向淡绿与浓赭相交错而成的原野,原野尽头那个淡黄色村落,伸出手去。

"给我一点点最好的音乐,萧邦或莫扎克,只要给我一点点,就已够了。我要休息在这个乐曲作成的情境中,不过一会儿,再让它带回到人间来,到都市或村落,钻入官吏颠顸贪得的灵魂里,中年知识阶层倦于思索怯于怀疑的灵魂里,年青男女青春热情被腐败势力虚伪观念所阉割后的灵魂里,来寻觅,来探索,来从这个那个剪取可望重新生长好种芽,即或它是有毒的,更能增加组织上的糜烂,可能使一种善良的本性发展有妨碍的,我依然要得到它,设法好好使用它。"

当我发现我所能得到的,只是一种思索继续思索,以及将这个无尽长链环绕自己,束缚自己时,我不能不回到二奶奶给我寄居五年那个家里了。这个房子去我当前所在地,真正的距离,原来还不到两百步远近。

大院中正如五年前第一回看房子光景,晒了一地黑色高粱,二奶奶和另外三个女工,正站成一排,用木连枷击打地面高粱,且从均匀节奏中缓缓的移动脚步,让连枷各处可打到。三个女工都头裹白帕,使我记起五年前那几只从容自在啄食高粱的白母鸡。年青女工中有一位好像十分面善,可想不起这个乡下妇人会引起我注意的原因,直到听二奶奶叫那女工说:

"小菊,小菊,你看看饭去。你让沈先生来试试,会不会打。"

我才知道这是小菊。我一面拿起握手处还温暖的连枷,一面想起小菊的问题,竟始终不能合拍,使得二奶奶和女工都笑将起来。真应

沈从文
散文精选

了先前一时向蚂蚁表示的意见，这个手爪的用处，已离开自然对于五个指头的设计甚远，完全不中用了。可是令我分心的，还是那个身材瘦小说话声哑的农家妇人小菊。原来去年当收成时，小菊正在发疯。她的妈是个寡妇，住在离城十里的一个村子中，小小房子被一把天火烧了。事后除从灰里找出几把烧得失形的农具和镰刀，已一无所有。于是趁收割季带了两个女孩子，到龙街子来找工作。大女孩七岁，小女孩两岁，向二奶奶说好借住在大院子装谷壳的侧屋中，有甚么吃甚么，无工可作母女就去田里收拾残穗和土豆，一面用它充饥，一面且储蓄起来，预备过冬。小菊是大女儿，已出嫁三年。丈夫出去当兵打仗，三年不来信，那人家想把她再嫁给一个人，收回一笔财礼。小菊并不识字，只因为想起两句故事上的话语，"好马不配双鞍，烈女不嫁二夫"，为这个做人的抽象原则所困住，怕丢脸，不愿意再嫁，待赶回家去和她妈商量，才知道房子已烧去，许久又才找到二奶奶家里来。一看两个妹妹都嚼生高粱当饭吃，帮人无人要，因此就疯了。疯后整天大唱大嚷各处走去，乡下小孩子摘下仙人掌追着她打闹，她倒像十分快乐。过一阵，生命力和积压在心中的委屈耗去了后，人安静了些，晚上就坐在二奶奶大门前，向人说自己的故事。到了夜里才偷悄悄进到二奶奶家装糠壳的屋子里睡睡。这事有一天无意被三房骨都嘴嫂子发现了，就说："瞎，瞎，这还了得！疯子要放火烧房子，甚么人敢保险！"半夜里把小菊赶了出去，听她在空地里过夜。并说："疯子冷冷就会好。"房子既是几房合有的，二奶奶不能自作主张，只好悄悄的送些东西给小菊的妈。过了冬天，这一家人扛了两口袋杂粮，携儿带女走到不知何处去了，大家对于小菊也就渐渐忘记了。

我回到房中时，才知道小菊原来已在一个地方做工，这回是特意来看二奶奶，还带了些栗子送礼。因为母女去年在这里时，我们常送她饭吃，也送我们一些栗子，表示谢意。真应了平常一句俗语："礼轻仁义重。"

到我家来吃晚饭的一个青年朋友，正和孩子们充满兴趣用小刀小锯作小木车，重新引起我对于自己这双手感到使用方式的怀疑。吃过饭后，朋友说起他的织袜厂最近所遭遇的困难，因原料缺少，无从和

出纱方面接头，得不到救济，不能不停工。完全停工会影响到一百三十多个乡下妇女的生计，因此又勉强让部分工作继续下去。照袜厂发展说来，三千块钱作起，四年来已扩大到一百多万。这个小小事业且供给了一百多乡村妇女一种工作机会，每月可得到千元左右收入。照这个朋友计划说来，不仅已让这些乡下女人无用的手变为有用，且希望那个无用的心变为有用，因此一天到处为这个事业奔走，晚上还亲自来教这些女工认字读书。凡所触及的问题，都若无可如何，换取原料既无从直接着手，教育这些乡村女子，想她们慢慢的，在能好好的用她们的手以后还能好好的用她们的心，更将是个如何麻烦无望的课题！然而朋友对于工作的信心和热诚，竟若毫无困难不可克服。而且那种精力饱满对事乐观的态度，使我隐约看出另一代的希望，将可望如何重建起来，一颗素朴简单的心，如二奶奶本来所具有的；如何加以改造，即可成为一颗同样素朴简单的心，如这个朋友当前所表现的。当这个改造的幻想无章次的从我脑中掠过时，朋友走了，赶回厂中教那些女工夜课去了。

孩子们平时晚间欢喜我说一些荒唐故事，故事中一个年青正直的好人，如何从星光接来一个火，又如何被另外一种不义的贪欲所作成的风吹熄，使得这个正直的人想把正直的心送给他的爱人时，竟迷路失足跌到脏水池淹死。这类故事就常常把孩子们光光的眼睛挤出同情的热泪。今夜里却把那年青朋友和他们共作成的木车子，玩得非常专心，既不想听故事，也不愿上床睡觉。我不仅发现了孩子们的将来，也仿佛看出了这个国家的将来。传奇故事在年青生命中已行将失去意义，代替而来的必然是完全实际的事业，这种实际不仅能缚住他们的幻想，还可能引起他们分外的神往倾心！

大院子里连枷声，还在继续拍打地面。月光薄薄的，淡云微月中一切犹如江南四月光景。我离开了家中人，出了大门，走向白天到的那个地方去找寻一样东西。我想明白那个蚂蚁是否还在草间奔走。我当真那么想，因为只要在草地上有一匹蚂蚁被我发现，就会从这个小小生物活动上，追究起另外一个题目。不仅蚂蚁不曾发现，即白日里那片奇异绿色，在美丽而温柔的月光下也完全失去了。目光所及到处是一片珠母色银灰。这个灰色且把远近土地的界限,和草木色泽的等级,全失去了意义。只从远处闪烁摇曳微光中,知道那个处所有村落,有人。站了一会儿,我不免恐怖起来,因为这个灰色正像一个人生命的形式。一个人使用他的手有所写作时,从文字中所表现的形式。"这个人是谁?是死去的还是生存的?是你还是我?"从远处缓慢舂米声中,听出相似口气的质问。我应当试作回答可不知如何回答,因之一直向家中逃去。

二奶奶见个黑影子猛然蹿进大门时,停下了她的工作。

"疯子,可是你?"

我说,"是我!"

二奶奶笑了,"沈先生,是你!我还以为你是小菊,正经事不作,来吓人。"

从二奶奶话语中,我好像方重新发现那个在绿色黑色和灰色中失去了的我。

上楼见主妇时,问我到甚么地方去了那么久。

"你是讲刚才,还是说从白天起始?我从外边回来,二奶奶以为我是疯子小菊,说我一天正经事不作,只吓人。知道是我,她笑了,大家都笑了。她倒并没有说错。你看,我一天作了些甚么正经事,和小菊有甚么不同。不过我从不吓人,只欢喜吓吓我自己罢了。"

主妇完全不明白我说的意义,只是莞尔而笑。然而这个笑又像平时,是了解与宽容、亲切和同情的象征,这时对我却成为一种排斥的力量,陷我到完全孤立无助情境中。在我面前的是一颗稀有素朴善良的心。十年来从我性情上的必然,所加于她的各种挫折,任何情形下,还都不曾将她那个出自内心代表真诚的微笑夺去。生命的健全与完整,不仅表现于对人性情对事责任感上,且同时表现于体力精力饱满与兴趣活泼上。岁月加于她的限制,竟若毫无作用。家事孩子们的麻烦,反而更激起她的温柔母性的扩大。温习到她这些得天独厚长处时,我竟真像是有点不平,所以又说:

"我需要一点音乐,来洗洗我这个脑子,也休息休息它。普通人用脚走路,我用的是脑子。我觉得很累。音乐不仅能恢复我的精力,

还可以缚住我的幻想，比家庭中的你和孩子重要！"这还是我今天第一回真正把音乐对于我的意义说出口，末后一句话且故意加重一些语气。

　　主妇依然微笑，意思正像说，"这个怎么能激起我的妒嫉？别人用美丽辞藻征服读者和听众，你照例先用这个征服自己，为想象弄得自己十分软弱，或过分倔强。全不必要！你比两个孩子的心实在还幼稚，因为你说出了从星光中取火的故事，便自己去试验它。说不定还自觉如故事中人一样，在得到了火以后，又陷溺到另一个想象的泥泞中，无从挣扎，终于死了。在习惯方式中吓你自己，为故事中悲剧而感动万分！不仅扮作想象中的君子，还扮作想象成的恶棍。结果甚么都不成，当然会觉得很累！这种观念飞跃纵不是天生的毛病，从整个发展看也几乎近于天生的。弱点同时也就是长处。这时节你觉得吓怕，更多时候很显然你是少不了它的！"

　　我如一个离奇星云被一个新数学家从什么第几度空间公式所捉住一样，简直完全输给主妇了。

　　从她的微笑中，从当前孩子们浓厚游戏心情所作成的家庭温暖空气中，我于是逐渐由一组抽象观念变成一个具体的人。"音乐对于我的效果，或者正是不让我的心在生活上凝固，却容许在一组声音上，保留我被捉住以前的自由！"我不敢继续想下去。因为我想象已近乎一个疯子所有。我也笑了。两种笑融解于灯光下时，我的梦已醒了。我作了个新黄粱梦。

一九四三年十二月十日重写

白魇

为了工作，我需要清静与单独，因此长住在乡下，不知不觉就过了五年。

乡下居住一久，和社会场面似都隔绝了，一家人便在极端简单生活中，送走连续而来的每个日子。简单生活中可似乎还另外有种并不十分简单的人事关系存在，即从一切书本中，接近两千年来人类为求发展争生存种种哀乐得失。他们的理想与愿望，如何受事情束缚挫折，再从束缚挫折中突出转而成为有生命的文字，这个艰苦困难过程，也仿佛可以接触。其次就是从通信上，还可和另外环境背景中的熟人谈谈过去，和陌生朋友谈谈未来。当前的生活，一与过去未来连接时，生命便若重新获得一种意义。再其次即从少数过往客人中，见出这些本性善良欲望贴近地面可爱人物的灵魂，被生活压力所及，影响到义利取舍时是个甚么样子，同样对于人性若有会于心。

这时节，我面前桌子上正放了一堆待复的信件，和几包刚从邮局取回的书籍。信件中提到的，总不外战争带来的亲友死亡消息，或初入社会年青朋友与现实生活迎面时，对于社会所感到的灰心绝望，以及人近中年，从诚实工作上接受寂寞报酬，一面忍受这种寂寞，一面总不免有点郁郁不平。从这种通信上，我俨然便看到当前社会一个断面，明白这个民族在如何痛苦中，接受时代所加于他们身上的严酷试验，社会动力既决定于情感与意志，新的信仰且如何在逐渐生长中。

倒下去的生命已无可补救,我得从复信中给活下的他们一点点光明希望,也从复信中认识认识自己。

二十六岁的小表弟黄育照,任新六军一八九师通信连连长,在华容为掩护部属抢渡,救了他人救不了自己,阵亡了。同时阵亡的还有个表弟聂清,为写文章讨经验,随同部队转战各处已六年。

"……人既死了,为做人责任和理想而死,活下的徒然悲痛,实在无多意义。既然是战争,就不免有死亡!死去的万千年青人,谁不对国家前途或个人事业,有种光明希望和美丽的梦?可是在接受分定上,希望和梦总不可能不在同样情况中破灭。或死于敌人无情炮火,或死于国家组织上的脆弱,二而一,同样完事。这个国家,因为前一辈的不振作,自私而贪得,愚昧而残忍,使我们这一代为历史担负那么一个沉重担子,活时如此卑屈而痛苦,死时如此胡涂而悲惨。更年青一辈,可有权利向我们要求,活得应当像个人样子!我们努力来让他们活得比较公正合理些,幸福尊贵些,不是不可能的!"

一个朋友离开了学校将近五年,想重新回学校来,被传说中的昆明生活愣住了。因此回信告诉他一点情况。

"……这是一个古怪地方,天时地利人和条件具备,然而乡村本来的素朴单纯,与城市习气作成的贪污复杂,却产生一个强烈鲜明对照,使人痛苦。湖山如此美丽,人事上却常贫富悬殊到不可想象程度。小小山城中,到处是钞票在膨胀,在活动,大多数人的做人兴趣,即维持在这个钞票数量争夺过程中。钞票越来越多,因之一切责任上的尊严,与做人良心的标尺,都若被压扁扭曲,慢慢失去应有的完整。正当公务员过日子都不大容易对付,普通绅商宴客,却时常有熊掌、鱼翅、鹿筋、象鼻子点缀席面。奇特现象中最不可解处,即社会习气且培养到这个民族堕落现象的扩大。大家都好像明白战时战后决定这个民族百年荣枯命运的,主要的还是学识,教育部照例将会考优秀学生保送来这里升学。有钱人子弟想入这个学校肄业,恐考试不中,且有乐意出几万元代价找替考人。可是公私各方面,就似乎从不曾想到这些教书十年二十年的书呆子,过的是种甚么紧张日子。本地小学教员照米价折算工薪,水涨船高。大学校长收入在四千左右,大学教授收入在三千法币上盘旋,完全近于玩戏法的,要一条蛇从一根绳子上爬过。战争如果是个广义形容词,大多数同事,就可说是在和这种风气习惯而战争!情形虽已够艰苦,实际并不气馁!日光多,自由多,在日光之下能自由思索,培养对于当前社会制度怀疑和否定的种子,这是支持我们情绪惟一的撑柱,也是重造这个民族品德的一点转机!"

....

这种信照例写不完,乡下虽清静却无从长远清静,客人来了,主妇温和诚朴的微笑,在任何情形中从未失去。微笑中不仅表示对于生活的乐观,且可给客人发现一种纯挚同情,对人对事无邪机心的同情。使得间或从家庭中小小拌嘴过来的女客人,更容易当成一个知己,以倾吐心腹为快。这一来,我的工作自然停顿了。

凑巧来的是胖胖的×太太,善于用演戏时兴奋情感说话,叙述琐事能委曲尽致,表现自己有时又若故意居于不利地位,增加一点比本人年岁略小二十岁的爱娇。女孩儿家喉咙响,声音分外大,一上楼时就嚷:

"××先生,我又来了。一来总见你坐在桌子边,工作好忙!我们谈话一定吵闹了你,是不是?我坐坐就走!真不好意思,一来就妨碍你。你可想要出去做文章?太阳好,晒晒太阳也有好处。有人说,晒晒太阳灵感会来,让我晒太阳,就只会出油出汗!"

我不免稍微有点受窘,忙用笑话自救:"若是找灵感,依我想,最好倒是听你们谈谈天,一定有许多动人故事可听!"

"××先生,你说笑话。你在文章中可别骂我,千万别把我写到你那大作中!他们说我是座活动广播电台,长短波都有,其实——唉,我不过是……"

我赶忙补充,"一个心直口快的好人罢了。你若不疑心我是骂人,我常觉得你实在有天才,真正的天才,观察事情极仔细,描画人物兴趣又特别好。"

"这不是骂我是甚么!"

我心想,不成不成,这不是议会和讲堂,决非口舌奋斗可以找出结论。因此忽略了一个做主人的应有礼貌,在主妇微笑示意中,离开了家,离开了客人,来到半月前发现"绿魇"的枯草地上了。

我重新得到了清静与单独。

我面前是个小小四方朱红茶几，茶几上有个好像必需写点甚么的本子。强烈阳光照在我身上和手上，照在草地上和那个小小的本子上。阳光下空气十分暖和，间或吹来一阵微风，空气中便可感觉到一点从滇池送来冰凉的水气和一点枯草香气。四周景象和半月前已大不相同：小坡上那一片发黑垂头的高粱，大约早带到人家屋檐下，象征财富之一部分去了。待翻耕的土地上，有几只呆呆的戴胜鸟已失去春天的活泼，正在寻觅虫蚁吃食。那个石榴树园，小小蜡黄色透明叶片，早已完全落尽，只剩下一簇簇银白色带刺细枝，点缀在长满萝卜秧子一片新绿中。河堤前那个连接滇池的大田原，极目绿芜照眼，再分辨不出被犁头划过的纵横赭色条纹。河堤上那些成行列的松柏，也若在三五回严霜中，失去了固有的俊美，见出一点萧瑟。在暖和明朗阳光下结队旋飞的蜉蝣，更早已不知死到何处去了。

我于是从面前这一片枯草地上试来仔细搜寻，看看是不是还可发现那些绿色斑驳金光灿烂的小小甲虫，依然能在阳光下保留本来的从容闲适，带着自得其乐的轻快神情，于草梗间无目的的漫游，并充满游戏心情，从弯垂草梗尖端突然下堕？结果完全失望。一片泛白的枯草间，即那个半月前爬上我手背若有所询问的黑蚂蚁，也不知归宿到何处去了。

阳光依旧如一只温暖的大手，从亿千万里外向一切生命伸来，除却我和面前的土地接受这种同情时还感到一点反应，其余生命都若在"大块息我以死"态度中，各在人类思索边际以外结束休息了。枯草间有着放光细劲枝梗带着长穗的狗尾草类植物，种子散尽后，尚依旧在微风中轻轻摇头，在阳光下表示生命虽已完结，责任犹未完结神气。

天还是那么蓝，深沉而安静，有灰白的云彩从树林尽头慢慢涌起，如有所企图的填去了那个明蓝的苍穹一角。随即又被一种不可知的力量所抑制，在无可奈何情形下，转而成为无目的的驰逐。驰逐复驰逐，终于又重新消失在蓝与灰相融合作成的珠母色天际。

大院子同住的人，只有逃避空袭方来到这个空地上。我要逃避的，却是地面上一种永远带点突如其来的袭击。我虽是个写故事的人，照

沈从文
散文精选

例不会拒绝一切与人性有关的见闻。可是从性情可爱的客人方面所表现的故事，居多都像太真实了一点，待要把它写到纸上时，反而近于虚幻想象了。

另一时，正当我们和朋友商量一个严重问题时，一位爱美而热忱，长于用本人生活抒情的×太太，突然侵入我的记忆中。

"××先生（向一位陌生客人说），你多大年纪了？我从四川回来，人都说我老了，不像从前那么一切合标准了（抚抚丰腴的脸颊）。我真老了。我要和我老周离婚，让他去和年青的女人恋爱，我不管。我喝咖啡多了睡不好觉，会失眠（用银匙子搅和咖啡）。这墙上的字真好，写得多软和，真是龙飞凤舞（用手胡乱画那些不大容易认识的草字）。人老了真无意思。我要走了。明早又还得进城，……真气人。"×太太话一说完，当真就走了。只留下一场飓风已过的气氛在一群朋友间，虽并不见毁屋拔木，可把人弄得胡胡涂涂。这种人为的飓风去后许久，主客之间还不免带剩余惊悸，都猜想：也许明天当真会有甚么重大变故要发生了，离婚，服毒，……结果还亏主妇用微笑打破了这种沉闷。

"×太太为人心直口快，有甚么说甚么。只因为太爱好，凡事不能尽如人意，琐屑家务更多烦心，所以总欢喜向朋友说到家庭问题。其实刚才说起的事，不仅你们不明白，过会儿她自己也就忘记了。我猜想，明天进城一定是去吃酒，不是离婚的！"大家才觉得这事原可以笑笑，把空气改变过来。

温习到这个骤然而来的可爱风暴时，我的心便若已失去了原有的谧静。

我因此想起了许多事情，如彼或如此，都若在人生中十分真实，且各有它存在的道理，巴尔扎克①或契诃夫②，笔下都不会轻轻放过。

---

① 巴尔扎克（1799—1850），法国19世纪伟大的批判现实主义作家，欧洲批判现实主义文学的奠基人和杰出代表，法国观实主义文学成就最高者之一。
② 契诃夫（1860—1904），俄国小说家、戏剧家、19世纪末期俄国批判现实主义作家、短篇小说艺术大师。

可是这些事在我脑子中，却只作成一种混乱印象，像是用一份失去了时效的颜色，胡乱涂成的漫画，这漫画尽管异常逼真，但实在不大美观。这是个甚么？我们做人的兴趣或理想，难道都必然得奠基于这种人事猥琐粗俗现象上，且分享活在这种事实中的小小人物悲欢得失，方能称为活人？一面想起这个眼前身边无剪裁的人生，一面想起另外一些人所抱的崇高理想，以及理想在事实中遭遇的限制，挫折，毁灭，不免痛苦起来。我还得逃避，逃避到一种音乐中，方可突出这个无章次人事印象的困惑。

我耳边有发动机在空中搏击空气的声响。这不是一种简单音乐。单纯调子中，实包含有千年来诗人的热情幻想，与现代技术的准确冷静，再加上战争残忍情感相糅合的复杂矛盾。这点诗人美丽的情绪，与一堆数学上的公式，三五十种新的合金以及一点儿现代战争所争持的民族尊严感，方共同作成这个现象。这个古怪拼合物，目前原在一万公尺以上高空中自由活动，寻觅另外一处飞来的同样古怪拼合物，一到发现时，三分钟内的接触，其中之一就必然变成一团火焰向下飘堕。这世界各处美丽天空下，每一分钟内就差不多都有那种火焰一朵朵往下堕。我就还有好些小朋友，在那个高空中，预备使敌人从火焰中下堕，或自己挟带着火焰下堕。

当高空飞机发现敌机以前，我因为这个发现，我的心，便好像被一粒子弹击中，从虚空倏然堕下，重新陷溺到更复杂人事景象中，完全失去方向了。

忽然耳边发动机声音重浊起来，抬起头时，便可从明亮蓝空间，看见一个银白放光点子慢慢的变成了个小小银白十字架。再过不久，我坐的地方，面前朱红茶几，茶几上那个用来写点甚么的小本子，有一片飞机翅膀作成的阴影掠过，阳光消失了。面前那个种有油菜的田圃，也暂时失去了原有的嫩绿。待阳光重新照临到纸上时，在那上面我写了两个字，"白魇"。

一九四四年，写于昆明

黑魇

昆明市空袭威胁，因同盟国飞机数量逐渐增多后，空战由防御转为进攻，城中空袭俨然成为过去一种噩梦，大家已不甚在意。两年前被炸被焚的瓦砾堆上，大多数有壮大美观的建筑矗起。疏散乡下的市民，于是陆续离开了静寂的乡村，重新变作城里人。当进城风气影响到我住的滇池边那个小乡村时，家中会诅咒猫儿打喷嚏的张嫂，正受了梁山伯恋爱故事刺激，情绪不大稳定，就借故说：

"太太，大家都搬进城里住去了，我们怎么不搬？城里电灯方便，自来水方便，先生上课方便，小弟读书方便，还有你，太太，要教书更方便！我看你一天来回五龙埠跑个几里路，心都疼了。"

主妇不作声，只笑笑。这种建议自然不会成为事实，因为我们实在还无作城里人资格。真正需要方便的是张嫂。

过了两个月，张嫂变更了个谈话方式。

"太太，我想进城去看看我大姑妈，一个全头全尾的好人，心真好！总不说谎，除非万不得已，不赌咒！

"五年不见面，托人带了信来，想得我害病！我陪她去住住，两个月就回来。我舍不得太太和小弟，一定会回来的！你借我一个月薪水，我发誓……小弟真好！"

平时既只对于梁山伯婚事关心，从不提起过这位大姑妈。不过叙述到另外一个女佣人进城后，如何嫁了个穿黑洋服的"上海人"，直

充满羡慕神气。我们如看甚么象征派新诗一样,有了个长长的注解,好坏虽不大懂,内容已全然明白。昆明穿洋服的文明人可真多,我们不好意思不让她试试机会,自然一切同意。于是不多久,张嫂就换上那件灰线呢短袖旗袍,半高跟旧皮鞋,带上那个生锈的洋金手表,脸上敷了好些白粉,打扮得香喷喷的,兴奋而快乐,骑马进城看她的抽象姑妈去了。

我仍然在乡下不动。若房东好意无变化,即住到战争结束亦未可知。温和阳光与清爽空气,对于孩子们健康既有好处,寄居了将近×年,两个相连接的雕花绘彩大院落,院落中的人事新陈代谢,也使我觉得在乡村中住下来,比城市还有意义。户外看长脚蜘蛛在仙人掌间往来结网,捕捉蝇蛾,辛苦经营,不惮烦劳,还装饰那个彩色斑驳的身体,吸引异性,可见出简单生命求生的庄严与巧慧。回到住处时,看看几个乡下妇人,在石臼边为唱本故事上的姻缘不偶,从眼眶中浸出诚实热泪,又如何用发誓诅愿方式,解脱自己小小过失,并随时说点谎话,增加他人对于一己信托与尊重,更可悟出人类生命取予形式的多方。我事实上也在学习一切,不过和别人所学的大不相同罢了。

在腹大头小的一群官商合作争夺钞票局面中,物价既越来越高,学校一点收入,照例不敷日用。我还不大考虑到"兼职兼差"问题,主妇也不会和乡下人打交道作"聚草屯粮"计划。为节约计,用人走后大小杂务都自己动手。磨刀扛物是我二十年老本行,作来自然方便容易。烧饭洗衣就归主妇,这类工作通常还与校课衔接。遇挑水拾树叶,即动员全家人丁,九岁大的龙龙,六岁大的虎虎,一律参加。来去传递,竞争奔赴,一面工作一面也就训练孩子,使他们从合作服务中得到劳动愉快和做人尊严。干的湿的有甚么吃甚么,没有时包谷红薯也当饭吃,有时尽量,有时又听小的饱吃,大人稍稍节制。孩子们欢笑歌呼,于家庭中带来无限生机与活力。主妇的身心既健康而素朴,接受生活应付生活俱见出无比的勇气和耐心,尤其是共同对于生命有个新的态度,日子过下去虽困难,即便过三五年似乎也担当得住。一般人要生活,从普通比较见优劣,或多有件新衣和双鞋子,照例即可感到幸福。日子稍微窘迫,或发现有些方面不如人,没法从社交方式

沈从文
散文精选

弥补，依然还不大济事时，因之许多高尚脑子，到某一时自不免又会悄悄的作些不大高尚的打算。许多人的聪明智巧，倒常常表现成为可笑行为。环境中的种种见闻，恰作成我们另外一种教育，既不重视也并不轻视。正好让我们明白，同样是人生，可相当复杂，具体的猥琐与抽象的庄严，它的分歧虽极明显，实同源于求生，各自想从生活中证实存在意义。生命受物欲控制，或随理想发展，只因取舍有异，结果自不相同。

我凑巧拣了那么一个古怪职业，照近二十年社会习惯称为"作家"。工作对社会国家也若有些微作用，社会国家对本人可并无多大作用。虽早已名为"职业"，然无从靠它"生活"。情形最古怪处，便是这个工作虽不与生活发生关系，却缚住了我的生命，且将终其一生，无从改弦易辙。另一方面必然迫得我超越通常个人爱憎，充满兴趣鼓足勇气去明白"人"，理解"事"，分析人事中那个常与变，偶然与凑巧，相左或相仇，将种种情形所产生的哀乐得失式样，用它来教育我、折磨我、营养我，方能继续工作。

千载前的高士，常抱着个单纯信念，因天下事不屑为而避世，或弹琴赋诗，或披裘负薪，隐居山林，自得其乐。虽说不以得失荣利婴心①，却依然保留一种愿望，即天下有道，由高士转而为朝士的愿望。作当前的候补高士，可完全活在一个不同心情状态中。生活简单而平凡，在家事中尽手足勤劳之力打点小杂，义务尽过后，就带了些纸和书籍，到有和风与阳光草地上，来温习温习人事，并思索思索人生。先从天光云影草木荣枯中，有所会心。随即由大好河山的丰腴与美好，和人事上的无章次处两相对照，慢慢的从这个不剪裁的人生中，发现了"堕落"二字真正的意义。又慢慢的从一切书本上，看出那个堕落因子，又慢慢从各阶层间，看出那个堕落传染浸润现象。尤其是读书人倦于思索，怯于怀疑，苟安于现状的种种，加上一点为贤内助谋出路的打算，如何即对武力和权势形成一种阿谀不自重风气。这种失去自己可能为民族带来一种甚么形式的奴役，仿佛十分清楚。我于是渐

---

① 婴心：关心；挂心。

渐失去原来与自然对面时应得的谧静。我想呼喊，可不知向谁呼喊。

"这不成！这不成！人虽是个动物，希望活得幸福，但是人究竟和别的动物不同，还需要活得尊贵！如果当前少数人的幸福，原来完全奠基于一种不义的习惯，这个习惯的继续，不仅使多数人活得卑屈而痛苦，死得胡涂而悲惨，还有更可怕的，是这个现实将使下一代堕落的更加堕落，困难的越发困难，我们怎么办？如果真正的多数幸福，实决定于一个民族劳动与知识的结合，从应当从极合理方式中将它的成果重作分配。在这个情形下，民族中一切优秀分子，方可得到更多自由发展的机会。在争取这个幸福过程时，我们希望人先要活得贵尊些！我们当前便需要一种'清洁运动'，必将现在政治的特殊包庇性，和现代文化的驵侩①气，以及三五无出息的知识分子所提倡的变相鬼神迷信，于年青生命中所形成的势利、依赖、狡猾、自私诸倾向，完全洗刷干净，恢复了二十岁左右头脑应有的纯正与清明，认识出这个世界，并在人类驾驭钢铁征服自然才智竞争中，接受这个民族一种新的命运。我们得一切重新起始，重新想，重新作，重新爱和恨，重新信仰和怀疑。……"

我似乎为自己所提出的荒谬问题愣住了。试左右回顾，身边只有一片明朗阳光，飘浮于泛白枯草上。更远一点，在阳光下各种层次的绿色，正若向我包围越来越近。虽然一切生命无不取给于绿色，这里却不见一个人。一个有勇气将社会人生如一副牌摊散在面前，一一重新捡起试来排列一下的人。

到我重新来检讨影响到这个民族正常发展的一切抽象原则，以及目前还在运用它作工具的思想家或统治者，被它所囚缚的知识分子和普通群众时，顷刻间便俨若陷溺到一个无边无际的海洋里，把方向完全迷失了。只到处看出用各式各样材料作成满载"理想"的船舶，数千年来永远于同一方式中，被一种卑鄙自私形成的力量所摧毁，剩下些破帆碎桨在海面漂浮。到处见出同样取生命于阳光，繁殖大海洋中的简单绿色荇藻，正惟其异常单纯，随浪起伏动荡，适应现实，便得

---

① 驵侩（zǎng kuài）：市侩。

沈 从 文
散 文 精 选

到生命悦乐。还有那个寄生息于荇藻中的小鱼小虾，亦无不成群结伴，悠然自得，各适其性。海洋较深处，便有一群群种类不同的鲨鱼，皮韧而滑，能顺波浪，狡狠敏捷，锐齿如锯，于同类异类中有所争逐，十分猛烈。还有一只只黑色鲸鱼，张大嘴时万千细小蛤蚧和乌贼海星，即随同巨口张合作成的潮流，消失于那个深渊无底洞口。庞大如山的鱼身，转折之际本来已极感困难，躯体各部门，尚可看见万千有吸盘的大小鱼类，用它们吸盘紧紧贴住，随同升沉于洪波巨浪中。这一切生物在海面所产生的漩涡与波涛，加上世界上另外一隅寒流暖流所作成变化，卷没了我的小小身子，复把我从白浪顶上抛起。试伸手有所攀援时，方明白那些破碎板片，正如同经典中的抽象原则，已腐朽到全不适用。但见远处仿佛有十来个衣冠人物，正在那里收拾海面残余，扎成一个简陋筏子。仔细看看，原来载的是一群两千年未坑尽的腐儒，只因为活得寂寞无聊，所以用儒家名分，附会谶纬①星象征兆，预备作一个遥远跋涉，去找寻矿产熔铸九鼎。内中似乎还有不少十分面善的熟人。这个筏子向我慢慢漂来，又慢慢远去，终于消失到烟波浩淼中不见了。

试由海面向上望，忽然发现蓝穹中一把细碎星子，闪烁着细碎光明。从冷静星光中，我看出一种永恒，一点力量，一点意志。诗人或哲人为这个启示，反映于纯洁心灵中即成为一切崇高理想。过去诗人受牵引迷惑，对远景凝眸过久，失去条理如何即成为疯狂，得到平衡如何即成为法则；简单法则与多数人心会合时如何产生宗教，由迷惑、疯狂，到个人平衡过程中，又如何产生艺术。一切真实伟大艺术，都无不可见出这个发展过程和终结目的。然而这目的，说起来，和随地可见蚋蚋②集团的翁翁营营要求的终点，距离未免相去太远了。

微风掠过面前的绿原，似乎有一阵新的波浪从我身边推过。我攀

---

① 谶纬（chèn wěi）：是中国古代谶书和纬书的合称。谶是秦汉间巫师、方士编造的预示吉凶的隐语，纬是汉代附会儒家经义衍生出来的一类书，被汉光武帝刘秀之后的人称为"内学"，而原本的经典反被称为"外学"。谶纬之学也就是对未来的一种政治预言。

② 蚋蚋（ruì）：蚊子，比喻坏人。

住了一样东西，于是浮起来。我攀住的是这个民族在忧患中受试验时一切活人素朴的心；年青男女入社会以前对于人生的坦白与热诚，未恋爱以前对于爱情的腼腆与纯粹，还有那个在城市，在乡村，在一切边陬僻壤，埋没无闻卑贱简单工作中，低下头来的正直公民，小学教师或农民，从习惯中受侮辱，受挫折，受牺牲的广泛沉默。沉默中所保有的民族善良品性，如何适宜培养爱和恨的种子。

强烈照眼阳光下，蚕豆小麦作成的新绿，已掩盖了远近赭色田亩。面对这个广大的绿原，一端衔接于泛银光的滇池，一端却逐渐消失于蓝与灰融合而成的珠母色天际，我仿佛看到一些种子，从我手中撒去，用另外一种方式，在另外一时同样一片蓝天下形成的繁荣。

有个脆弱而充满快乐情感的声音，在高大仙人掌丛后锐声呼唤：

"爸爸，爸爸，快回来，不要走得太远，大家提水去！"我知道，我的心确实走得太远，应当回家了。我似乎也快迷路了。

原来那个六岁大的虎虎，已从学校归来，准备为家事服务了。

孩子们取水的溪沟边，另外一时，每当烧晚饭前后，必有个善于弹琴唱歌聪明活泼的女子，带了他到那个松柏成行的长堤上去散步，看滇池上空一带如焚如烧的晚云，和镶嵌于明净天空中梳子形淡白新月，共同笑乐。这个亲戚走后，过不久又来了一个生活孤独性情纯厚的诗人朋友，依然每天带了他到那里去散步。脚印践踏脚印，取同一方向来回。朋友为娱乐自己并娱乐孩子，常把绿竹叶片折成的小船，装上一点红白野花，一点玛瑙石子，以及一点单纯忧郁隐晦的希望，和孩子对于这个行为的痴愿与祝福，乘流而去。小船去不多远，必为溪中洑流或岸旁下垂树枝作成的漩涡搅翻。在诗人和孩子心中，却同样以为终有一天会直达彼岸。生命愿望凡从星光虹影中取决方向的，正若随同一去不复返的时间，渐去渐远，纵想从星光虹影中寻觅归路，已不可能。在另一方面，朋友走了，有所寻觅的远远走去，可是过不久，孩子们或许又可以和那个远行归来的姨姨，共同到溪边提水了。玩味及这种人事，倏忽相差相左无可奈何光景时，不由得人不轻轻的叹一口气。

晚饭时，从主妇口中才知道家中半天内已来过好些客人。甲先生

沈从文
散文精选

叙述一阵贤明太太们用变相高利贷"投资"的故事，尽了广播义务，就走了。乙太太叙述一阵家庭小纠纷问题，为自己丈夫作个不美观画相也走了。丙小姐和丁博士又报告……

主妇笑着说："他们让我知道许多事情，可无一个人知道我们今天卖了一升麦子一家四人才能过年。"

我说："我们就活到那么一个世界中，也是教育，也是战争！"

"我倒觉得人各有好处，从性情上看来，这些朋友都各有各的好处。……"

"这话从你口中说出时，很可以增加他们一点自尊心，若果从我笔下写出，可就会以为是讽刺了。许多人平常过日子的方法，一生的打算，以至于从自己口中说出的话语，都若十分自然，毫不以为不美不合式。且会觉得在你面前如此表现，还可见出友谊的信托和那点本性上的坦白天真。可是一到由另一个人照实写下来，就不可免成为不美观的讽刺画了。我容易得罪人在此。这也就是我这支笔常常避开当前社会，去写传奇故事原因。一切场面上的庄严，从深处看将隐饰部分略作对照，必然都成为漫画。我并不乐意作个漫画家！实在说来，对于一切人的行为和动机，我比你更多同情。我从不想到过用某一种道德标准去度量一般人，因为我明白人太不相同。不幸的是它和我的工作关系又太密切，所以间或提及这个差别时，终不免有点痛苦，企图中和这点痛苦，反而因之会使这些可爱灵魂痛苦。我总以为做人和写文章一样，包含不断的修正，可以从学习得到进步。尤其是读书人，从一切好书取法，慢慢的会转好。事实上可不大容易。真如×说的'蝗虫集团从海外飞来，还是蝗虫'。如果是虎豹呢，即或只剩下一牙一爪，也可见出这种山中猛兽的特有精力和雄强气魄！不幸的是现代文化便培养了许多蝗虫。在都市高级知识分子中，特别容易发现蝗虫，贪得而自私，有个华美外表，比蝗虫更多一种自足的高贵。"

主妇一遇到涉及人的问题时，照例只是微笑。从微笑中依稀可见出"察见渊鱼者不祥"①一句格言的反光，或如另一时论起的，"我即

---

① 察见渊鱼者不祥：古代谚语。明察太过，知道别人隐私者不祥。

觉得他人和我理想不同，从不说；你一说，就糟了。在自以为深刻的，可不想在人家容易认为苛刻，为的是人总是人，是异于兽和神之间的东西，他们从我沉默中，比由你文章中可以领会更多的同情。每个人既都有不同的弱点，同情却覆盖了那个不愉快！"

我想起先前一时在田野中感觉到的广泛沉默，因此又说："沉默也是一种难得品德，从许多方面可以看得出来。因为它在同情之外，还包含容忍、保留否定。可是这种品德是无望于某些人的。说真话，有些人不能沉默的表现上，我倒时常可以发现一种爱娇，即稍微混和一点儿做作亦无关系。因为大都本源于求好，求好心太切，又缺少自信自知，有时就不免适得其反。许多人在求好行为上摔跤，你亲眼看到，不作声，就称为忠厚；我看到，充满善意想用手扶一扶，反而不成！虎虎摔跤也不欢喜人扶的！因为这伤害了他的做人自尊心！"

主妇说："你知道那么多，这不难得到的品德自己却得不到。你即不扶也成，可是事实上你有时却说我恐怕伤你自尊心，虽然你并不十分自尊，人家怎么不难受！"孩子们见提到本质问题，龙龙插嘴说："妈妈，奇怪，我昨天作了个梦，梦到张嫂已和一个人结婚，还请我们吃酒。新郎好像是个洋人。她是不是和×伯母一样，都欢喜洋人？"

小虎虎说："可是洋人说她身体长得好看，用尺量过？洋人要哄张嫂，一定也去作官。×伯母答应借巴老伯大床结婚，借不借给张嫂？"

龙龙的好奇心转到报纸上，"报上说大嘴笑匠到昆明来了，是个甚么人？是不是在联大演讲逗人发笑的林语堂？"

虎虎还想有所自见，"我也作了个梦，梦见四姨坐只大船从溪里回来，划船的是个顶熟的人。船比小河大。诗人舅舅在堤上，拍拍手，口说好好，就走开了。我正在提水，水桶上那个米老鼠也看见。当真的。"

虎虎的作风是打趣争强，使龙龙急了起来，"唉咦，小弟，你又乱说。你就只会捣乱，青天白日也睁了双大眼睛作梦，不分真假自己相信！"

"一切愿望都神圣庄严，一切梦想都可能会实现。"我想起许多事

沈从文
散文精选

情。好像前面有一幅涂满各种彩色的七巧板，排定了个式子，方的叫甚么，长的象征甚么，都已十分熟悉。忽然被孩子们四只小手一搅，所有板片虽照样存在，部位秩序可给这种恶作剧完全给弄乱了。原来情形只有板片自己知道，可是板片却无从说明。

小虎虎果然正睁起一双大眼睛，向虚空看得很远，海上复杂和星空壮丽，既影响我一生，也会影响他将来命运，为这双美丽眼睛，我不免有点忧愁。因此为他说了个佛经上驹那罗王子①的故事。

"……那王子一双极好看的眼睛，瞎了又亮了。就和你眼睛一样，黑亮亮的，看甚么都清清楚楚；白天看日头不眨眼，夜间在这种灯光下还看得见屋顶上小疟蚊。为的是做人正直而有信仰，始终相信善。他的爸爸就把那个紫金钵盂，拿到全国各处去。全国各地年青美丽的女孩子，听说王子瞎了眼睛，为同情他受的委屈，都流了眼泪。接了大半钵这种清洁眼泪，带回来一洗，那双眼睛就依旧亮光光的了！"

主妇笑着不作声，清明目光中仿佛流注一种温柔回答："从前故事上说，王子眼睛被恶人弄瞎后，要用美貌女孩子的纯洁眼泪来洗，才可重见光明。现在的人呢，要从勇敢正直的眼光中得救。"

我因此补充说："小弟，一个人从美丽温柔眼光中，也能得救！譬如说……"

孩子的心被故事完全征服了，张大着眼睛，对他母亲十分温驯的望着：

"妈妈，你的眼睛也亮得很，比我的还亮！"

一九四三年十二月末一日作于云南呈贡

---

① 驹那罗王子：乃阿育王的太子达磨婆陀那（梵 Dharmavardhana）之别名；因太子之眼酷似鸠那罗鸟，故名之。又称拘那罗、俱那罗。太子生于阿育王起八万四千塔之日，容貌俊秀，两目清澈。阿育王，音译阿输迦，意译无忧。故又称无忧王，是印度孔雀王朝的第三代君主，频头娑罗王之子，是印度历史上最伟大的一位君王。

北平的印象和感想

——油在水面,就失去了粘腻性质,转成一片虹彩,幻美悦目,不可仿佛。人的意象,亦复如是。有时平匀敷布于岁月时间上,或由于岁月时间所作成的幕景上,即成一片虹彩,具有七色,变易倏忽,可以感觉,不易揣摩。生命如泡沤,如露亦如电,唯其如此,转令人于生命一闪光处,发生庄严感印。悲悯之心,油然而生。

十月已临,秋季行将过去。迎接这个一切沉默但闻呼啸的严冬,多少人似乎尚毫无准备。从眼目所及说来,在南方有延长到三十天的满山红叶黄叶,满地露水和白霜。池水清澄明亮,如小孩子眼睛。一些上早学的孩子,一面走一面哈出白气,两只手玩水玩霜不免冻得红红的。于是冬天真来了。在北方则不大相同。一星期狂风,木叶尽脱,只树枝剩余一二红点子,挂枝柿子和海棠果,依稀还留下点秋意。随即是负煤的脏骆驼,成串从四城涌进。从天安门过身时,这些和平生物可能抬起头,用那双忧愁小眼睛望望新油漆过的高大门楼,容许发生一点感慨,"你东方最大的一个帝国,四十年,什么全崩溃下来了。这就是只重应付现实缺少高尚理想的教训,也就是理想战胜事实的说明,而且适用于任何时代任何民族。后来者缺少历史知识,还舍不得这些木石砖瓦堆积物，重新装饰它们，用它们来点缀政治，这有何用？……"也容许正在这时，忽然看到那个停在两个大石狮子前面的一件东西，八个或十个轮子，结结实实，一个钢铁管子，斜斜伸出。这一切，虽用一片油布罩上，这生物可明白，那是一种力量，另外一种事实——用来屠杀中国人的美国坦克。到这时，感慨没有了。怕犯禁忌似的，步子一定快了一点，出月洞门转过南池子，它得上那个大图书馆卸煤！还有那个供屠宰用的绵羊群，也挤挤挨挨向四城拥进。说不定在城门洞前时，正值一辆六轮大汽车满载新征发的壮丁由城内驶出来。这一进一出，恰证实古代哲人一生用千言万语也说不透彻的"圣人不仁"和"有生平等"——于是冬天真来了。

　　就在这个时节，我回到一别九年的北平。心情和二十五年前初到北京下车时相似而不同。我还保留二十岁青年初入百万市民大城的孤独心情在记忆中，还保留前一日南方的夏天光景在感觉中。这两种绝不相同的成分，为一个粮食杂货店中收音机放出的京戏给混和了，第一眼却发现北平的青柿和枣子已上市，共同搁在一辆手推货车上，推车叫卖的"老北京"已白了头。在南方，时常听人作新八股腔论国事说，"此后南京是政治中心，上海是商业中心，北平是文化中心。"话说得虽动人，并不可靠。政治中心照例拥有权势，商业中心照例拥有财富，这个我相信。因为权势和财富都可以改作"美国"，两个中心原来就和老米不可分！至于文化中心，必拥有知识才得人尊敬，必拥有文物才足以刺激后来者怀古感情因而寄希望于未来。北平的知识分子的确不少，但是北平城既那么高，每个人家的墙壁照例又那么厚，知识能否流注交换，能否出城，不免令人怀疑。历史的庄严伟大，在北平文物上，即使不曾保留全部，至少还保留了一部分。可是这些保留下来的，能不能激发一个中国年青人的生命热忱，或一种感印、思索，引起他对祖国过去和未来一点深刻的爱？能不能由于爱，此后即活得更勇敢些，坚实些，也合理些？若所保留下来的庄严伟大和美丽缺少对于活人的教育作用，只不过供游人赏玩，供党国军政要人宴客开会，北平的文物，作用也就有限。给予多数人的知识，不过是让人知道前一代满人统治的帝国，奴役人民三百年，用人民血汗建筑有多

大的花园，多大的庙宇宫殿，此外实在毫无意义可言。一个美国游览团的团员，具有调查统治中国兴趣的美国军官眷属，格利佛老太太，阿丽思小姐，可以用它来平衡《马可孛罗游记》①所引起她灵魂骚乱的情感。一个中国人，假如说，一个某种无知自大的中国人，不问马伕或将军，他也许只会觉得他占领征服了北京城，再也不会还想到他站到的脚下，还有历史。在一个虽有历史却无从让许多人明白历史的情形下，北平的文化价值，如何使中国人对之表示应有的关心尊敬和重视，北平有知识的人，教育人的人，实值得思索，值得重新思索，北平的价值和意义，似乎方有希望让人稍稍明白！

　　北平入秋的阳光，事实上也就可以教育人。从明朗阳光和澄蓝天空中，使我温习起住过近十年的昆明景象。这时节的云南，雨季大致已经过去，阳光同样如此温暖美好，然而继续下去，却是一切有生机的草木枯死。我奇怪北平八年的沦陷，加上种种新的忌讳，居然还有成群白鸽，敢在用蓝天作背景寒冷空气中自由飞翔。微风刷动路旁的树枝，卷起地面落叶，窸窸窣窣如对于我的疑问有所回答："凡是在这个大城上空绕绕大小圈子的自由，照例是不会受干涉的。这里原有充分的自由，犹如你们在地面，在教室或客厅中……""你这个话可是存心有点……""不，鲁迅早死了。讽刺和他同时死去了已多年。"可是你必然完全同意我说及的事实。这个想象的对话很怪，我疑心有人窃听。试各处看看，没有一个人。街上到处走的是另外一种人。我起始发现满街每个人家屋檐下的一面国旗，提醒我这是个节日，问铺子里人，才知悉和尊师重道有关，当天举行八年来第一回的祭孔大典。全国将在同一日举行这个隆重典礼。我重新想起苏州平江府那个大而荒凉的文庙，这一天文庙两廊豢养的几十匹膘壮日本军马，是不是暂时会由那一排看马的病兵牵出，让守职二十年饿得瘦瘦瘦的苏中苏小那一群老教师，也好进孔庙行个礼，且不至于想到用讲堂作马厩而情

---

　　①《马可孛罗游记》，亦作《马可波罗游记》。马可·波罗，意大利旅行家，1275年至中国，游历几遍中国各地。后依其口述笔录成书，是为《马可波罗游记》。

沈从文
散文精选

感脆弱露出酸态？军马即可暂时牵出，正殿上那些无法计数身份不明的蝙蝠，又如何处理？中国孔庙廊庑用来养马的，一定不止平江府，曲阜那一座可能更甚。这也正说明，北平、南京，师道在仪式上虽被尊敬，其他的地方的教师，却仍在军马与蝙蝠之中讨生活，其无从生活也可想而知。

我起始在北平市大街上散步。想在地面发现一二种小小虫蚁，具有某种不同意志，表现到它本身奇怪造形上，斑驳色彩上，或飞鸣宿食性情上，毫无满意结果。人倒很多，汽车、三轮车、洋车、自行车上面都有人。街路宽阔而清洁，车辆上的人都似乎不必担心相互撞碰。可是许多人一眼看去样子都差不多，睡眠不足，营养不足。吃的胖胖的特种人物，包含伟人和羊肉馆掌柜，神气之间即有相通处。俨然已多少代都生活在一种无信心，无目的，无理想情形中，脸上各部官能因不曾好好运用，都显出一种疲倦或退化神情。另外一种，即是油滑，市侩乡愿官僚侦探特有的装作憨厚混和谦虚的油滑。他也许正想起从什么三郎小村转手的某注产业的数目，他也许正计划如何用过去与某某有田、有岛活动的方式又来参加什么文化活动，也许还得到某种新的特许……然而从深处看，这种人却又一律有种做人的是非与义利冲突，羞耻与无所谓冲突而遮掩不住的凄苦表情。在这种人群中散步，我当然不免要胡思乱想。我们是不是还有方法，可以使这些人恢复正常人的反应，多有一点生存兴趣，能够正常的哭起来笑起来？我们是不是还可望另一种人在北平市不再露面，为的是他明白羞耻二字的含义，自己再也不好意思露面？我们是不是对于那个更年青的一辈，从孩子时代起始，在教育中应加强一点什么成分，如营养中的维他命，使他们生长中的生命，待发展的情绪，得到保护，方可望能抗抵某种抽象恶性疾病的传染，方可望于成年时能对于腐烂人类灵魂的事事物物，能有一点抵抗力？

我们似乎需要"人"来重新写作"神话"。这神话不仅是综合过去人类的抒情幻想与梦，加以现世成分重新处理，还应当综合过去人类求生的经验，以及人类对于人的认识，为未来有所安排，有个明天威胁他，引诱他。也许教育这个坐在现实滚在现实里的多数，任何神

话都已无济于事。然而还有那个在生长中的孩子群,以及从国内各地集中在这个大城的青年学生群,很显明的事,即得从宫殿,公园,学校中的图书馆或实验室以外,还要点东西,方不至于为这个大城中的历史暮气与其他新的有毒不良气息所中,失去一个中国人对人生向上应有的信心,要好好的活也能够更好的活的信心!在某种意义上说来,这个信心更恰当名称或叫作"野心"。即寄生于这一片黄土上年青的生命,对社会重造国家重造应有的野心。若事实上教书的,做官的,在一切社会机构中执事服务的,都害怕幻想,害怕理想,认为是不祥之物,决不许与现实生活发生关系时,北平的明日真正对人民的教育,恐还需要寄托在一种新的文学运动上。文学运动将从一更新的观点起始,来着手,来展开。

想得太远,路不知不觉也走得远了些。一下子我几乎撞到一个拦路电网上。你们可曾想得到,北平目前还有什么地方没有不固定性的铁丝网点缀胜利一年后的古城?

两个人起始摸我的身上,原来是检查。从后方有昆明来的教师,似不必需要人用这种不愉快的按摩表示敬意。但我不曾把我身份说明,因为这是个尊师重道的教师节,免得在我这个"复杂"头脑和另一位"统一"头脑中,都要发生混乱印象。

好在我头脑装的虽多,身上带的可极少,所以一会儿即通过了。回过头看看时,正有两个衣冠整齐的绅士下车等待检查,样子谦和而恭顺。我知道这两位近十年中一定不曾离开北京,因为困辱了十年,已成习惯,容易适应。

北平的冬天来了,许多人都担心御寒的燃料会有问题。然而,北平十分严重的缺少的不仅仅是煤。煤只能暖和身体,却无从暖和这个大城市中百万人的疲惫僵硬的心!我们可曾想到在一些零下三十度的地方,还有五十万人在冰天雪地中打仗?虽说那是离北平城很远很远地方的事,却是一件真实事,发展下去可能有二十万壮丁的伤亡,千百万人民的流离转徙,比缺煤升火炉严重得多!若我们住在北平城里的读书人,能把缺煤升大火炉的忧虑,转而体会到那零下三十度的地方战事如何在进行,到十二月我们的课堂即再冷一些,年青学生也不会缺课，或因缺少火炉而生埋怨。因为读书人纵无能力制止这一代战争的继续，至少还可以鼓励更年青一辈，对国家有一种新的看法，到他们处置这个国家一切时，决不会还需要用战争来调整冲突和矛盾！如果大家苦熬了八年回到了北平，连这点兴趣也打不起，依然只认为这是将军、伟人、壮丁、排长的事情，和自己全不相干，很可能我们的儿女，就免不了会有一天以此为荣，参加热闹。为人父或教人子弟的，实不能不把这些事想得远一点，深一点！

一九四六年八月九日作

（原载 1946 年《上海文化》第 9 期）

天安门前

近几年来,我因工作关系,无论风晴雨雪,每天早晨晚间都得进出天安门几次。可是试想拿起笔来写写天安门,倒不知从何说起了。

三十年前到北京来观光的人,在城郊各处都常有机会看见成串的骆驼队伍,从容不迫在灰尘扑扑的道路上前进。每只骆驼背上必驮载两大袋杂粮或煤块。末尾照例还有只小骆驼押队,颈脖下悬个筒子形大铁铃,走动时当当地响。这些铃铛大致是世代相传,经历了许多年月风霜,声音有些已经哑沙沙的了。若机会凑巧,还可以看到一种用两只骆驼组成的驼轿,一前一后斜斜地排着,抬着个大木轿笼,摇摇晃晃地走着,它也许正从蒙古、热河长途远道前来,恰好停顿在城外一个店铺前边。那店铺门口屋檐前挂有一块"某某镖局"的招牌。原来《七侠五义》、《小五义》中提起的镖客,还有人在继承事业,又还有主顾上门求教。这个古老城市里,当时就还留下许多这类古老社会的标本。有的属于两百年前的,有的属于七八百年前的。骆驼队本来是沙漠中的舰队,在市中心的天安门前发现时,就更加显得这个城市的古老。当时北京电车开行还不多久,若遇骆驼队伍横贯马路时,电车司机照规矩还得暂时停车,等待一会儿,像是人人都得承认这是八百年前北京建都以来的成员,对待它们应当表示一点客气或尊重。

在天安门前,还有青年学生、工人、市民,在这里举行示威游行前的集会。"五四"、"三一八"、"五卅"、"九一八"……除了这些大

沈从文
散文精选

的登报上书的集会以外，还经常有小规模的，每次虽然不过两三千人，或七八百人，已使得旧军阀官僚感到心疼心烦不好办。因此天安门前有一时曾经各处都种满了白丁香和黄刺玫，不知道的还以为军阀官僚在美化旧都，事实上原来只是有意把广场面积缩小，消极防止爱国青年的示威活动。

三十年来，北京城经历过了许多重大事变，终于解放了。天安门成了人民争取持久和平的象征，共同努力走向幸福美好生活的象征。每逢节日，几十万群众集会游行已成平常事情。时代不同了，骆驼队伍再不容易在这里出现了。现在什么人想看看这神气庄严、体魄壮伟、耐劳负重的生物，大致得到南口居庸关一带，才有机会偶然碰上。至于住在北京市的小朋友们呢，只有到动物园或地志博物馆去，才有希望知道真正骆驼究竟是什么样子，并且明白成串骆驼由长城外来到北京的种种情形。北京动物园如今若还没有骆驼的位置，我建议不妨加入两三只，并且把它们祖先两千年前就经常载运了各种重要物资，横贯西北大沙漠，对于沟通中原和西域各民族关系，以及在中西文化交通史方面所作的伟大贡献，和二千年来在华北一般交通运输中所起的重要作用，加以适当的说明。更好的自然是将来地志博物馆陈列中表现城乡关系时，能够把三十年前成串骆驼在暮色沉沉时通过天安门前的景象，和解放后几十万群众在这里看五色焰火上冲霄汉、歌舞狂欢的景象，作一个鲜明对比，可见出两个时代，两种社会，如何截然不同。

天安门前大路上，成串骆驼迈着大方步过路，这种古色古香的、同时也是暮气沉沉的时代，已经完全结束了。代表今天、象征明天的各种新事物，却在不断出现。天安门大白石桥、石狮子前边，我们经常都可发现一群群年纪四五岁的小朋友，两颊红都都的，双双拉着手排队上公园去，随着阿姨的指点，一齐暂时停下来欣赏面前那个高大的天安门楼，欣赏毛主席六年前站到那上面向中国人民、向全世界宣布"中国人民站起来了"的那个地方。这个庄严壮丽的大门楼背后，正衬着一片透蓝的天空，一群白鸽子和银星点子一样，在这个蓝空天幕下绕着门楼回旋飞翔。回过头向南边望望，人民英雄纪念碑大棚架

已经撤去，全部工程过不久就要完成了。要使得这个纪念碑更加庄严好看一些，扩大四周空地，更新的待施工的建筑群蓝图，应当已经在准备中。

　　前一代的流血牺牲，为这一代青年学习和工作开辟了无限广阔平坦的道路，这一代的勤劳辛苦，又正在为幼小一代创造更加幸福美好的环境，全中国人民——老年、壮年、青年和儿童，就活在这么一个新的社会中。革命纪念碑全部落成后，夏天黄昏时节，会经常有各种音乐团体，来在纪念碑前边石台上，向市民举行公开演奏会。在这里我们不仅可听到热情优美的民间音乐，还有希望可听到世界各国伟大作曲家最健康悦耳的音乐。到三个五年计划完成时，天安门前的广场，可能已经完全改变了样子，所有看台都用汉白玉石作得整整齐齐，纪念碑附近已展开极宽，四周六七层高的新建筑群，也大部分用汉白玉石装饰，作得十分华美。这里是革命博物馆，那里是祖国自然资源馆，第三是民族文化馆，第四是工业建设馆，第五是……到晚上，这些大型建筑物里边，都光亮得和大白天一般，有万千游人进出。纪念碑前却有了二十丈大的巨型新式银幕，用新的电视方法，放映国家歌舞剧院正在上演的音乐舞蹈节目，免费供给三万市民群众欣赏。也还会看见成串骆驼，正在慢慢地从天安门前边走过，而且押队那只小骆驼，颈脖子那个铃铛，依旧当当地响着，把多数人暂时都吸引到半世纪前北京旧风景画中去。原来这是历史博物馆工作组在用电视教育回述天安门前的种种历史！

一九五六年

（原载 1956 年 7 月 9 日《人民日报》）

春游颐和园

北京建都有了八百多年历史。劳动人民用他们的勤劳和智慧，在北京城郊建造了许多规模宏大建筑美丽的宫殿、庙宇和花园，留给我们后一代。花园建筑规模大，花木池塘富于艺术巧思，设备精美在世界上也特别著名的，是十七、十八世纪康熙乾隆时在西郊建筑的"圆明园"。这个著名花园，是在百十多年前就被帝国主义者野蛮军队把园里面上千栋房子中各种重要珍贵文物及一切陈设大肆抢劫后，有意放一把火烧掉了的。花园建筑时间比较晚的，是西郊的颐和园。部分建筑乾隆时虽然已具规模，主要建筑群却在八十年前光绪时才完成。修建这座大园子的经济来源，是借口恢复国防海军从人民刮来的几千万两银子，花园作成后，却只算是帝王一家人私有。

直到北京解放，这座大花园才真正成为人民的公共财产。颐和园的游人数字是个证明：一九四九年全年二十六万六千八百多人次，一九五五年达到一百七十八万七千多人次。二十年前游颐和园的人，常常觉得园里太大太空阔。其实只是能够玩的人太少，所以到处总是显得空空的。许多地方长满了荒草，许多建筑也摇摇欲坠，游人不敢走近去。现在一般印象总觉得园子不太大。颐和园那条长廊，虽然已经长约三里，现在每逢星期天游人就挤得满满的，即再加宽加长一倍两倍，也还是不够用。

春天来，颐和园花木都逐渐开放了，每天除了成千上万来看花的

游人，还有许多来自城郊学校的少先队员，到园中过队日郊游，进行各种有益身心的活动。满园子里各处都可见到红领巾，各处都可听到建设祖国接班人的健康快乐的笑语和歌声。配合充满生机一片新绿丛中的鸟语花香，颐和园本身，因此也显得更加美丽和年青！

凡是游颐和园的人，在售票处购买一册介绍园中景物的说明书，可得到极多帮助。只是如何就可用比较经济的时间，把颐和园重要地方都逛到呢？我想就我个人过去几年在这个大园子里住了两个夏天转来转去的经验，和园子里建筑花木在春秋佳日给我的印象，概括地说说，作为游园的参考。

我们似可把颐和园分成五个大单位去游览。

第一是进门以后的建筑群。这个建筑群除中部大殿外，计包括北边的大戏楼和西边的乐寿堂，以及西边前面一点的玉澜堂。玉澜堂相传是光绪被慈禧太后囚禁的地方，院子和其他建筑隔绝自成一个小单位。到这里来的人，还可从门口的说明牌子，体会到近六十年历史一鳞一爪。参观大戏台，得往回路向东走。这个戏台和中国近代戏曲发展史有些联系，中国京戏最出色的演员谭鑫培、杨小楼，都到这台上演过戏。戏台上下分三层，还有个宽阔整洁的后台和地下室，准备了各种机关布景。例如表演《孙悟空大闹天宫》或《水漫金山寺》时，台上下到必要时还会喷水冒烟。演员也可以借助于技术设备，一齐腾空上升，或潜入地下，隐现不易捉摸。戏台面积比看戏的殿堂大许多，原因是这些戏主要是演给专制帝王和少数皇亲贵族官僚看的。演员百余人在台上活动，看戏的可能只三五十人。社会在发展中，六十年过去了，帝王独夫和这些名艺人十九都已死去。为人民爱好的艺术家的绝艺，却继续活在人们记忆中，由于后辈的学习和发展，日益光辉并充实以新的生命。由大戏楼向西可到乐寿堂。这是六十年前慈禧做生日大排寿筵的地方。颐和园陈设彩绘装饰中，有许多十九世纪显然见出半殖民地化的开始的不中不西恶俗趣味处，就多是当时在广东上海等通商口岸办洋务的奴才，为贡谀祝寿而作来的。也有些是帝国主义者为侵略中国的敲门砖。中国瓷器中有一种黄绿釉绘墨彩花鸟，多用紫藤和秋葵作主题，横写"天地一家春"的款识的，器形彩绘相当恶俗，也是这个时期的生产。乐寿堂庭院宽敞，建筑虽不特别高大，却显得气魄大方。本院和西边一小院，春天时玉兰和海棠都开得格外茂盛。

　　第二部分是长廊全部和以排云殿、佛香阁为主体、围绕左右的建筑群。这是目下全个园子建筑最引人注意部分，也是全园的精华。有很多建筑小单位，或是一个四合院，或是一组列房子，内部布置得都十分讲究。花木围廊，各具巧思。但是从整体或部分说来，这个建筑群有些只是为配风景而作的，有些宜近看，有些只合远观。想总括全部得到一个整体印象，得租一只小游船，把船直向湖中心划去，再回过头来，看看这个建筑群，才会明白全部设计的用心处。因为排云殿后面隙地不多，山势太陡，许多建筑不免挤得紧一点。如东边的转轮藏，西边的另一个小建筑群，都有点展布不开。正背后的佛香阁，地势更加迫促。虽亏得聪明的建筑工人，出主意把上佛香阁的路分作两边，作之字形盘旋而上，地势还是过于迫促，石阶过于陡峭。更向西一点的"画中游"部分建筑，也由于地面窄狭，作得格外玲珑小巧。必需到湖中看看，才明白建筑工人的用意，当时这部分建筑，原来就是为配合全山风景作成的。船到湖中心时向南望，在一平如镜碧波中的龙王庙和十七孔虹桥，都若十分亲切的向游人招手："来，来，来，这里也很有意思。"从这里望万寿山，距离虽远了点，可是把那些建筑不合理印象也忽略了。

　　第三部分就是湖中心那个孤岛上的建筑群，龙王庙是主体。连接龙王庙和东墙柳阴路全靠那条十七孔白石虹桥，长年卧在万顷碧波中，背景是一片北京特有的蓝得透亮的天空，真不愧叫作人造的虹。这条白石桥无论是远看、近看，或把船摇到下边仰起头来看，或站在桥上向左右四方看，都令人觉得满意。桥东有个大亭子，未油漆前可看出木材特别讲究，可能还是两百年前从南海运来的。岸边有一只铜牛，卧在一个白石座上，从从容容望着湖景，望着远处西山，是两百年前铸铜工人的创作。

　　第四部分是后山一带，建筑废址并不少，保存完整的房子却不多。很显明是经过历史事变的痕迹没有修复过来。由后湖桥边的苏州街遗

址，到上山的一系列殿基，直到半山上的两座残塔，这部分建筑也是在圆明园被焚的同时焚毁的。目下重要的是有好几条曲折小山路，清静幽僻，最宜散步。还有好几条形式不同的白石桥和新近修理的赤栏木板桥，湖水曲折地从桥下通过，划船时极有意思。

　　第五部分是东路以谐趣园做中心的建筑群，靠西上山有景福阁，靠北紧邻是霁清轩。这一组建筑群和前山后山大不相同，特征是树木比较多，地方比较僻静。建筑群包括有北方的明敞（如景福阁）和南方的幽趣（如霁清轩）两种长处。谐趣园主要部分是一个荷花池子，绕着池子有一组长廊和建筑。谐趣园占地面积不大，房子也因此稍嫌拥挤，但是那个荷花池子，夏天荷花盛开时，真是又香又好看。欢喜雀鸟的，这是四围树林子里经常有极好听的黄鸟歌声。啄木鸟声音也数这个地区最多。夏六七月天雨后放晴时，树林间的鸟雀欢呼飞鸣，更是一种活泼生机。地方背风向阳处，长年有竹子生长。由后湖引来的一股活水，到此下坠五公尺，因此作成小小瀑布，夏天水发时，水声哗哗，对于久住北方平地的人，看到这些事物引起的情感，很显然都是新的。霁清轩地位已接近园中后围墙，建筑构造极其别致，小院落主要部分是一座四面明窗当风的轩，一株盘旋而上的老松树，一个孤立的亭子，以及横贯院中的一道小小溪流。读过《红楼梦》的人，如偶然到了这个地方，会联想起当年书中那个女尼妙玉的住处。还有史湘云醉眠芍药茵的故事，也可能会在霁清轩大门前边一点发生。这个建筑照全部结构说来，是比《红楼梦》创作时代略早一点，有人到过谐趣园许多次，还不知道面前霁清轩的位置，可知这个建筑的布置成功处。由谐趣园宫门直向上山路走，不多远还有个乐农轩，虽只是平房一列，房子前花木却长得极好。杏花以外丁香、海棠、梨花都很好。景福阁位置在半山上，这座重屋曲折"亞"字形的大建筑，四面窗子透亮，绕屋平台廊子都极朗敞。遇着好机会，我们可能会在这里看到一些面孔熟习的著名文艺工作者、电影、歌剧、话剧名演员，……他们也许正在这里和国际友人举行游园联欢会，在那里唱歌跳舞。

　　颐和园最高处建筑物，是山顶上那座全部用彩琉璃砖瓦拼凑作成的无梁殿。这个建筑无论从工程上和装饰美术上说来，都是一个伟大的创作。是二百年前的建筑工人和烧琉璃窑工人共同努力为我们留下的一份宝贵遗产。在建筑规模上，它并不比北海那一座琉璃殿壮丽，但从建筑兼雕塑整体性的成就说来，无疑和北京其他同类创作，如北海及故宫九龙壁、香山琉璃塔等等，都值得格外重视。上山的道路很多：欢喜热闹不怕累，可从排云殿后抱月廊上去，再从那几百磴"之"字形石台阶爬到佛香阁，歇歇气，欣赏一下昆明湖远近全景，再从后翻上那个众香界琉璃牌楼，就到达了。欢喜冒险好奇的，又不妨从后山上去。这一路得经过几层废殿基，再钻几个小山洞。行动过于活泼的游客，上到山洞边时，头上脚下都得当心一些，免得偶然摔倒。另外东西两侧还有两条比较平缓的山路可走，上了点年纪的人不妨从东路上去。就是从景福阁向上走去。半道山脊两旁多空旷，特别适宜于远眺，南边是湖上景致，北边园外却是村落自然景色，很动人。夏六月还是一片绿油油的庄稼直延伸到西山尽头，到秋八月后，就只见无数大牛车满满装载黄澄澄的粮食向合作社转运。村庄前后也到处是粮食堆垛。

从北边走可先逛长廊，到长廊尽头，转个弯，就到大石舫边了。大石舫也是乾隆时作的，七十年前才在上面加个假西式楼房，五色玻璃在当时是时髦物品，现在看来不免会感觉俗恶。除大石舫外，这里经常还停泊有百多只油漆鲜明的小游艇出租。喜欢划船的游人，可租船向前湖划去，一直过西峰腰桥再向南，再划回来。那个高拱细腰小石桥值得一看。比较合式的是绕湖心龙王庙，就穿十七孔桥回来。那座桥远看只觉得美丽，近看才会明白结构壮丽，工程扎实，让我们加深一层认识了古代造桥工人的聪明和伟大。船向回划可饱看颐和园万寿山正面全部风景，从各个不同角度不同时间看去，才会发现绕前山那道长廊，和长廊外临水那道白石栏杆，不仅发生单纯装饰效果，且像腰带一样把前山建筑群总在一起，从水上托出，设计实在够聪明巧妙。欢喜从空旷湖面转入幽静环境的游人，不妨把船向后湖划去。后湖水面窄而曲折，林木幽深，水中大鱼百十成群，对小船来去既成习惯，因此也不大存戒心。后湖秋天在一个极短时期中，水面常常忽然

冒出一种颜色金黄的小花，一朵朵从水面探头出来约两寸来高，花不过一寸大小，可是远远的就可让我们发现。至近身时我们才会发现柔弱花朵上还常常歇有一种细腰窄翅黑蜻蜓，飞飞又停停，彼此之间似相识又似陌生。又像是新认识的好朋友，默默地又亲切地贴近时，还像有些腼腆害羞。一切情形和安徒生童话中的描写差不多，可是还更美丽一些。这些小小金丝莲，一年秋季只开花三四天，小蜻蜓从湖旁丛草间孵化，生命也极短暂。我们缺少安徒生的诗的童心，因此也难更深一层去想象体会它们短暂生命相互依存的悦乐处。见到这种花朵时，最好莫惊动采摘，让大家看看。由石舫上山路，可经过画中游，这部分房子是有意仿造南方小楼房式做成，十分玲珑精致，大热天住下来不会太舒服，可是在湖中远观却特别好看。走到画中游才会明白取名的用意。若在春天四月里，园中好花次第开放，一切松柏杂树新叶也放出清香，这些新经修理装饰得崭新的建筑物，完全包裹在花树中，使得我们不能不对于创造它和新近修理它的木工、瓦工、彩画油漆工，以及那些长年在园子里栽花种树的工人，表示敬意和感谢。

颐和园还有一个地区，也可以作为一个游览单位计算，就是后山沿围墙那条土埂子。这地方虽近在游人眼前，可是最容易忽略过去。这条路是从谐趣园再向北走，到后湖尽头几株大白杨树面前时，不回头，不转弯，再向西一直从一条小土路走上小土山。那是一条能够满足游人好奇心的小路，一路走去可从荆槐杂树林子枝叶罅隙间清清楚楚看到后山后湖全景。小土埂上还种得好些有了相当年月的马尾松，松根凸起处，间或会有一两个年青艺术家在那里作画。地方特别清静，不会有人来搅扰他的工作。更重要还是从这里望出去，景物紧凑集中，如同一个一个镜框样子。若是一个有才能的年青画家，他不仅会把树石间色彩鲜明的红领巾，同水上游人种种活动，收入画稿，同时还能够把他们表示新生生命的笑语和歌声同样写入画中。其实这些画家在那里，本身也很像一幅画，可惜再找不出画他的人。

（选自《美丽的北京》，香港三联书店1956年8月版）

北京是个大型建筑博物馆

北京在世界上以古建筑著名。紫禁城里的宫殿，分布城郊的庙坛园林，每个单位都包括有一系列的建筑物，各有艺术上的不同风格，综合看来，又如同整体的一部分；是用故宫皇城大建筑群作中心，在五百年前北京建都总计划中就定下来，经过累代创修陆续完成的。设计规模的雄伟、谐调、明朗，以及每一建筑物装饰的华美精细，都给人留下不易忘记的深刻印象。

这些建筑物近年来一部分已改作各种博物馆，或一般性文化展览馆。论规模宏大，经常性展出和专题展出种类多，从伟大祖国文化艺术遗产方面给观众以爱国主义教育的，应数故宫博物馆。以科学发掘出土文物为主，结合历史人物事件，生产发展，科学文化艺术的发明和创造，作通俗陈列，向群众进行新的爱国主义阶级斗争历史教育的，应数北京历史博物馆。其实说来，北京城本身，也就是一个大型建筑历史博物馆。

这个历史名城，战国时就已经是燕国都会之一，华北平原一个政治文化的中心。（近年来，围绕着这个地区的外沿唐山和热河，不断都有大量古文物的发现，已证明这地区还可能有更多重要遗物出土。）隋唐时代依旧是北方重镇，设立范阳节度使，屯集重兵，当时主要是防御奚、契丹的内侵。安禄山镇范阳后，却用作根据地，利用诸胡族，举兵内犯，动摇了长安唐政权。即由金人正式建都"燕京"算起，也

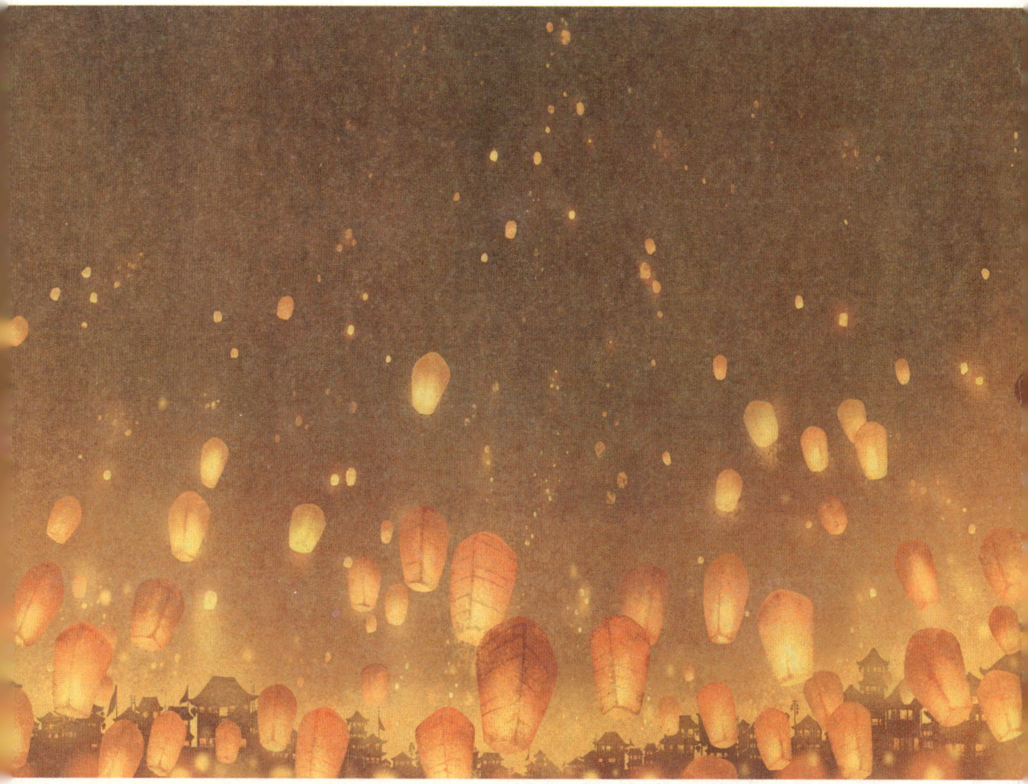

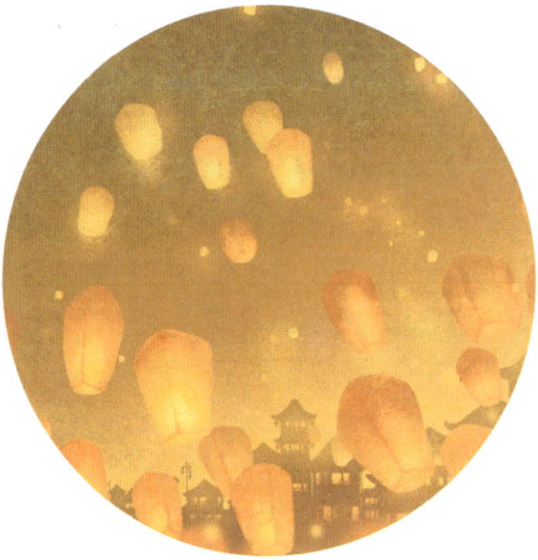

已经有了八百多年。世界著名横跨无定河的东方长石桥——卢沟桥，就是这个时期石工修造的。

元代在这里作"大都"，百年统治中，城郊庙坛园林还不断有补充。白云观、护国寺、东岳庙、白塔寺，都是这一时期建造的。当时尼泊尔的大艺术家安尼哥，和中国大艺术家刘元师徒二人曾经参加过这些庙宇园林的建筑设计和雕塑工程。长城口居庸关的过街楼，也是这个时期作成的。金代城池的建造，多取法北宋汴梁，间接还保留洛阳和长安汉唐帝都的规模。《金史·张汝霖传》中曾提起过，当时装饰一个宫殿，就使用过汉族和回鹘锦绮丝绣工人一千二，经时两年才告完成。今北海琼岛的建筑，虽从辽代创始，至于琼岛上的太湖石假山，却是金人攻下开封后，把"寿山艮岳"撤毁，搬运石头来京堆砌成功的。元代在这座小山上建"广寒殿"避暑，房屋花木布置得和想象中的月宫仙境一样。当时还用人工激水上升到山顶，水从一个龙头口里喷出，变成小瀑布缓缓流入浴池中。明太祖因为这座宫殿过于奢侈，派萧洵来督工，把它撤毁。萧洵才把原来琼岛建筑情况，一一记载下来让后人知道。琼岛上石头透剔清奇部分，明代搬移过中南海，就成了现在的"瀛台"。元代虽已利用海运转输南方粮食，南北运河还贯通，运河粮船能直达北城后海一带，当时在琼岛上远望，还可依约见到千百艘大粮船，舳舻衔接、桅樯如林的动人情景。

金元旧都略偏西南北，经过长久的岁月，加上几次历史上的改朝换代大事变，目下只剩下些城垣遗迹和庙宇中碑石树木。明代永乐重新定都北京，前后修筑的内外皇城，和用紫禁城里三大殿作主体的故宫建筑群，虽历年五百，因明清两代不断兴修，大致都还保存得完完整整。此外围绕宫城的几个主要建筑群，例如南城的天坛和先农坛，西城的白塔寺和城外白云观与五塔寺，北城的钟楼和鼓楼，东北城角的国子监、孔庙和雍和宫，城外的东岳庙，以及临近宫城的中南海、北海、团城、太庙和社稷坛，景山和大高殿，郊外西山一带的碧云寺，八大处，卧佛寺，玉泉山，大觉寺，……都是近五百年古建筑艺术的结晶。这些古建筑或因年久失修，或前后曾遭受人力破坏摧残，解放后经过逐年修复，又回复了它固有的光彩。

沈 从 文
散 文 精 选

外来游人到北京后，最先引起注意的是天安门。在一座高达三丈的棕红色台基上，高高矗起那么一座九楹重檐金碧辉煌的大门楼，两翼红墙向东西展延开去，给人印象是雄伟、华贵而又十分沉静稳定。无论任何时候看来都是一种壮观。其实如就故宫建筑全部说来，天安门还只是宫城建筑体系前沿一部分。再前还有正阳门，后边又还有端门。由端门进去是午门，这才是紫禁城真正的大门。天安门建筑以华美壮丽见称，午门却给人一种端重严肃的感觉。一个熟习近五世纪中国史的游人，来到这座门楼下边时，这种严肃感会格外加深。

午门在历史上具有"凯旋门"意味。明清两代国有大事，出兵远征时，将帅受命成行，多在午门前举行出兵仪式。战争结束胜利归来时，帝王就坐在午门楼上阅兵，慰劳将士，检视俘虏和胜利品。明代晚期政治特别黑暗，宦官权臣为媚悦帝王，巩固宠信，利用锦衣卫作爪牙，不时突入人家，逮捕异己敢言事的正直大臣，用严刑酷罚罗织成狱，对名士大臣施行"廷杖"时，也就在午门楼下广场中执行。许多人就在这种专制淫威下当场死去。

午门楼下东西两廊，共有八十四间厢房连接端门，过去是百官候朝的地方。天明前即冠带袍服云集，到时候午门两侧角楼钟鼓齐鸣，才大小鱼贯进入午门、太和门，于太和殿前白石丹陛下等待召见。午门兴建于十五世纪，重修装金布彩于十七世纪末，距现今也有了二百七八十年。天安门前一切景象，令人对于祖国的当前和未来，充满欢欣的期待。午门却使人认识历史过去。让我们明白，世界上任何一个地区都有过帝王，一时节具有无上的权威，不多久这权威总会消失无余。专制帝王在某种历史情形下，也能或多或少作了些对国家人民有益的事情。但凡是想利用残暴统治，鱼肉人民，满足一己私欲的，被人民推倒就更加快一些。至于人民由于劳动和智慧结合，在生产、科学和文学艺术领域中的发明和创造，对国家有益的贡献，却必然长远存在后人记忆中，而且会成为后人追求社会进步、建设共同美好生活的启发和鼓舞力量。午门作为历史博物馆后，午门本身的历史和系统通俗历史陈列，教观众更加清楚了解历史发展的规律。

试站到午门楼上高处四望，故宫以三大殿作中心的建筑群，及内

外东西六宫建筑群，文化武英二殿建筑群，都如近在眼前。一重重明黄色琉璃瓦大屋顶，和秀挺不群矗立在城垣东西那两座转角楼，共同在明朗秋阳下烁烁闪光，后背衬托着的是一大片蓝空。围绕着宫城百万户人家，半笼在郁郁青青的一片树木绿海中，这一切，真是够庄严、深厚、沉静和一种不易形容的美丽！特别是我们如体会到这个历史上的大都名城，这一片绿海下边正在进行的万千种不同工作和活动，对于明天北京四百万市民和全国六亿人民的幸福生活、以及对于世界未来长久和平所起的良好作用时，会觉得蓝空下的北京一切，诗人即或想用文字来叙述赞美，不免会感觉到难于措词。即色彩丰富的绘画，也只能画出部分的印象。或许只有某种伟大音乐，综合百十种不同器乐中所具有的豪放和精细、壮美和温柔的声音，融化组织不同时空下形成的种种旋律和节奏，写成一个大乐章，才有希望能作出适当的反映。

在这片绿海中，这里那里，远近都可发现有崭新建筑物在高高矗起。十年二十年后的北京城，这百万户旧宅无疑会完全变更旧有的面貌，产生一种崭新的景象。那时节不论是学校、医院、工厂或戏院附近，以及大街上人行道边，大致都可按照一定计划，收拾得和目前公园一样，到处是花坛栽满各种美丽好花，到处有平整草地，可以供人休息散步。新建筑的专门博物馆和文化馆，也将成千累百，分布城郊各处，设备完美而又清洁舒适，教育观众以种种新知识。但是北京这些古建筑，却决不会就失去它固有的光辉，只会更加使人觉得可爱，因之也保护得更加周到。因为人人都知道，这些建筑不仅仅是祖国重要文化艺术的遗产，同时也是世界重要文化艺术遗产一部分，加倍珍重爱护它们，既能够增加人民对于历史过去伟大成就的认识，也可启发人民种种新的创造热情，对于保卫世界持久和平，作出更大的贡献！

（原载 1956 年 10 月 15 日《文汇报》）

过节和观灯

端午给我的特别印象

说起过节和观灯,每人都有一份不同的经验。

中国是世界上一个大国,地面广,人口多,历史长,分布全国各民族语言文化风俗习惯又不一样,所以一年四季就有许多种节日,使用不同方式,分别在山上、水边、乡村、城镇举行。属于个人的且家家有份。这些节日影响到衣食住行各方面,丰富人民生活的内容,扩大历史文化的面貌,也加深了民族团结的感情。一般吃的如年糕、粽子、月饼、腊八粥,玩的如花炮、焰火、秋千、风筝、灯彩、陀螺、兔儿爷、胖阿福,穿戴的如虎头帽、猫猫鞋、作闹龙舟和百子观灯图的衣裙、坎肩、涎围和围裙……就无一不和节令密切相关。较古节日已延长了二三千年,后起的也有千把年历史,经史等古籍中曾提起它种种来历和举行的仪式。大多数节日常和农事生产相关,小部分则由名人故事或神话传说而来,因此有的虽具全国性,依旧会留下些区域特征。比如为纪念屈原的五月端阳,包粽子,悬蒲艾,戴石榴花,虽然已成全国习惯,但南方的龙舟竞渡,给青年、妇女及小孩子带来的兴奋和快乐,就决不是生长在北方平原的人所能想象的!

大江以南,凡是有河流可通船舶处,无论大城小市,端午必照例举行赛船。这些特制龙船多窄而长,有的且分五色,头尾高张,转动

十分灵便。平时搁在岸上，节日来临前，才由二三十个特选少壮青年，在鞭炮轰响、欢笑呼喊中送请下水。初五叫小端阳，十五叫大端阳，正式比赛或由初三到初五，或由初五到十五。沅水流域的渔家子弟，白天玩不尽兴，晚上犹继续进行，三更半夜后，住在河边的人从睡梦中醒来时，还可听到水面飘来蓬蓬当当的锣鼓声。近年来我的记忆力日益衰退，可是四十多年前在一条六百里长的沅水和五个支流一些大城小镇度过的端阳节，由于乡情风俗热烈活泼，将近半个世纪，种种景象在记忆中还明朗清楚，不褪色，不走样。

因此还可联想起许多用"闹龙舟"作题材的艺术品。较早出现的龙舟，似应数敦煌壁画，东王公坐在上面去会西王母，云游远方，象征"驾六龙以驭天"。画虽成于北朝人手，最先稿本或可早到汉代。其次是《洛神赋图卷》，也有个相似而不同的龙舟，仿佛"驾玉虬而偕逝"情形，作为曹植对洛神的眷恋悬想。虽历来当作晋代大画家顾恺之手笔，产生时代又可能较晚些。还有个长及数丈元明人传摹唐李昭道《阿房宫图卷》，也有几只装饰华美的龙凤舟，在一派清波中从容荡漾，和结构宏伟建筑群相呼应。只是这些龙舟有的近于在水云中游行的无轮车子，有的又和五月端阳少直接关系。由宋到清，比较著名的画还有张择端《金明争标图》，宋人《龙舟图》，元人王振鹏《龙舟竞渡图》，宋人《西湖竞渡图》，明人《龙舟竞渡图》，……画幅虽不大，作得都相当生动美丽，反映出部分历史真实。故宫收藏清初十二月令画轴《五月端阳龙舟图》，且画得格外华美热闹。

此外明清工人用象牙、竹木和剔红雕填漆作的龙船，也有工艺精巧绝伦的。至于应用到生活服用方面，实无过西南各省民间挑花刺绣。被面、帐檐、门帘、枕帕、围裙、手巾、头巾，和小孩穿的坎肩、涎围，戴的花帽，经常都把闹龙舟作主题，加以各种不同艺术表现，作得异常精美出色。当地妇女制作这些刺绣时，照例必把个人节日欢乐的回忆，作新嫁娘作母亲对于家庭的幸福愿望，对于儿女的热爱关心，连同彩色丝线交织在图案中。闹龙舟的五彩版画，也特别受农村中和长年寄居在渔船上货船上的妇孺欢迎，能引起他们种种欢乐回忆和联想。

沈 从 文
散 文 精 选

记忆中的云南跑马节

　　还有特具地方性的跑马节,是在云南昆明附近乡下跑马山下举行的。这种聚集了近百里内四乡群众的盛会,到时百货云集,百艺毕呈,对于外乡人更加开眼。不仅引人兴趣,也能长人见闻。来自四乡载运烧酒的马驮子,多把酒坛连驮架就地卸下,站在一旁招徕主顾,并且用小竹筒不住舀酒请人品尝。有些上点年纪的人,阅兵点将一般,到处走去,点点头又摇摇头,平时若酒量不大,绕场一周,也就不免给那喷鼻浓香酒味熏得摇摇晃晃有个三分醉意了。各种酸甜苦辣吃食摊子,也都富有云南地方特色,为外地所少见。妇女们高兴的事情,是城乡第一流银匠到时都带了各种新样首饰,选平敞地搭个小小布棚,展开全部场面,就地工业,煮、炸、捶、钻、吹、镀、嵌、接,显得十分热闹。卖土布鞋面枕帕的,卖花边阑干、五色丝线和胭脂水粉香胰子的,都是专为女主顾而准备。文具摊上经常还可发现木刻《百家姓》和其他老式启蒙读物。

　　大家主要兴趣自然在跑马,特别关心本村的胜败,和划龙船情形相差不多。我对于赛马兴趣并不大。云南马骨架多比较矮小,近于古人说的"果下马",平时当坐骑,爬山越岭腰力还不坏,走夜路又不轻易失蹄。在平川地作小跑,钻子步走来匀称稳当,也显得满有精神。可是当时我实另有所会心,只希望从那些装备不同的马背上,发现一点"秘密"。因为我对于工艺美术有点常识,漆器加工历史有许多问题还未得解决。读唐宋人笔记,多以为"犀皮漆"作法来自西南,系由马鞍鞴涂漆久经磨擦而成。"波罗漆"即犀皮中一种,"波罗"由樊绰《蛮书》得知即老虎别名,由此可知波罗漆得名便在南方。但是缺少从实物取证,承认或否认仍难肯定。我因久住昆明滇池边乡下,平时赶火车入城,即曾经从坐骑鞍桥上发现有各种彩色重叠的花斑,证明《因话录》等记载不是全无道理。所谓秘密,就是想趁机会在那些来自四乡装备不同的马背上,再仔细些探索一下究竟。结果明白不仅有犀皮漆云斑,还有五色相杂牛皮纹,正是宋代"绮纹刷丝漆"的作

法。至于宋明铁错银马镫，更是随处可见。云南本出铜漆，又有个工艺传统，马具制作沿袭较古制度，本来极平常自然。可是这些小发现，对我说来却意义深长，因为明白"由物证史的方法，此后应用到研究物质文化史和工艺图案发展史，都可得到不少新发现。当时在人马群中挤来钻去，十分满意，真正应合了古人说的，"相马于牝牡骊黄之外"。但过不多久，更新的发现，就把我引诱过去，认为从马背上研究老问题，不免近于卖呆，远不如从活人中听听生命的颂歌为有意思了。

原来跑马节还有许多精彩的活动，在另外一个斜坡边，比较僻静长满小小马尾松林子和荆条丛生的地区，那里到处有一簇簇年轻男女在对歌，也可说是"情绪跑马"，热烈程度绝不下于马背翻腾。云南本是个诗歌的家乡，路南和迤西歌舞早著名全国。这一回却更加丰富了我的见闻。

这是种生面别开的场所，对调子的来自四方，各自蹲踞在松树林子和灌木丛沟凹处，彼此相去虽不多远，却互不见面。唱的多是情歌酬和，却有种种不同方式。或见景生情，即物起兴，用各种丰富比喻，比赛机智才能。或用提问题方法，等待对方答解。或互嘲互赞，随事押韵，循环无端。也唱其他故事，贯穿古今，引经据典，当事人照例心中一本册，滚瓜熟，随口而出。在场的既多内行，开口即见高低，含糊不得。所以不是高手，也不敢轻易搭腔。那次听到一个年轻妇女一连唱败了三个对手，逼得对方哑口无言，于是轻轻的打了个吆喝，表示胜利结束，从荆条丛中站起身子，理理发，拍拍绣花围裙上的灰土，向大家笑笑，意思像是说："你们看，我唱赢了"，显得轻松快乐，拉着同行女伴，走过江米酒担子边解口渴去了。

这种年轻女人在昆明附近村子中多的是。性情明朗活泼，劳动手脚勤快，生长得一张黑中透红的脸，满口白白的牙齿，穿了身毛蓝布衣裤，腰间围了个钉满小银片扣花葱绿布围裙，脚下穿双云南乡下特有的绣花透孔鞋，油光光辫发盘在头上。不仅唱歌十分在行，大年初一和同伴各个村子里去打秋千，用马皮作成三丈来长的秋千条，悬挂在路旁高树上，蹬个十来下就可平梁，还悠游自在若无其事！

沈 从 文
散 文 精 选

在昆明乡下,一年四季早晚,本来都可以听到各种美妙有情的歌声。由呈贡赶火车进城,向例得骑一匹老马,慢吞吞的走十里路。有时赶车不及还得原骑退回。这条路得通过些果树林、柞木林、竹子林和几个有大半年开满杂花的小山坡。马上一面欣赏土坎边的粉蓝色报春花,在轻和微风里不住点头,总令人疑心那个蓝色竟像是有意摹仿天空而成的。一面就听各种山鸟呼朋唤侣,和身边前后三三五五赶马女孩子唱的各种本地悦耳好听山歌。有时面前三五步路旁边,忽然出现个花茸茸的戴胜鸟,蠢起头顶花冠,瞪着个油亮亮的眼睛,好像对于唱歌也发生了兴趣,经赶马女孩子一喝,才扑着翅膀掠地飞过。这种鸟大白天照例十分沉默,可是每在晨光熹微中,却欢喜坐在人家屋脊上,"郭公郭公"反复叫个不停。最有意思的是云雀,时常从面前不远草丛中起飞,扶摇盘旋而上,一面不住唱歌,向碧蓝天空中钻去。仿佛要一直钻透蓝空。伏在草丛中的云雀群,却带点鼓励意思相互应和。直到穷目力看不见后,忽然又像个小流星一样,用极快速度下坠到草丛中,和其他同伴会合,于是另外几只云雀又接着起飞。赶马女孩子年纪多不过十四五岁,嗓子通常并没经过训练,有的还发哑带沙,可是在这种环境气氛里,出口自然,不论唱什么,都充满一种淳朴本色美。

大伙儿唱得最热闹的叫"金满斗会",有一次在龙街村子里举行,到时候住处院子两楼和那道长长屋廊下,集合了附近几个乡村男女老幼百多人,六人围坐一矮方桌,足足坐满了三十来张桌子,每桌各自轮流低声唱《十二月花》,和其他本地好听曲子。声音虽极其轻柔,合起来却如一片松涛,在微风摇荡中舒卷张弛不定,有点龙吟凤哕意味。仅是这个唱法就极其有意思。唱和相续,一连三天才散场。来会的妇女占多数,和逢年过节差不多,一身收拾得清洁利索,头上手中到处是银光闪闪,使人不敢认识。我以一个客人身份挨桌看去,很多人都像面善,可叫不出名字。随后才想起这里是村子口摆小摊卖酸泡梨的,那里有城门边挑水洗衣的,此外打铁箍桶的工匠家属,小杂货商店的老板娘子,乡村土医生和阉鸡匠,更多的自然是赶马女孩子和不同年龄的农民和四处飘乡赶集卖针线花样的老太婆,原来熟人真不

少！集会表面说辟疫免灾，主要作用还是传歌。由老一代把记忆中充满智慧和热情的好听歌声，全部传给下一辈。反复唱下去，到大家熟习为止。因此在场年老人格外兴奋活跃，经常每桌轮流走动。主要作用既然在照规矩传歌，不问唱什么都不犯忌讳。就中最当行出色是龙街村子一个吹鼓手，年纪已过七十，牙齿早脱光了，却能十分热情整本整套的唱下去。除爱情故事，此外嘲烟鬼，骂财主，样样在行，真像是一个"歌库"。小时候常听老太婆口头语："十年难逢金满斗"，意思是盛会难逢，参加后，才知道原来这种会，只有正当金星入斗那一年才举行的。

同是唱歌，另外有种抒情气氛，而且背景也格外明朗美好，即跑马节跑马山下举行的那种会歌。

西南原是诗歌的家乡，我住云南乡下整整八年，所听到的不过是极小范围内一部分而已。解放后人民自己当家作主，生活日益美好，心情也必然格外欢畅，新一代歌手，都一定比三五十年前更加活泼和热情。唱歌选手兼劳动模范，不是五朵金花，应当是万朵金花！

灯节的灯

元宵主要在观灯。观灯成为一种制度，似乎《荆楚岁时记》中就提起过，比较具体的记载，实起始于唐初，发展于两宋，来源则出于汉代燃灯祀太乙。灯事迟早不一，有的由十四到十六，有的又由十五到十九。"灯市"得名并扩大作用，也是从宋代起始。论灯景壮丽，过去多以为无过唐宋。笔记小说记载，大都说宫廷中和贵族戚里灯彩奢侈华美的情况。

观灯有"灯市"，唐人笔记虽记载过，正式举行还是从北宋汴梁起始，南宋临安续有发展，明代则集中在北京东华门大街以东八面槽一带。从《东京梦华录》和其他记述，得知宋代灯市计五天，由十五到十九。事先必搭一座高达数丈的"鳌山灯棚，上面布置各种灯彩，燃灯数万盏。封建皇帝到这一天，照例坐了一顶敞轿，由几个亲信太监抬着，倒退行进，名叫"鹁鸽旋"，便于四面看人观灯。又或叫几个游人上前,打发一点酒食,旧戏中常用的"金杯赐酒"即由之而来。说的虽是"与民同乐",事实上不过是这个皇帝久闭深宫,十分寂寞无聊,大臣们出些巧主意,哄着他开心遣闷而已。宋人笔记同时还记下许多灯彩名目,"琉璃灯"可说是新品种,不仅在富贵人家出现,商店中也起始用它来招引主顾,光如满月。"万眼罗"则用红白纱罗拼凑而成。至于灯棚和各种灯球的式样,有《宋人观灯图》和《宋人百子闹元宵图》,还为我们留下些形象材料,由此得知,明清以来反映到画幅上如《金瓶梅》《宣和遗事》和《水浒传》插图中种种灯景,和其他工艺品——特别是保留到明清锦绣图案中,百十种极其精美好看旁缀珠玉流苏的多面球灯,基本上大都还是宋代传下来的式样。另外画幅上许多种鱼、龙、鹤、凤、巧作灯、儿童竹马灯、在地下旋转不停的滚灯,也由宋代传来。宋代"琉璃灯"和"万眼罗",明代的"金鱼注水灯",和用千百蛋壳作成的巧作灯,用冰琢成的冰灯,式样作法虽已难详悉,至于明代有代表性实用新品种,"明角灯"和"料丝灯",实物在故宫还有遗存的。历史博物馆又还有个《明宪宗宫中行乐图》,画的是宫中过年情形,留下许多好看成串成组宫灯式样。这个传世宫廷画卷,上面还有个松柏枝扎成上挂八仙庆寿的鳌山灯棚,及灯节中各种杂剧杂技活动,焰火燃放情况,并且还有一个乐队,一个"百蛮进宝队",几个骑竹马灯演《三战吕布》戏文故事场面,画出好些明代北京民间灯节风俗面貌。货郎担推的小车,还和宋元人画的货郎图差不多,车上满挂各种小玩具和灯彩,货郎作一般小商人装束。照明人笔记说,这种种却是专为宫廷娱乐仿照市面上风光预备的。宫廷中养了七百人,就是为皇帝一人开心而预备的。到万历时才有大臣上奏,把人数减去一半。

新的时代灯节已完全为人民所有,作灯器材也大不同过去,对于灯的要求又有了基本改变,节日即或依旧照时令举行,意义已大不相同了。

古代灯节不只是正月元宵,七月的中元,八月的中秋,也常有灯事。解放后,则"五一"劳动节和"十一"国庆节,全国各处都无不有盛会庆祝。天安门前广场和人民大会堂的节日灯景,应说是极尽人

间壮观。不仅是历史上少见,更重要还是人民亲手创造,又真正同享共有这一切。

关于天安门节日的灯火,已经有了许多好文章好报道。另外我记得特别亲切的,却是前后四个月施工期间,广场中那一片辉煌灯火。因为首都所有机关工作同志和万千市民,都曾经热情兴奋在灯火下,和工人、农民、解放军一道,为这个有历史性的广场和两旁宏伟建筑出过一把力。

从个人经验来说,解放以后另外还有许多灯景,也这么具有历史意义,给我以深刻难忘印象。比如十三陵水库大坝落成前夕的灯,就是其中之一。

在修建这个水库时,我和作家协会几个同志前后曾到过四次:第一次是初步开工,指挥所还设在山脚一个小村子里。第二次已开始在挖底,指挥所移到了大坝前小孤山。第四次是落成前一星期,大家正分别住在工地附近帐篷中,天气热得出奇。每天早晚除分别访问劳动模范,照例必去工地看看工程进展。前一天还眼见各处是大小不一的土石堆,各处是搬运土石的车辆和人流,空中到处牵满了电线,地面到处有水管纵横。堤坝下边长链条的运石子机、水泥拌和机,和堤上压路机、起重机,轰轰隆隆的响成一片。大坝虽在不断增高,到处都似乎还乱乱的,不像十天半月能完工。这天晚上我和几个同志又去看看时,才大吃一惊,原来不过一天工夫,工地全部已变了样子。所有机器全部不见了,一切土石堆打扫得干干净净、平平整整像个公园一样。堤坝下空落落的,堤坝上也无一个人,整个环境静得出奇。天上星月嵌在宁静蓝空中,也像是大了近了许多。正当我们到达坝上时,忽然间大坝下广场里十二万盏五色电灯齐明,让我们仿佛突然进到一个童话仙境里一般。我们就浮在这个闪烁不定的星海上,直到半夜。这种神奇动人的灯景,实在不是任何另外一时其他灯景能够代替的。第二天晚上,正式举行庆祝落成典礼时,约有二十万工人、农民和解放军及三百来个专业文艺团体及其他民间文艺队伍参加,在灯光下进行联欢演出。我们先是在堤坝上看了许久,随后又到堤下人丛中各处挤去。灯光下种种动人景象,也是无从让别的灯景代替的。十多年来,

沈从文
散文精选

国家基本建设在全国范围内进行，亿万人民在党领导下完成了数不清的水库、桥梁、工厂、学校、万千座高楼大厦，每次欢庆落成典礼时，都必然有同样热烈的庆祝大会在灯火烛天热闹光景下举行，身预其事的人，一定怀着和我们差不多的感情，留在记忆中的灯景，想忘记也忘记不了！

前年岁暮年末，我和作家协会几个同志，在革命圣地井冈山茨坪参观访问，正赶上青年干部下放参加山区建设四周年纪念日。这几百个年轻同志，都是四年前离开学校，响应党的号召，来自全国各地，上山建设新山区的新型知识分子，其中女性且占一半。此外还有井冈歌舞团全体，和来自瓷都景德镇的歌舞团全体。管理局朱局长，却生长在附近山村里，十多岁就参加了工农红军，跟随毛主席万里长征，现在又重新上山，领导青年建设新山区。八百多公尺高的茨坪，过去不到二十户人家，近来已有三十多座大小楼房。新落成的七层大厦，依山据胜，远望常在云雾中的井冈山顶峰，青碧明灭，变幻不测，近接群峰，如相互揖让。礼堂在革命博物馆附近，灯光下一个个年轻健康红润的脸孔，无不见出活泼中的坚韧，对于改变山区面貌，具有克服困难完成工作的信心。四年来这些青年和当地人民、解放军战士一道参加公路、水电站及其他开荒生产建设取得的成就，和自我思想改造的成就，都十分显明。大会结束后，我们和歌舞团一群青年朋友回转招待所时，天已落了大雪，远近一片白蒙蒙。一面走一面想起红军刚上山来种种情形。在这种光景下，把国家过去、当前和未来贯串起来，一切景象给我的教育意义，真是格外深长。这种灯景也是我一生难忘的。

由于解放后有机会看到过这么一些背景各不相同壮丽庄严的灯景，从这些灯景中体会出国家在中国共产党的领导下，亿万人民真正当家作主后，通过有计划、有组织、有目的的长期劳动，如何在迅速改变整个国家的面貌。社会不断前进，而灯节灯景也越来越宏伟辉煌，并且赋以各种不同深刻意义。回过头来看看半世纪前另外一些小地方年节风俗，和规模极小的灯节灯景，就真像是回到一个极其古老的历史故事里去了。

我生长家乡是湘西边上一个居民不到一万户口的小县城,但是狮子龙灯焰火,半世纪前在湘西各县却极著名。逢年过节,各街坊多有自己的灯。由初一到十二叫"送灯",只是全城敲锣打鼓各处玩去。白天多大锣大鼓在桥头上表演戏水,或在八九张方桌上盘旋上下。晚上则在灯火下玩蚌壳精,用细乐伴奏。十三到十五叫"烧灯",主要比赛转到另一方面,看谁家焰火出众超群。我照例凭顽童资格,和百十个大小顽童,追随队伍城厢内外各处走去,和大伙在炮仗焰火中消磨。玩灯的不仅要气力,还得要勇敢,为表示英雄无畏,每当场坪中焰火上升时,白光直泻数丈,有的还大吼如雷,这些人却不管是"震天雷"还是"猛虎下山",照例得赤膊上阵,迎面奋勇而前。我们年纪小,还无资格参预这种剧烈活动,只能趁热闹在旁呐喊助威。有时告奋勇帮忙,许可拿个松明火炬或者背背鼓,已算是运气不坏。因为始终能跟随队伍走,马不离群,直到天快发白,大家都烧得个焦头烂额,精疲力尽。队伍中附随着老渔翁和蚌壳精的,蚌壳精向例多选十二三岁面目俊秀姣好男孩子充当,老渔翁白须白发也做得俨然,这时节都现了原形,狼狈可笑。乐队鼓笛也常有气无力板眼散乱的随意敲打着。有时为振作大伙精神,乐队中忽然又悠悠扬扬吹起"踹八板"来,狮子耳朵只那么摇动几下,老渔翁和蚌壳精即或得应着鼓笛节奏,当街随意兜两个圈子,不到终曲照例就瘫下来,惹得大家好笑!最后集中到个会馆前点验家伙散场时,正街上江西人开的南货店、布店,福建人开的烟铺,已经放鞭炮烧开门纸迎财神,家住对河的年轻苗族女人,也挑着豆豉萝卜丝担子上街叫卖了。

有了这个玩灯烧灯经验底子,长大后读宋代咏灯节事的诗词,便觉得相当面熟,体会也比较深刻。例如吴文英①作的《玉楼春》词上半阕:

  茸茸狸帽遮眉额,金蝉罗剪胡衫窄,
  乘肩争看小腰身,倦志强随闲鼓拍。

---

① 吴文英:南宋词人。

写的虽是八百年前元夜所见,一个小小乐舞队年轻女子,在夜半灯火阑珊兴尽归来时的情形,和半世纪前我的见闻竟相差不太多。因为那八百年虽经过元明清三个朝代,只是政体转移,社会变化却不太大。至于解放后虽不过十多年,社会却已起了根本变化,我那点儿时经验,事实上便完全成了历史陈迹,一种过去社会的风俗画。边远小地方年轻人,或者还能有些相似而不同经验,可以印证,生长于大都市见多识广的年轻人,倒反而已不大容易想象种种情形了。

一九六三年三月北京

(原载1963年《人民文学》第4期)

辑四　从文自传

我读一本小书同时又读一本大书

　　我能正确记忆到我小时的一切,大约在两岁左右。我从小到四岁左右,始终健全肥壮如一只小豚①。四岁时母亲一面告给我认方字,外祖母一面便给我糖吃,到认完六百生字时,腹中生了蛔虫,弄得黄瘦异常,只得经常用草药蒸鸡肝当饭。那时节我就已跟随了两个姐姐,到一个女先生处上学。那人既是我的亲戚,我年龄又那么小,过那边去念书,坐在书桌边读书的时节较少,坐在她膝上玩的时间或者较多。

　　到六岁时,我的弟弟②方两岁,两人同时出了疹子。时正六月,日夜总在吓人高热中受苦。又不能躺下睡觉,一躺下就咳嗽发喘。又不要人抱,抱时全身难受。我还记得我同我那弟弟两人当时皆用竹簟③卷好,同春卷一样,竖立在屋中阴凉处。家中人当时业已为我们预备了两具小小棺木,搁在廊下。十分幸运,两人到后居然全好了。我的弟弟病后家中特别为他请了一个壮实高大的苗妇人照料,照料得法,他便壮大异常。我因此一病,却完全改了样子,从此不再与肥胖为缘,成了个小猴儿精了。

　　六岁时我已单独上了私塾。如一般风气,凡是老塾师在私塾中给予小

---

①　豚:小猪,泛指猪,这里指身体健壮、肥胖的样子。
②　弟弟:指1906年出生的沈岳荃。
③　簟:指用竹子或芦苇编制的席子。

沈从文
散文精选

孩子的虐待，我照样也得到了一份。但初上学时，我因为在家中业已认字不少，记忆力从小又似乎特别好，故比较其余小孩，可谓十分幸运。第二年后换了一个私塾，在这私塾中我跟从了几个较大的学生学会了顽劣孩子抵抗顽固塾师的方法，逃避那些书本枯燥文句去同一切自然相亲近。这一年的生活，形成了我一生性格与感情的基础。我间或逃学，且一再说谎，掩饰我逃学应受的处罚。我的爸爸因这件事十分愤怒，有一次竟说若再逃学说谎，便当砍去我一个手指。我仍然不为这一严厉警戒所恐吓，机会一来时总不把逃学的机会轻轻放过。当我学会了用自己眼睛看世界一切，到不同社会中去生活时，学校对于我便已毫无兴味可言了。

我爸爸平时本极爱我，我曾经有一时还作过我那一家的中心人物。稍稍害点病时，一家人便光①着眼睛不睡眠，在床边服侍我，当我要谁抱时谁就伸出手来。家中那时经济情形还好，我在物质方面所享受到的，比起一般亲戚小孩似乎皆好得多。我的爸爸既一面只作将军的好梦②，一面对于我却怀了更大的希望。他仿佛早就看出我不是个军人，不希望我作将军，却告给我祖父的许多勇敢光荣的故事，以及他庚子年③间所得的一份经验。他因为欢喜京戏，只想我学戏，作谭鑫培④。他以为我不拘作甚么事，总之应比作个将军高些。第一个赞美

---

① 光：这里指睁着眼睛的意思。
② 将军梦：沈从文的父亲沈宗嗣幼年即过继给因病去世且没有子嗣的大伯沈宏富。沈宏富出身行伍，曾官至贵州提督。由于追慕父亲生前死后的荣光，沈宗嗣从小就幻想长大后也做一名将军，但从军多年，年近三十的他最终只做到驻守大沽口炮台梯提督罗荣光的裨将（副将，专任一方的将领）。
③ 庚子年：即1900年。这一年，英、法、德、俄、美、日、意、奥八国联军对中国发动侵略战争。六月十七日八国联军兵舰十余艘向大沽炮台发起猛攻。大沽炮台守将、天津镇总兵罗荣光及其裨将，沈从文之父沈宗嗣率守军抵抗。大沽失守后，罗荣光退守天津，在天津失陷前自尽殉职。沈宗嗣于乱军中逃出，返回湘西老家。这次回家，使他有了第四个孩子，第二个儿子沈岳焕，即沈从文。沈从文曾说："没有庚子的义和团反帝战争，我爸爸不会回来，我也不会存在。"（《从文自传·我的家庭》）
④ 谭鑫培（1847—1917），名金福，字望重，艺名"小叫天"，武昌人。清末民初京剧艺术家。

我明慧的就是我的爸爸。可是当他发现了我成天从塾中逃出到太阳底下同一群小流氓游荡，任何方法都不能拘束这颗小小的心，且不能禁止我狡猾的说谎时，我的行为实在伤了这个军人的心。同时那小我四岁的弟弟，因为看护他的苗妇人照料十分得法，身体养育得强壮异常，年龄虽小，便显得气派宏大，凝静结实，且极自重自爱，故家中人对我感到失望时，对他便异常关切起来。这小孩子到后来也并不辜负家中人的期望，二十二岁时便作了步兵上校①。至于我那个爸爸，却在蒙古、东北、西藏各处军队中混过，民国二十年时还只是一个上校，在本地土著军队里作军医（后改中医院长），把将军希望留在弟弟身上，在家乡从一种极轻微的疾病中便瞑目了。

　　我有了外面的自由，对于家中的爱护反觉处处受了牵制，因此家中人疏忽了我的生活时，反而似乎使我方便了好些。领导我逃出学塾，尽我到日光下去认识这大千世界微妙的光，稀奇的色，以及万汇百物的动静，这人是我一个张姓表哥。他开始带我到他家中橘柚园中去玩，到城外山上去玩，到各种野孩子堆里去玩，到水边去玩。他教我说谎，用一种谎话对付家中，又用另一种谎话对付学塾，引诱我跟他各处跑去。即或不逃学，学塾为了担心学童下河洗澡，每到中年散学时，照例必在每人左手心中用朱笔②写一大字，我们还依然能够一手高举，把身体泡到河水中玩个半天，这方法也亏那表哥想得出来。我感情流动而不凝固，一派清波给予我的影响实在不小。我幼小时较美丽的生活，大部分都与水不能分离。我的学校可以说是在水边的。我认识美，学会思索，水对我有极大的关系。我最初与水接近，便是那荒唐表哥领带的。

　　现在说来，我在作孩子的时代，原来也不是个全不知自重的小孩子。我并不愚蠢。当时在一班表兄弟中和弟兄中，似乎只有我那个哥哥比我聪明，我却比其他一切孩子懂事。但自从那表哥教会我逃学后，我

---

　　①　上校：军队中校级军官的军衔称号，一般为团长、副团长、旅长、副旅长以及师长和副师长的编制。

　　②　朱笔：蘸红色的毛笔，多田以批点或校阅文稿，以区分于原写或原印用的黑色。

沈从文
散文精选

便成为毫不自重的人了。在各样教训各样方法管束下，我不欢喜读书的性情，从塾师方面，从家庭方面，从亲戚方面，莫不对于我感觉得无多希望。我的长处到那时只是种种的说谎。我非从学塾逃到外面空气下不可，逃学过后又得逃避处罚。我最先所学，同时拿来致用的，也就是根据各种经验来制作各种谎话。我的心总得为一种新鲜声音，新鲜颜色，新鲜气味而跳。我得认识本人生活以外的生活。我的智慧应当从直接生活上吸收消化，却不须从一本好书一句好话上学来。似乎就只这样一个原因，我在学塾中，逃学纪录点数，在当时便比任何一人都高。

离开私塾转入新式小学时，我学的总是学校以外的。到我出外自食其力时，又不曾在职务上学好过甚么。二十年后我"不安于当前事务，却倾心于现世光色，对于一切成例与观念皆十分怀疑，却常常为人生远景而凝眸"，这分性格的形成，便应当溯源于小时在私塾中的逃学习惯。

自从逃学成习惯后，我除了想方设法逃学，甚么也不再关心。

有时天气坏一点，不便出城上山里去玩，逃了学没有甚么去处，我就一个人走到城外庙里去。本地大建筑在城外计三十来处，除了庙宇就是会馆①和祠堂②。空地广阔，因此均为小手工业工人所利用。那些庙里总常常有人在殿前廊下绞绳子，织竹簟，做香，我就看他们做事。有人下棋，我看下棋。有人打拳，我看打拳。甚至于相骂，我也看着，看他们如何骂来骂去，如何结果。因为自己既逃学，走到的地方必不能有熟人，所到的必是较远的庙里。到了那里，既无一个熟人，因此甚么事皆只好用耳朵去听，眼睛去看，直到看无可看听无可听时，我便应当设计打量我怎么回家去的方法了。

来去学校我得拿一个书篮。内中有十多本破书，由《包句杂志》、《幼学琼林》，到《论语》、《诗经》、《尚书》，通常得背诵，分量相当沉重。逃学时还把书篮挂到手肘上，这就未免太蠢了一点。凡这么办

---

① 会馆：旅居异地的同乡人共同设立的馆舍，主要以馆址的房屋供同乡、同业聚会或寄居。

② 祠堂：旧时祭祀祖宗或贤人的厅堂。

的可以说是不聪明的孩子。许多这种小孩子，因为逃学到各处去，人家一见就认得出，上年纪一点的人见到时就会说："逃学的，赶快跑回家挨打去，不要在这里玩。"若无书篮可不必受这种教训。因此我们就想出了一个方法，把书篮寄存到一个土地庙里去，那地方无一个人看管，但谁也用不着担心他的书篮。小孩子对于土地神全不缺少必需的敬畏，都信托这木偶，把书篮好好的藏到神座龛子里去，常常同时有五个或八个，到时却各人把各人的拿走，谁也不会乱动旁人的东西。我把书篮放到那地方去，次数是不能记忆了的，照我想来，次数最多的必定是我。

逃学失败被家中学校任何一方面发觉时，两方面总得各挨一顿打。在学校得自己把板凳搬到孔夫子牌位前，伏在上面受笞①。处罚过后还要对孔夫子牌位作一揖，表示忏悔。有时又常常罚跪至一根香时间。我一面被处罚跪在房中的一隅，一面便记着各种事情，想象恰如生了一对翅膀，凭经验飞到各样动人事物上去。按照天气寒暖，想到河中的鳜鱼被钓起离水以后拨剌②的情形，想到天上飞满风筝的情形，想到空山中歌呼的黄鹂，想到树木上累累的果实。由于最容易神往到种种屋外东西上去，反而常把处罚的痛苦忘掉，处罚的时间忘掉，直到被唤起以后为止，我就从不曾在被处罚中感觉过小小冤屈。那不是冤屈。我应感谢那种处罚，使我无法同自然接近时，给我一个练习想象的机会。

家中对这件事自然照例不大明白情形，以为只是教师方面太宽的过失，因此又为我换一个教师。我当然不能在这些变动上有甚么异议。这事对我说来，倒又得感谢我的家中，因为先前那个学校比较近些，虽常常绕道上学，终不是个办法，且因绕道过远，把时间耽误太久时，无可托词。现在的学校可真很远很远了，不必包绕③偏街，我便应当经过许多有趣味的地方了。从我家中到那个新的学塾里去时，路上我可看到针铺门前永远必有一个老人戴了极大的眼镜，低下头来在那里

---

① 笞：竹板或荆条打人脊背或臀腿。
② 拨剌：亦作"拨喇"，象声词。此处指离水后，鱼尾挣扎、摆动发出的声音。
③ 包绕：围绕，文中指不必再到偏街转一圈的意思。

沈从文
散文精选

磨针。又可看到一个伞铺，大门敞开，作伞时十几个学徒一起工作，尽人欣赏。又有皮靴店，大胖子皮匠，天热时总腆①出有一个大而黑的肚皮（上面有一撮毛！）用夹板绷鞋。又有个剃头铺，任何时节总有人手托一个小小木盘，呆呆的在那里尽剃头师傅刮脸。又可看到一家染坊，有强壮多力的苗人，踹在凹形石碾上面，站得高高的，手扶着墙上横木，偏左偏右的摇荡。又有三家苗人打豆腐的作坊，小腰白齿头包花帕的苗妇人，时时刻刻口上都轻声唱歌，一面引逗缚在身背后包单里的小苗人，一面用放光的红铜勺舀取豆浆。我还必须经过一个豆粉作坊，远远的就可听到骡子推磨隆隆的声音，屋顶棚架上晾满白粉条。我还得经过一些屠户肉案桌，可看到那些新鲜猪肉砍碎时尚在跳动不止。我还得经过一家扎冥器出租花轿的铺子，有白面无常鬼，蓝面阎罗王，鱼龙轿子，金童玉女。每天且可以从他那里看出有多少人接亲，有多少冥器，那些定做的作品又成就了多少，换了些甚么式样。并且还常常停顿下来，看他们贴金②，敷粉，涂色，一站许久。

我就欢喜看那些东西，一面看一面明白了许多事情。

每天上学时，我照例手肘上挂了那个竹书篮，里面放十多本破书。在家中虽不敢不穿鞋，可是一出了大门，即刻就把鞋脱下拿到手上，赤脚向学校走去。不管如何，时间照例是有多余的，因此我总得绕一节路玩玩。若从西城走去，在那边就可看到牢狱，大清早若干犯人从那方面戴了脚镣从牢中出来，派过衙门去挖土。若从杀人处走过，昨天杀的人还没有收尸，一定已被野狗把尸首咋碎③或拖到小溪中去了，就走过去看看那个糜④碎了的尸体，或拾起一块小小石头，在那个污秽的头颅上敲打一下，或用一木棍去戳戳，看看会动不动。若还有野狗在那里争夺，就预先拾了许多石头放在书篮里，随手一一向野狗抛掷，不再过去，只远远的看看，就走开了。

---

① 腆：胸部或腹部挺出。
② 贴金：在神佛塑像上贴上金箔。
③ 咋碎：咬住，咬碎。把完整的东西破坏成零片或零块。
④ 糜：烂，碎。

既然到了溪边，有时候溪中涨了小小的水，就把裤管高卷，书篮顶在头上，一只手扶着，一只手照料裤子，在沿了城根流去的溪水中走去，直到水深齐膝处为止。学校在北门，我出的是西门，又进南门，再绕城里大街一直走去。在南门河滩方面我还可以看一阵杀牛，机会好时恰好正看到那老实可怜畜生放倒的情形。因为每天可以看一点点，杀牛的手续同牛内脏的位置不久也就被我完全弄清楚了。再过去一点就是边街，有织簟子的铺子，每天任何时节，皆有几个老人坐在门前小凳子上，用厚背的钢刀破篾①，有两个小孩子蹲在地上织簟子。（我对于这一行手艺所明白的种种，现在说来似乎比写字还在行。）又有铁匠铺，制铁炉同风箱皆占据屋中，大门永远敞开着，时间即或再早一些，也可以看到一个小孩子两只手拉风箱横柄，把整个身子的分量前倾后倒，风箱于是就连续发出一种吼声，火炉上便放出一股臭烟同红光。待到把赤红的热铁拉出搁放到铁砧②上时，这个小东西，赶忙舞动细柄铁锤，把铁锤从身背后扬起，在身面前落下，火花四溅的一下一下打着。有时打的是一把刀，有时打的是一件农具。有时看到的又是这个小学徒跨在一条大板凳上，用一把凿子在未淬③水的刀上起去铁皮，有时又是把一条薄薄的钢片嵌进熟铁里去。日子一多，关于任何一件铁器的制造程序，我也不会弄错了。边街又有小饭铺，门前有个大竹筒，插满了用竹子削成的筷子。有干鱼同酸菜，用钵④头装满放在门前柜台上，引诱主顾上门，意思好像是说，"吃我，随便吃我，好吃！"每次我总仔细看看，真所谓"过屠门而大嚼"，也过了瘾。

　　我最欢喜天上落雨，一落了小雨，若脚下穿的是布鞋，即或天气

---

　　①　篾：劈成条的竹片，亦泛指劈成条的芦苇、高粱秆皮等，可用于编制席子、篮子等。

　　②　铁砧：锤砸东西时垫在底下的器具称为"砧"。铁砧是中国古代打铁时的垫子，形状像粗木桩，有的是一整块铁，也有的下面是木桩，上面放一块厚厚的铁。

　　③　淬：把烧红了的铸件往水或油或其他液体里一浸立刻取出来，用以提高合金的硬度和强度。

　　④　钵：洗涤或盛放东西的陶制的器具。

沈从文
散文精选

正当十冬腊月，我也可以用恐怕湿却鞋袜为辞，有理由即刻脱下鞋袜赤脚在街上走路。但最使人开心事，还是落过大雨以后，街上许多地方已被水所浸没，许多地方阴沟中涌出水来，在这些地方照例常常有人不能过身，我却赤着两脚故意向深水中走去。若河中涨了大水，照例上游会漂流得有木头、家具、南瓜同其他东西，就赶快到横跨大河的桥上去看热闹。桥上必已经有人用长绳系了自己的腰身，在桥头上呆着，注目水中，有所等待。看到有一段大木或一件值得下水的东西浮来时，就踊身一跃，骑到那树上，或傍近物边，把绳子缚①定，自己便快快的向下游岸边泅去。另外几个在岸边的人把水中人援助上岸后，就把绳子拉着，或缠绕到大石上大树上去，于是第二次又有第二人来在桥头上等候。我欢喜看人在洄水②里扳罾③，巴掌大的活鲫鱼在网中蹦跳。一涨了水，照例也就可以看这种有趣味的事情。照家中规矩，一落雨就得穿上钉鞋④，我可真不愿意穿那种笨重钉鞋。虽然在半夜时有人从街巷里过身，钉鞋声音实在好听，大白天对于钉鞋我依然毫无兴味。

若在四月落了点小雨，山地里田塍⑤上各处全是蟋蟀声音，真使人心花怒放。在这些时节，我便觉得学校真没有意思，简直坐不住，总得想方设法逃学上山去捉蟋蟀。有时没有甚么东西安置这小东西，就走到那里去，把第一只捉到手后又捉第二只，两只手各有一只后，就听第三只。本地蟋蟀原分春秋二季，春季的多在田间泥里草里，秋季的多在人家附近石罅⑥里瓦砾中，如今既然这东西只在泥层里，故即或两只手心各有一匹小东西后，我总还可以想方设法把第三只从泥土中赶出，看看若比较手中的大些，即开释了手中所有，捕捉新的，如此轮流换去，一整天仅捉回两只小虫。城头上有白色炊烟，街巷里有摇铃铛卖煤油的声音，约当下年三点左右时，赶忙走到一个刻花板

---

① 缚：捆绑。
② 洄水：回旋的水流。
③ 扳罾：口袋或筐篓形状的鱼网，用于从水中直上直下地捕鱼，亦作"扳缯"。
④ 钉鞋：旧式雨鞋。用布做帮，用桐油油过，底上有圆头铁钉以防滑。
⑤ 田塍（chéng）：田埂。
⑥ 石罅：石头的缝隙。

的老木匠那里去，很兴奋的同那木匠说：

"师傅师傅，今天可捉了大王来了！"

那木匠便故意装成无动于衷的神气，仍然坐在高凳上玩他的车盘，正眼也不看我的说："不成，不成，要打打得赌点输赢！"

我说："输了替你磨刀成不成？"

"嗨，够了，我不要你磨刀，你哪会磨刀？上次磨凿子还磨坏了我的家伙！"

这不是冤枉我，我上次的确磨坏了他一把凿子。不好意思再说磨刀了，我说：

"师傅，那这样办法，你借给我一个瓦盆子，让我自己来试试这两只谁能干些好不好？"我说这话时真怪和气，为的是他以逸待劳，不允许我，还是无办法。

那木匠想了望，好像莫可奈何才让步的样子，"借盆子得把战败的一只给我，算作租钱。"

我满口答应，"那成那成。"

于是他方离开车盘，很慷慨的借给我一个泥罐子，顷刻之间我就只剩下一只蟋蟀了。这木匠看看我捉来的虫还不坏，必向我提议："我们来比比。你赢了我借你这泥罐一天；你输了，你把这蟋蟀给我。办法公平不公平？"我正需要那么一个办法，连说"公平公平"，于是这木匠进去了一会儿，拿出一只蟋蟀来同我的斗，不消说，三五回合我的自然又败了。他的蟋蟀照例却常常是我前一天输给他的。那木匠看看我有点颓丧，明白我认识那匹小东西，担心我生气时一摔，一面赶忙收拾盆罐，一面带着鼓励我神气笑笑的说：

"老弟，老弟，明天再来，明天再来！你应当捉好的来，走远一点。明天来，明天来！"

我甚么话也不说，微笑着，出了木匠的大门，空手回家了。

这样一整天在为雨水泡软的田塍上乱跑，回家时常常全身是泥，家中当然一望而知，于是不必多说，沿老例跪一根香，罚关在空房子里，不许哭，不许吃饭。等一会儿我自然可以从姐姐方面得到充饥的东西。悄悄的把东西吃下以后，我也疲倦了，因此空房中即或再冷一

沈从文
散文精选

点，老鼠来去很多，一会儿就睡着，再也不知道如何上床的事了。

即或在家中那么受折磨，到学校去时又免不了补挨一顿板子，我还是在想逃学时就逃学，决不为处罚所恐吓。

有时逃学又只是到山上去偷人家园地里的李子枇杷，主人拿着长长的竹竿子大骂着追来时，就飞奔而逃，逃到远处一面吃那个赃物，一面还唱山歌气那主人。总而言之，人虽小小的，两只脚跑得很快，什么茨棚①里钻去也不在乎，要捉我可捉不到，就认为这种事比学校里游戏还有趣味。

可是只要我不逃学，在学校里我是不至于像其他那些人受处罚的。我从不用心念书，但我从不在应当背诵时节无法对付。许多书总是临时来读十遍八遍，背诵时节却居然琅琅上口，一字不遗。也似乎就由于这份小小聪明，学校把我同一般同学一样待遇，更使我轻视学校。家中不了解我为什么不想上进，不好好的利用自己聪明用功，我不了解家中为甚么只要我读书，不让我玩。我自己总以为读书太容易了点，把认得的字记记那不算甚么稀奇。最稀奇处，应当是另外那些人，在他那份习惯下所做的一切事情。为甚么骡子推磨时得把眼睛遮上？为甚么刀得烧红时在水里一淬方能坚硬？为甚么雕佛像的会把木头雕成人形，所贴的金那么薄又用甚么方法作成？为甚么小铜匠会在一块铜板上钻那么一个圆眼，刻花时刻得整整齐齐？这些古怪事情实在太多了。

我生活中充满了疑问，都得我自己去找寻解答。我要知道的太多，所知道的又太少，有时便有点发愁。就为的是白日里太野，各处去看，各处去听，还各处去嗅闻，死蛇的气味，腐草的气味，屠户身上的气味，烧碗处土窑被雨淋以后放出的气味，要我说来虽当时无法用言语去形容，要我辨别却十分容易。蝙蝠的声音，一只黄牛当屠户把刀剚②进它喉中时叹息的声音，藏在田塍土穴中大黄喉蛇③的鸣声，黑暗

---

① 茨棚："茨"，应作"刺"；"棚"，应作"蓬"。刺蓬，即有刺的草丛或灌木丛。
② 剚：割断，截断。
③ 黄喉蛇：蛇名，亦称"黄颔蛇"，省称"黄颔"，尤指蛇家族中无毒的王蛇、花蛇和水蛇等。

中鱼在水面拨剌的微声,全因到耳边时分量不同,我也记得那么清清楚楚。因此回到家里时,夜间我便做出无数稀奇古怪的梦。经常是梦向天上飞去,一直到金光闪烁中,终于大叫而醒。这些梦直到将近二十年后的如今,还常常使我在半夜时无法安眠,既把我带回到那个"过去"的空虚里去,也把我带往空幻的宇宙里去。

在我面前的世界已够宽广了,但我似乎就还得一个更宽广的世界。我得用这方面得到的知识证明那方面的疑问。我得从比较中知道谁好谁坏。我得看许多业已由于好询问别人,以及好自己幻想所感觉到的世界上的新鲜事情新鲜东西。结果能逃学时我逃学,不能逃学我就只好做梦。

照地方风气说来,一个小孩子野一点的,照例也必需强悍一点,才能各处跑去。因为一出城外,随时都会有一样东西突然扑到你身边来,或是一只凶恶的狗,或是一个顽劣的人。无法抵抗这点袭击,就不容易各处自由放荡。一个野一点的孩子,即或身边不必时时刻刻带一把小刀,也总得带一削光的竹块,好好的插到裤带上;遇机会到时,就取出来当作武器。尤其是到一个离家较远的地方去看木傀儡戏①,不准备厮杀一场简直不成。你能干点,单身往各处去,有人挑战时,还只是一人近你身边来恶斗,若包围到你身边的顽童人数极多,你还可挑选同你精力不大相差的一人。你不妨指定其中一个说:

"要打吗?你来,我同你来。"

照规矩,到时也只那一个人拢来。被他打倒,你活该,只好伏在地上尽他压着痛打一顿。你打倒了他,他活该。把他揍够后,你可以自由走去,谁也不会追你,只不过说句"下次再来"罢了。

可是你根本上若就十分怯弱,即或结伴同行,到甚么地方去时,也会有人特意挑出你来殴斗,应战你得吃亏,不答应你得被仇人与同伴两方奚落,顶不经济。

感谢我那爸爸给了我一分勇气,人虽小,到甚么地方去我总不害怕。到被人围上必需打架时,我能挑出那些同我不差多少的人来,我

———————
① 傀儡戏:用木偶进行表演的戏剧,今通谓"木偶戏"。木偶戏是中国古老的民间戏剧种类之一,有布袋、提线、杖头木偶等。

沈从文
散文精选

的敏捷同机智，总常常占点上风。有时气运不佳，不小心被人摔倒，我还会有方法翻身过来压到别人身上去。在这件事上，我只吃过一次亏，不是一个小孩，却是一只恶狗，把我攻倒后，咬伤了我一只手。我走到任何地方去都不怕谁。同时因换了好些私塾，各处皆有些同学，大家既都逃过学，便有无数朋友，因此也不会同人打架了。可是自从被那只恶狗攻倒过一次以后，到如今，我却依然十分怕狗。

至于我那地方的大人，用单刀扁担在大街上决斗本不算回事。事情发生时，那些有小孩子在街上玩的母亲，只不过说："小杂种，站远一点，不要太近！"嘱咐小孩子稍稍站开点儿罢了。本地军人互相砍杀虽不出奇，但行刺暗算却不作兴①。这类善于殴斗的人物，有军营中人，有哥老会②中老幺③，有好打不平的闲汉，在当地另成一帮，豁达大度，谦卑接物，为友报仇，爱义好施，且多非常孝顺。但这类人物为时代所陶冶，到民五以后也就渐渐消灭了。虽有些青年军官还保存那点风格，风格中最重要的一点洒脱处，却为了军纪一类影响，大不如前辈了。

我有三个堂叔叔、两个姑姑都住在城南乡下，离城四十里左右。那地方名黄罗寨，出强悍的人同猛鸷④的兽。我爸爸三岁时，在那里差一点险被老虎咬去。我四岁左右，到那里第一天，就看见四个乡下人抬了一只死虎进城，给我留下极深刻的印象。

我还有一个表哥，住在城北十里地名长宁哨的乡下，从那里再过去十来里便是苗乡。表哥是一个紫色脸膛的人，一个守碉堡的战兵。我四岁时被他带到乡下去过了三天，二十年后还记得那个小小城堡黄昏来时鼓角的声音。

这战兵在苗乡有点威信，很能喊叫一些苗人。每次来城时，必为我带一只小斗鸡或一点别的东西。一来为我说苗人故事，临走时我总不让他走。我喜欢他，觉得他比乡下叔父能干有趣。

---

① 不作兴：方言。情理上、习惯上不许可，或不喜欢。
② 哥老会：亦称"哥弟会"，清末民间秘密帮会之一。后分化为红帮、青帮等不同支派，常为反动势力操纵和利用。
③ 老幺：指排行最小的人。
④ 猛鸷：形容词。凶猛；勇猛。

辛亥革命的一课

有一天，我那表哥又从乡下来了，见了他我非常快乐。我问他那些水车，那些碾坊，我又问他许多我在乡下所熟习的东西。可是我不明白，这次他竟不大理我，不大同我亲热。他只成天出去买白带子，自己买了许多不算，还托我四叔买了许多。家中搁下两担白带子，还说不大够用。他同我爸爸又商量了很多事情，我虽听到却不很懂是甚么意思。其中一件便是把三弟同大哥派阿妫当天送进苗乡去，把我大姐二姐送过表哥乡下那个能容万人避难的齐梁洞去。爸爸即刻就遵照表哥的计划办去，母亲当时似乎也承认这么办较安全方便。在一种迅速处置下，四人当天离开家中同表哥上了路。表哥去时挑了一担白带子，同来另一个陌生人也挑了一担，我疑心他想开一个铺子，才用得着这样多带子。

当表哥一行人众动身时，爸爸问表哥"明夜来不来"，那一个就回答说："不来，怎么成事？我的事还多得很！"

我知道表哥的许多事中，一定有一件事是为我带那只花公鸡，那是他早先答应过我的。因此就插口说：

"你来，可别忘记答应我那个东西！"

"忘不了。忘了我就带别的更好的东西。"当我两个姐姐一个哥哥一个弟弟同那苗妇人躲进苗乡时，我爸爸问我：

"你怎么样？跟阿妫进苗乡去，还是跟我在城里？"

沈从文
散文精选

"甚么地方热闹些？"

"不要这样问，我明白你的意思，你要在城里看热闹，就留下来莫过苗乡吧。"

听说同我爸爸留在城里，我真欢喜。我记得分分明明，第二天晚上，叔父红着脸在灯光下磨刀的情形，真十分有趣。我一时走过仓库边看叔父磨刀，一时又走到书房去看我爸爸擦枪。家中人既走了不少，忽然显得空阔许多，我平时似乎胆量很小，天黑以后不大出房门，到这天也不知道害怕了。我不明白行将发生甚么事情，但却知道有一件很重要的新事快要发生。我满屋各处走去，又傍近爸爸听他们说话。他们每个人脸色都不同往常安详，每人说话都结结巴巴。我家中有两支广式猎枪，几个人一面检查枪支，一面又常常互相来一个莫名其妙的微笑，我也就跟着他们微笑。

我看到他们在日光下做事，又看到他们在灯光下商量。那长身叔父一会儿跑出门去，一会儿又跑回来悄悄的说一阵。我装作不注意的神气，算计到他出门的次数，这一天他一共出门九次，到最后一次出门时，我跟他身后走出到屋廊下，我说：

"四叔，怎么的，你们是不是预备杀仗？"

"咄，你这小东西，还不去睡！回头要猫儿吃了你。赶快睡去！"

于是我便被一个丫头拖到上边屋里去，把头伏到母亲腿上，一会儿就睡着了。

这一夜中城里城外发生的事我全不清楚。等到我照常醒来时，只见全家中早已起身，各个人皆脸儿白白的，在那里悄悄的说些甚么。大家问我昨夜听到甚么没有，我只是摇头。我家中似乎少了几个人，数了一下，几个叔叔全不见了，男的只我爸爸一个人，坐在正屋他那惟一专用的太师椅上，低下头来一句话不说。我记起了杀仗的事情，我问他：

"爸爸，爸爸，你究竟杀过仗了没有？"

"小东西，莫乱说，夜来我们杀败了！全军人马覆灭，死了上千人！"

正说着，高个儿叔父从外面回来了，满头是汗，结结巴巴的说：

"衙门从城边已经抬回了四百一十个人头，一大串耳朵，七架云梯①，一些刀，一些别的东西。对河还杀得更多，烧了七处房子，现在还不许人上城去看。"

爸爸听说有四百个人头，就向叔父说：

"你快去看看，躴②韩在里边没有。赶快去，赶快去。"

躴韩就是我那紫色脸膛的表兄，我明白他昨天晚上也在城外杀仗后，心中十分关切。听说衙门口有那么多人头，还有一大串人耳朵，正与我爸爸平时为我说到的杀长毛③故事相合，我又兴奋又害怕，兴奋得简直不知道怎么办。洗过了脸，我方走出房门，看看天气阴阴的，像要落雨的神气，一切皆很黯淡。街口平常这时照例可以听到卖糕人的声音，以及各种别的叫卖声音，今天却异常清静，似乎过年一样。我想得到一个机会出去看看，我最关心的是那些我从不曾摸过的人头。一会儿，我的机会便来了。长身四叔跑回来告我爸爸，人头里没有躴韩的头。且说衙门口人多着，街上铺子都已奉命开了门，张家二老爷也上街看热闹了。对门张家二老爷原是暗中和革命党有联系的本地绅士之一。因此我爸爸便问我：

"小东西，怕不怕人头，不怕就同我出去。"

"不，我想看看。"

于是我就在道尹衙门口平地上看到了一大堆肮脏血污人头。还有衙门口鹿角上、辕门上，也无处不是人头。从城边取回的几架云梯，全用新毛竹作成（就是把一些新从山中砍来的竹子，横横的贯了许多木棍），云梯木棍上也悬挂许多人头。看到这些东西我实在稀奇，我不明白为甚么要杀那么多人。我不明白这些人因甚么事就被把头割下。我随后又发现了那一串耳朵，那么一串东西，一生真再也不容易见到过的古怪东西！叔父问我："小东西，你怕不怕？"我回答得极好，我

---

① 云梯：云梯在古代属于战争器械，用于攀越城墙攻城的用具。

② 躴：方言，矮小。

③ 长毛：满清统治者对太平天国军队的蔑称。因太平军反抗清政府剃发留辫的规定，一律蓄发，故称。也泛指匪盗。

沈 从 文
散 文 精 选

说不怕。我原先已听了多少杀仗的故事，总说是"人头如山，血流成河"，看戏时也总说是"千军万马分个胜败"，却除了从戏台上间或演秦琼哭头时可看到一个木人头放在朱红盘子里托着舞来舞去，此外就不曾看到过一次真的杀仗砍下甚么人头。现在却有那么一大堆血淋淋的从人颈脖上砍下的东西。我并不怕，可不明白为甚么这些人就让兵士砍他们，有点疑心，以为这一定有了错误。

为甚么他们被砍？砍他们的人又为甚么？心中许多疑问，回到家中时问爸爸，爸爸只说这是"造反打了败仗"，也不能给我一个满意的答复。我当时以为爸爸那么伟大的人，天上地下知道不知多少事，居然也不明白这件事，倒真觉得奇怪。到现在我才明白这事永远在世界上不缺少，可是谁也不能够给小孩子一个最得体的回答。

这革命原是城中绅士早已知道，用来对付镇箪镇，和辰沅永靖兵备道两个衙门里的旗人大官同那些外路商人，攻城以前先就约好了的。但临时却因军队方面谈的条件不妥，误了大事。

革命算已失败了，杀戮还只是刚在开始。城防军把防务布置周密妥当后，就分头派兵下乡去捉人，捉来的人只问问一句两句话，就牵出城外去砍掉。平常杀人照例应当在西门外，现在造反的人既从北门来，因此应杀的人也就放在北门河滩上杀戮。当初每天必杀一百左右，每次杀五十个人时，行刑兵士还只是二十人，看热闹的也不过三十左右。有时衣也不剥，绳子也不捆缚，就那么跟着赶去的。常常有被杀的站得稍远一点，兵士以为是看热闹的人就忘掉走去。被杀的差不多全从苗乡捉来，胡胡涂涂不知道是些甚么事，因此还有一直到了河滩被人吼着跪下时，才明白行将有甚么新事，方大声哭喊惊惶乱跑，刽子手随即赶上前去那么一阵乱刀砍翻的。

这愚蠢残酷的杀戮继续了约一个月，才渐渐减少下来。或者因为天气既很严冷，不必担心到它的腐烂，埋不及时就不埋，或者又因为还另外有一种示众意思，河滩的尸首总常常躺下四五百。

到后人太多了，仿佛凡是西北苗乡捉来的人都得杀头，衙门方面把文书禀告到抚台时大致说的就是"苗人造反"，因此照规矩还得剿平这一片地面上的人民。捉来的人一多，被杀的头脑简单异常，无法

自脱。但杀人那一方面知道下面消息多些，却有点寒了心。几个本地有力的绅士，也就是暗地里同城外人沟通却不为官方知道的人，便一同向道台请求有一个限制。经过一番选择，该杀的杀，该放的放。每天捉来的人既有一百两百，差不多全是四乡的农民，既不能全部开释，也不能全部杀头，因此选择的手续，便委托了本地人民所敬信的天王。把犯人牵到天王庙大殿前院坪里，在神前掷竹筊①，一仰一覆的顺筊，开释，双仰的阳筊，开释，双覆的阴筊，杀头。生死取决于一掷，应死的自己向左走去，该活的自己向右走去。一个人在一分赌博上既占去便宜四分之三②，因此应死的谁也不说话，就低下头走去。

  我那时已经可以自由出门，一有机会就常常到城头上去看对河杀头。每当人已杀过赶不及看那一砍时，便与其他小孩比赛眼力，一二三四计数那一片死尸的数目。或者又跟随了犯人，到天王庙看他们掷筊。看那些乡下人，如何闭了眼睛把手中一副竹筊用力抛去，有些人到已应当开释时还不敢睁开眼睛。又看着些虽应死去，还想念到家中小孩与小牛猪羊的，那分颓丧那分对神埋怨的神情，真使我永远忘不了。也影响到我一生对于滥用权力的特别厌恶。

  我刚好知道"人生"时，我知道的原来就是这些事情。

  第二年三月本地革命成功了，各处悬上白旗，写个"汉"字，小城中官兵算是对革命军投了降。革命反正的兵士结队成排在街上巡游。外来镇守使，道尹，知县，已表示愿意走路，地方一切皆由绅士出面来维持，并在大会上进行民主选举，我爸爸便即刻成为当地要人了。

  那时节我哥哥弟弟同两个姐姐，全从苗乡接回来了，家中无数乡下军人来来往往，院子中坐满了人。在一群陌生人中，我发现了那个紫黑脸膛的表哥。他并没有死去，背了一把单刀，朱红牛皮的刀鞘上描着黄金色双龙抢宝的花纹。他正在同别人说那一夜扑近城边爬城的情形。我悄悄地告诉他："我过天王庙看犯人打筊，想知道犯人中有

---

  ① 竹筊：迷信占卜的用具。
  ② 这里原文是"三分之二"，我的好友数学家钟开莱先生说，根据概率论的道理，实际有四分之三机会开释，建议我改过来。——作者

沈　从　文
散 文 精 选

不有你，可见不着。"那表哥说："他们手短了些，捉不着我。现在应当我来打他们了。"当天全城人过天王庙开会时，我爸爸正在台上演说，那表哥当真就爬上台去，重重的打了县太爷一个嘴巴，使得台上台下都笑闹不已，演说也无法继续。

革命使我家中也起了变化。不多久，爸爸和一个姓吴的竞选去长沙会议代表失败，心中十分不平，赌气出门往北京去了。和本地阙祝明同去，住杨梅竹斜街西西会馆，组织了个铁血团，谋刺袁世凯，被侦探发现，阙被捕当时枪决。我父亲因看老谭的戏，有熟人通知，即逃出关，在热河都统姜桂题、米振标处隐匿（因为相熟），后改名换姓，在赤峰、建平等县作科长多年，袁死后才和家里通信。只记到借人手写信来典田还账。到后家中就破产了。父亲的还湘，还是我哥哥出关万里寻亲接回的。哥哥会为人画像，借此谋生，东北各省都跑过，最后才在赤峰找到了父亲。爸爸这一去，直到十二年后当我从湘边下行时，在辰州地方又见过他一面，从此以后便再也见不着了。

我爸爸在竞选失败离开家乡那一年，我最小的一个九妹，刚好出世三个月。

革命后地方不同了一点，绿营制度没有改变多少，屯田制度也没有改变多少。地方有军役的，依然各因等级不同，按月由本人或家中人到营上去领取食粮与碎银。守兵当值的，到时照常上衙门听候差遣。马兵仍照旧把马养在家中。衙门前钟鼓楼每到晚上仍有三五个吹鼓手奏乐。但防军组织分配稍微不同了，军队所用器械不同了，地方官长不同了。县知事换了本地人，镇守使也换了本地人。当兵的每个家大门边钉了一小牌，载明一切，且各因兵役不同，木牌种类也完全不同。道尹衙门前站在香案旁宣讲圣谕的秀才已不见了。

但革命印象在我记忆中不能忘记的，却只是关于杀戮那几千无辜农民的几幅颜色鲜明的图画。

民三左右地方新式小学成立，民四我进了新式小学，民六夏我便离开了家乡，在沅水流域十三县开始过流荡生活，接受另一种人生教育了。

我上许多课仍然不放下那一本大书

我改进了新式小学后,学校不背诵经书,不随便打人,同时也不必成天坐在桌边,每天不只可以在小院子中玩,互相扭打,先生见及,也不加以约束,七天照例又还有一天放假,因此我不必再逃学了。可是在那学校照例也就甚么都不曾学到。每天上课时照例上上,下课时就遵照大的学生指挥,找寻大小相等的人,到操坪中去打架。一出门就是城墙,我们便想法爬上城去,看城外对河的景致。上学散学时,便如同往常一样,常常绕了多远的路,去城外边街上看看那些木工手艺人新雕的佛像贴了多少金。看看那些铸钢犁的人,一共出了多少新货。或者甚么人家孵了小鸡,也常常不管远近必跑去看看。一到星期日,我在家中写了十六个大字后,就一溜出门,一直到晚方回家中。

半年后,家中母亲相信了一个亲戚的建议,以为应从城内第二初级小学换到城外第一小学,这件事实行后更使我方便快乐。新学校临近高山,校屋前后各处是大树,同学又多,当然十分有趣。到这学校我仍然甚么也不学得,生字也没认识多少,可是我倒学会了爬树。几个人一下课,就在校后山边各自拣选一株合抱大梧桐树,看谁先爬到顶。我从这方面便认识约三十种树木的名称。因为爬树有时跌下或扭伤了脚,刺破了手,就跟同学去采药,又认识了十来种草药。我开始学会了钓鱼,总是上半天学,钓半天鱼。我学会了采笋子,采蕨菜。

沈从文
散文精选

后山上到春天各处是野兰花，各处是可以充饥解渴的刺莓，在竹篁①里且有无数雀鸟，我便跟他们认识了许多雀鸟，且认识许多野果树。去后山约一里左右，又有一个制瓷器的大窑，我们便常常过那里去看工人制造一切瓷器，看一块白泥在各样手续下如何就变成为一个饭碗，或一件别种用具的生产过程。

学校环境使我们在校外所学的实在比校内课堂上多十倍。但在学校也学会了一件事，便是各人用刀在座位板下镌雕自己的名字。又因为学校有做手工的白泥，我们就用白泥摹塑教员的肖像，且各为取一怪名：绵羊，耗子，老土地菩萨，还有更古怪的称呼。总之随心所欲。在这些事情上我的成绩照例比学校功课好一点，但自然不能得到任何奖励。学校已禁止体罚，可是记过罚站还在执行。

照情形看来，我已不必逃学，但学校既不严格，四个教员恰恰又有我两个表哥在内，想要到甚么地方去时，我便请假。看戏请假，钓鱼请假，甚至于几个人到三里外田坪中去看人割禾、捉蚱蜢也向老师请假。至于教师本人，一下课就玩麻雀牌，久成习惯，当时麻雀牌是新事物，所以教师会玩并不以为是坏事情。

那时我家中每年还可收取租谷三百石左右，三个叔父二个姑母占两份，我家占一份。到秋收时，我便同叔父或其他年长亲戚，往二十里外的乡下去，督促佃夫和临时雇来的工人割禾。等到田中成熟禾穗已空，新谷装满白木浅缘方桶时，便把新谷倾倒到大晒谷簟上来，与佃夫平分，其一半应归佃夫所有的，由他们去处置，我们把我家应得那一半，雇人押运回家。在那里最有趣处是可以辨别各种禾苗，认识各种害虫，学习捕捉蚱蜢分别蚱蜢。同时学用鸡笼去罩捕水田中的肥大鲤鱼鲫鱼，把鱼捉来即用黄泥包好塞到热灰里去煨熟分吃。又向佃户家讨小小斗鸡，且认识种类，准备带回家来抱到街上去寻找别人同等大小公鸡作战。又从农家小孩处学习抽稻草心织小篓小篮，剥桐木皮作卷筒哨子，用小竹子作唢呐。有时捉得一个刺猬，有时打死一条大蛇，又有时还可跟叔父让佃户带到山中去，把雉媒抛出去，吹嗫哨

---

① 竹篁：即竹林、竹田的意思。

招引野雉，鸟枪里装上一把散碎铁砂和黑色土药，猎取这华丽骄傲的禽鸟。

为了打猎，秋末冬初我们还常常去佃户家。看他们下围，跟着他们乱跑。我最欢喜的是猎取野猪同黄麂。有一次还被他们捆缚在一株大树高枝上，看他们把受惊的黄麂从树下追赶过去。我又看过猎狐，眼看着一对狡猾野兽在一株大树根下转，到后这东西便变成了我叔父的马褂。

学校既然不必按时上课，其余的时间我们还得想出几件事情来消磨，到下午三点才能散学。几个人爬上城去，坐在大铜炮上看城外风光，一面拾些石头奋力向河中掷去，这是一个办法。另外就是到操场一角沙地上去拿顶翻筋斗，每个人轮流来作这件事，不溜刷的便仿照技术班办法，在那人腰身上缚一条带子，两个人各拉一端，翻筋斗时用力一抬，日子一多，便无人不会翻筋斗了。

因为学校有几个乡下来的同学，身体壮大异常，便有人想出好主意，提议要这些乡下孩子装马，让较小的同学跨到马背上去，同另一匹马上另一员勇将来作战，在上面扭成一团，直到跌下地后为止。这些作马匹的同学，总照例非常忠厚可靠，在任何情形下皆不卸责。作战总有受伤的，不拘谁人头面有时流血了。就抓一把黄土，将伤口敷上，全不在乎似的。我常常设计把这些人马调度得十分如法，他们服从我的编排，比一匹真马还驯服规矩。

放学时天气若还早一些，几个人不是上城去坐坐，就常常沿了城墙走去。有时节出城去看看，有谁的柴船无人照料，看明白了这只船的的确确无人时，几人就匆忙跳上了船，很快的向河中心划去。等一会儿那船主人来时，若在岸上和和气气的说：

"兄弟，兄弟，你们快把船划回来。我得回家！"

遇到这种和平讲道理人时，我们也总得十分和气把船划回来，各自跳上了岸，让人家上船回家。若那人性格暴躁点，一见自己小船给一群胡闹小将把它送到河中打着圈儿转，心中十分忿怒，大声的喊骂，说出许多恐吓无理的野话，那我们便一面回骂着，一面快快的把船向下游流去，尽他叫骂也不管它。到下游时几个人上了岸，就让这船搁

沈从文
散文精选

在河滩上不再理会了。有时刚上船坐定，即刻便被船主人赶来，那就得担当一分儿惊险了。船主照例知道我们受不了甚么簸荡，抢上船头，把身体故意向左右连续倾侧不已，因此小船就在水面胡乱颠簸，一个无经验的孩子担心会掉到水中去，必惊骇得大哭不已。但有了经验的人呢，你估计一下，先看看是不是逃得上岸，若已无可逃避，那就好好的坐在船中，尽那乡下人的磨练，拚一身衣服给水湿透，你不慌不忙，只稳稳的坐在船中，不必作声告饶，也不必恶声相骂，过一会儿那乡下人看看你胆量不小，知道用这方法吓不了你，他就会让你明白他的行为不过是一种不带恶意的玩笑，这玩笑到时应当结束了，必把手叉上腰边，向你微笑，抱歉似的微笑。

"少爷，够了，请你上岸！"

于是几个人便上岸了。有时不凑巧，我们也会为人用小桨竹篙一路追赶着打我们，还一路骂我们。只要逃走远一点点，用甚么话骂来，我们照例也就用甚么话骂回去，追来时我们又很快的跑去。

那河里有鳜鱼，有鲫鱼，有小鲇鱼，钓鱼的人多向上游一点走去。隔河是一片苗人的菜园，不涨水，从跳石上过河，到菜园里去看花、买菜心吃的次数也很多。河滩上各处晒满了白布同青菜，每天还有许多妇人背了竹笼来洗衣，用木棒杵在流水中捶打，訇訇的从北城墙脚下应出回声。

天热时，到下午四点以后，满河中都是赤光光的身体。有些军人好事爱玩，还把小孩子、战马、看家的狗，同一群鸭雏，全部都带到河中来。有些人父子数人同来，大家皆在激流清水中游泳。不会游泳的便把裤子泡湿，扎紧了裤管，向水中急急的一兜，捕捉了满满的一裤空气，再用带子捆好，便成了极合用的"水马"。有了这东西，即或全不会漂浮的人，也能很勇敢的向水深处泅去。到这种人多的地方，照例不会出事故被水淹死的，一出了甚么事，大家皆很勇敢的救人。

我们洗澡可常常到上游一点去，那里人既很少，水又极深，对我们才算合式。这件事自然得瞒着家中人。家中照例总为我担忧，惟恐一不小心就会为水淹死。每天下午既无法禁止我出去玩，又知道下午我不会到米厂上去同人赌骰子，那位对于拘管我侦察我十分负责的大

哥，照例一到饭后我出门不久，他也总得到城外河边一趟。人多时不能从人丛中发现我，就沿河去寻找我的衣服，在每一堆衣服上来一分注意。一见到了我的衣服，一句话不说，就拿起来走去，远远的坐到大路上，等候我要穿衣时来同他会面。衣裤既然在他手上，我不能不见他了，到后只好走上岸来，从他手上把衣服取到手，两人沉沉默默的回家。回去不必说甚么，只准备一顿打。可是经过两次教训后，我即或仍然在河中洗澡，也就不至于再被家中人发现了。我可以搬些石头把衣压着，只要一看到他从城门洞边大路走来时，必有人告给我，我就快快的泅到河中去，向天仰卧，把全身泡在水中，只露出一张脸一个鼻孔来，尽岸上那一个搜索也不会得到甚么结果。有些人常常同我在一处，哥哥认得他们，看到了他们时，就唤他们：

"熊澧南，印鉴远，你见我兄弟老二吗？"

那些同学便故意大声答着：

"我们不知道，你不看看衣服吗？"

"你们不正是成天在一堆胡闹吗？"

"是呀，可是现在谁知道他在哪一片天底下。"

"他不在河里吗？"

"你不看看衣服吗？不数数我们的人数吗？"

这好人便各处望望，果然不见到我的衣裤，相信我那朋友的答复不是谎话，于是站在河边欣赏了一阵河中景致，又弯下腰拾起两个放光的贝壳，用他那双常若含泪发愁的艺术家眼睛赏鉴了一下，或坐下来取出速写簿，随意画两张河景的素描，口上嘘嘘打着唿哨，又向原来那条路上走去了。等他走去以后，我们便来模仿我这个可怜的哥哥，互相反复着前后那种答问。"熊澧南，印鉴远，看见我兄弟吗？""不知道，不知道，你自己不看看这里一共有多少衣服吗？""你们成天在一堆！""是呀！成天在一堆，可是谁知道他现在到哪儿去了呢？"于是互相浇起水来，直到另一个逃走方能完事。

有时这好人明知道我在河中，当时虽无法擒捉，回头却常常隐藏在城门边，坐在卖荞粑的苗妇人小茅棚里，很有耐心的等待着。等到我十分高兴的从大路上同几个朋友走近身时，他便风快的同一只公猫

沈 从 文
散 文 精 选

一样，从那小棚中跃出，一把攫住了我衣领。于是同行的朋友就大嚷大笑，伴送我到家门口，才自行散去。不过这种事也只有三两次，我从经验上既知道这一着棋时，进城时便常常故意慢一阵，有时且绕了极远的东门回去。

我人既长大了些，权利自然也多些了，在生活方面我的权利便是即或家中明知我下河洗了澡，只要不是当面被捉，家中可不能用爬搔皮肤方法决定我应否受罚了。同时我的游泳自然也进步多了，我记得我能在河中来去泅过三次，至于那个名叫熊澧南的，却大约能泅过五次。

下河的事若在平常日子，多半是三点晚饭以后才去。如遇星期日，则常常几人先一天就邀好，过河上游一点棺材潭的地方去，泡一个整天，泅一阵水又摸一会儿鱼，把鱼从水中石底捕得，就用枯枝在河滩上烧来当点心。有时那一天正当附近十里长宁哨苗乡场集，就空了两只手跑到那地方去，玩一个半天。到了场上后，过卖牛处看看他们讨论价钱盟神发誓的样子，又过卖猪处看看那些大猪小猪，查看它，把后脚提起时，必锐声呼喊。又到赌场上去看看那些乡下人一只手抖抖的下注，替别人担一阵心。又到卖山货处去，用手摸摸那些豹子老虎的皮毛，且听听他们谈到猎取这野物的种种危险经验。又到卖鸡处去，欣赏欣赏那些大鸡小鸡，我们皆知道甚么鸡战斗时厉害、甚么鸡生蛋极多。我们且各自把那些斗鸡毛色记下来，因为这些鸡照例当天全将为城中来的兵士和商人买去，五天以后就会在城中斗鸡场出现。我们间或还可在敞坪中看苗人决斗，用扁担或双刀互相拼命。小河边到了场期，照例来了无数小船和竹筏，竹筏上且常常有长眉秀目脸儿极白奶头高肿的青年苗族女人，用绣花大衣袖掩着口笑，使人看来十分舒服。我们来回走二三十里路，各个人两只手既是空空的，因此在场上甚么也不能吃。间或谁一个人身上有一两枚铜元，就到卖狗肉摊边去割一块狗肉，蘸些盐水，平均分来吃吃。或者无意中谁一个在人丛中碰着了一位亲长，被问道："吃过点心吗？"大家正饿着，互相望了会儿，羞羞怯怯的一笑。那人知道情形了，便说："这成吗？不喝一杯还算赶场吗？"到后自然就被拉到狗肉摊边去，切一斤两斤肥狗肉，

分割成几大块，各人来那么一块，蘸了盐水往嘴上送。

机会不好不曾碰到这么一个慷慨的亲戚，我们也依然不会瘪了肚皮回家。沿路有无数人家的桃树李树、果实全把树枝压得弯弯的，等待我们去为它们减除一分担负。还有多少黄泥田里，红萝卜大得如小猪头，没有我们去吃它赞美它，便始终委屈在那深土里！除此以外，路塍①上无处不是莓类同野生樱桃，大道旁无处不是甜滋滋的地枇杷，无处不可得到充饥果腹的山果野莓。口渴时无处不可以随意低下头去喝水。至于茶油树上长的茶莓，则长年四季都可以随意采吃，不犯任何忌讳。即或任何东西没得吃，我们还是十分高兴。就为的是乡场中那一派空气，一阵声音，一分颜色，以及在每一处每一项生意人身上发出那一股臭味，就够使我们觉得满意，我们用各样官能吃了那么多东西，即使不再用口来吃喝也很够了。

到场上去我们还可以看各样水碾水碓，并各种形式的水车。我们必得经过好几个榨油坊，远远的就可以听到油坊中打油人唱歌的声音。一过油坊时便跑进去，看看那些堆积如山的桐子，经过些甚么手续才能出油。我们只要稍稍绕一点路，还可以从一个造纸工作场过身，在那里可以看他们利用水力捣碎稻草同竹篠②，用细篾帘子勺取纸浆作纸。我们又必须从一些造船的河滩上过身，有万千机会看到那些造船工匠在太阳下安置一只小船的龙骨③，或把粗麻头同桐油石灰嵌进缝罅里补治旧船。

总而言之，这样玩一次，就只一次，也似乎比读半年书还有益处。若把一本好书同这种好地方尽我拣选一种，直到如今，我还觉得不必看这本弄虚作伪千篇一律用文字写成的小书，却应当去读那本色香具备内容充实用人事写成的大书。

我不明白我为甚么就学会了赌骰子。大约还是因为每早上买菜，总可剩下三五个小钱，让我有机会傍近用骰子赌输赢的糕类摊子。起

---

① 路塍：田埂。
② 竹篠（xiǎo）：小竹；细竹；也指竹的细枝条。
③ 龙骨：沿船底中心线从船头至船尾的纵通桁材。

沈　从　文
散 文 精 选

始当三五个人蹲到那些戏楼下，把三粒骰子或四粒骰子或六粒骰子抓到手中，奋力向大土碗掷去，跟着它的变化喊出种种专门名词时，我真忘了自己也忘了一切。那富于变化的六骰子赌，七十二种"快""臭"，一眼间我皆能很得体的喊出它的得失。谁也不能在我面前占去便宜，谁也骗不了我。自从精明这一项玩意儿以后，我家里这一早上若派我出去买菜，我就把买菜的钱去作注，同一群小无赖在一个有天棚的米厂上玩骰子，赢了钱自然全部买东西吃，若不凑巧全输掉时，就跑回来悄悄的进门找寻外祖母，从她手中把买菜的钱得到。

但这是件相当冒险的事，家中知道后可得痛打一顿，因此赌虽然赌，经常总只下一个铜子的注，赢了拿钱走去，输了也不再来，把菜少买一些，总可敷衍下去。

由于赌术精明，我不大担心输赢。我倒最希望玩个半天结果无输无赢。我所担心的只是正玩得十分高兴，忽然后领一下子为一只强硬有力的瘦手攫定，一个哑哑的声音在我耳边响着：

"这一下捉到你了！这一下捉到你了！"

先是一惊。想挣扎可不成。既然捉定了，不必回头，我就明白我被谁捉到，且不必猜想，我就知道我回家去应受些甚么款待。于是提了菜篮让这个仿佛生下来给我作对的人把我揪回去。这样过街可真无脸面，因此不是请求他放和平点抓着我一只手，总是趁他不注意的情形下，忽然挣脱先行跑回家去，准备他回来时受罚。

每次在这件事上我受的处罚都似乎略略过分了些，总是把一条绣花的白绸腰带缚定两手，系在空谷仓里，用鞭子打几十下，上半天不许吃饭，或是整天不许吃饭。亲戚中看到觉得十分可怜，多以为哥哥不应当这样虐待弟弟。但这样不顾脸面的去同一些乞丐赌博，给了家中多少气恼，我是不理解的。

我从那方面学会了不少下流野话和赌博术语，在亲戚中身份似乎也就低了些。只是当十五年后，我能够用我各方面的经验写点故事时，这些粗话野话，却给了我许多帮助，增加了故事中人物的色彩和生命。

革命后本地设了女学校，我两个姐姐一同被送过女学校读书。我那时也欢喜到女学校去玩，就因为那地方有些新奇的东西。学校外边

一点，有个做小鞭炮的作坊，从起始用一根细钢条，卷上了纸，送到木机上一搓，吱的一声就成了空心的小管子，再如何经过些甚么手续，便成了燃放时巴的一声的小爆仗，被我看得十分熟习。我借故去瞧姐姐时，总在那里看他们工作一会会。我还可看他们烘焙火药，碓舂木炭，筛硫磺，配合火药的原料，因此明白制焰火用的药同制爆仗用的药，硫磺的分配分量如何不同。这些知识远比学校读的课本有用。

一到女学校时，我必跑到长廊下去，欣赏那些平时不易见到的织布机器。那些大小不一钢齿轮互相衔接，一动它的全部都转动起来，且发出一种异样陌生的声音，听来我总十分欢喜。我平时是个怕鬼的人，但为了欣赏这些机器，黄昏中我还敢在那儿逗留，直到她们大声呼喊各处找寻时，我才从廊下跑出。

当我转入高小那年，正是民国五年，我们那地方为了上年受蔡锷①讨袁②战事的刺激，感觉军队非改革不能自存，因此本地镇守署方面，设了一个军官团。前为道尹③后改苗防屯务处方面，也设了一个将弁学校。另外还有一个教练兵士的学兵营，一个教导队。小小的城里多了四个军事学校，一切都用较新方式训练，地方因此气象一新。由于常常可以见到这类青年学生结队成排在街上走过，本地的小孩，以及一些小商人，都觉得学军事较有意思，有出息。有人与军官团一个教官作邻居的，要他在饭后课余教教小孩子，先在大街上操练，到后却借了附近由皇殿改成的军官团操场使用，不上半月便招集了一百人左右。

有同学在里面受过训练来的，精神比起别人来特别强悍，显明不

---

① 蔡锷（1882—1916），原名艮寅，字松坡，汉族，湖南宝庆（即今邵阳市）人。遗著被编为《蔡松坡集》。蔡锷曾经响应辛亥革命，发动反对袁世凯洪宪帝制的护国战争，是中华民国初年的杰出军事领袖。
② 袁：指袁世凯。
③ 道尹：民国时期的官名。民国三年（1914）五月，袁世凯公布省、道、县官制，分一省为数道，全国共九十三道，改各省观察使为道尹，管理所辖各县行政事务，隶属省长。共任用由省民政长官经由国务总理呈请大总统特简。十三年（1924）六月，北洋政府内务部通令废道制，裁撤道尹。

同于一般同学。我们觉得奇怪。这同学就告我们一切,且问我愿不愿意去。并告我到里面后,每两月可以考选一次,配吃一份口粮作守兵战兵的,就可以补上名额当兵。在我生长那个地方,当兵不是耻辱。多久以来,文人只出了个翰林,即熊希龄,两个进士,四个拔贡。至于武人,随同曾国荃打入南京城的就出了四名提督军门,后来从日本士官学校出来的朱湘溪,还作蔡锷的参谋长,出身保定军官团的,且有一大堆,在湘西十三县似占第一位。本地的光荣原本是从过去无数男子的勇敢流血博来的。谁都希望当兵,因为这是年轻人一条出路,也正是年轻人惟一的出路。同学说及进技术班时,我就答应试来问问我的母亲,看看母亲的意见,这将军的后人,是不是仍然得从步卒出身。

那时节我哥哥已过热河找寻父亲去了,我因不受拘束,生活既日益放肆,不易教管,母亲正想不出处置我的好方法,因此一来,将军后人就决定去作兵役的候补者了。

女难

我欢喜辰州那个河滩，不管水落水涨，每天总有个时节在那河滩上散步。那地方上水船下水船虽那么多，由一个内行眼中看来，就不会有两只相同的船。我尤其欢喜那些从辰溪一带载运货物下来的高腹昂头"广舶子"，一来总斜斜的孤独的搁在河滩黄泥里，小水手从那上面搬取南瓜，茄子，成束的生麻，黑色放光的圆瓮。那船在暗褐色的尾梢上，常常晾得有朱红裤褂，背景是黄色或浅碧色一派清波，一切皆那么和谐，那么愁人。

美丽总是愁人的。我或者很快乐，却用的是发愁字样。但事实上每每见到这种光景，我总默默的注视许久。我要人同我说一句话，我要一个最熟的人，来同我讨论这些光景。可是这一次来到这地方，部队既完全开拔了，事情也无可作的，玩时也不能如前一次那么高兴了。虽依旧常常到城门边去吃汤圆，同那老人谈谈天，看看街，可是能在一堆玩，一处过日子，一块儿说话的，已无一个人。

我感觉到我是寂寞的。记得大白天太阳很好时，我就常常爬到墙头上去看驻扎在考棚的卫队上操。有时又跑到井边去，看人家轮流接水，看人家洗衣，看作豆芽菜的如何浇水进高桶里去。我坐在那井栏一看就是半天。有时来了一个挑水的老妇人，就帮着这妇人做做事，把桶递过去，把瓢递过去。我有时又到那靠近学校的城墙上去，看那些教会中学学生玩球，或互相用小小绿色柚子抛掷，或在那坪里追赶

扭打。我就独自坐在城墙上看热闹,间或他们无意中把球踢上城时,学生们懒得上城捡取,总装成怪和气的样子:

"小副爷,小副爷,帮个忙,把我们皮球抛下来。"

我便赶快把球拾起,且仿照他们把脚尖那么一踢,于是那皮球便高高的向空中蹿去,且很快的落到那些年青学生身边了。那些人把赞许与感谢安置在一个微笑里,有的还轻轻的呀了一声,看我一眼,即刻又争夺皮球去了。我便微笑着,照旧坐下来看别人的游戏,心中充满了不可名言的快乐。我虽作了司书①,身上穿的还是灰布袄子,因此走到什么地方去,别人总是称呼我作"小副爷"。我就在这些情形中,以为人家全不知道我身份,感到一点秘密的快乐。且在这些情形中,仿佛同别一世界里的人也接近了一点。我需要的就是这种接近。事实上却是十分孤独的。

可是不到一会儿,那学校响了上堂铃,大家一窝蜂散了,只剩下一个圆圆的皮球在草坪角隅。墙边不知名的繁花正在谢落,天空静静的。我望到日头下自己的扁扁影子,有说不出的无聊。我得离开这个地方,得沿了城墙走去。有时在城墙上见一群穿了花衣的女人从对面走来,小一点的女孩子远远的一看到我,就"三姐二姐"的乱喊,且说"有兵有兵",意思便想回头走去。我那时总十分害羞,赶忙把脸向雉堞缺口向外望去。好让这些人从我身后走过,心里却又对于身上的灰布军衣有点抱歉。我以为我是读书人,不应当被别人厌恶。可是我有甚么方法使不认识我的人也给我一分应有尊敬?我想起那两册厚厚的《辞源》,想起三个人共同订的那一份《申报》,还想起《秋水轩尺牍》。

就在这一类隐隐约约的刺激下,我有时回到部中,坐在用公文纸裱糊的桌面上,发愤去写小楷字,一写便是半天。

时间过去了,春天夏天过去了,且重新又过年了。川东鄂西的消息来得够坏。只听说我们军队在川边已同当地神兵接了火,接着就说得退回湖南。第三次消息来时,却说我们军队在湖北来凤全部都覆灭

---

① 司书:旧指官署、军队中从事文书工作的人。

了。一个早上，闪不知被神兵和民兵一道扑营，营长，团长，旅长，军法长，秘书长，参谋长完全被杀了。这件事最初不能完全相信。作留守的老副官长就亲自跑过二军留守部去问信，到时那边正接到一封详细电报，把我们总司令部如何被人袭击，如何占领，如何残杀的事一一说明。拍发电报的就正是我的上司。他幸运先带一团人过湘境龙山布防，因此方不遇难。

好，这一下可好！熟人全杀尽了，兵队全打散了，这留守处还有什么用处？自从得到了详细报告后，五天之中，我们便各自领了遣散费，各人带了护照，各自回家。

回到家中约在八月左右。一到十二月，我又离开家中过沅州。家中实在呆不住，军队中不成，还得另想生路，沅州地方应当有机会。那时正值大雪，既出了几次门，有了出门的经验，把生棕衣毛松松的包裹到两只脚，背了个小小包袱，跟着我一个教中学的舅母的轿后走去，脚倒全不怕冻。雪实在大了点，山路又窄，有时跌到了雪坑里去，便大声呼喊，必得那脚夫①把扁担来援引方能出险。可是天保佑，跌了许多次数我却不曾受伤。走了四天到地以后，我暂住在一个卸任县长舅父家中。不久舅父作了警察所长，我就作了那小小警察所的办事员。办事处在旧县衙门，我的职务只是每天抄写违警处罚的条子。隔壁是个典狱署，每夜皆可听到监狱里犯人受狱中老犯拷掠的呼喊。警察所也常常捉来些偷鸡摸狗的小窃，一时不即发落，便寄存到牢狱里去。因此每天黄昏将近牢狱里应当收封点名时，我也照例得同一个巡官，拿一本点名册，跟着进牢狱里去，点我们这边寄押人犯的名。点完名后，看着他们那方面的人把重要犯人一一加上手铐，必需套枷的还戴好方枷，必需固定的还把他们系在横梁铁环上，几个人方走出牢狱。

警察所不久从地方财产保管处接收了本地的屠宰税，这个县城因为是沅水上游一个大码头，上下船只多，又当官道，每天常杀二十头猪一两头黄牛，我这办事员因此每天又多了一份职务。每只猪抽收六

---

① 脚夫：旧社会对搬运工人的称呼。

沈从文
散文精选

百四十文的税捐，牛收两千文，我便每天填写税单。另外派了人去查验。恐怕那查验的舞弊不实，我自己也得常常出来到全城每个屠案桌边看看。这份职务有趣味处倒不是查出多少漏税的行为，却是我可以因此见识许多事情。我每天得把全城跑到，还得过一个长约四分之三里在湘西方面说来十分著名的长桥，往对河黄家街去看看。各个店铺里的人都认识我，同时我也认识他们。成衣铺，银匠铺，南纸店，丝烟店，不拘走到甚么地方，便有人向我打招呼，我随处也照例谈谈玩玩。这些商店主人照例就是本地小绅士，常常同我舅父喝酒，也知道许多事情皆得警察所帮忙，因此款待我很不坏。

另外还有个亲戚，我的姨父，在本地算是一个大拇指人物，有钱，有势，从知事起任何人物任何军队都对他十分尊敬，从不敢稍稍得罪他。这个亲戚对于我的能力，也异常称赞。

那时我的薪水每月只有十二千文，一切事倒做得有条不紊。

大约正因为舅父同另外那个亲戚每天作诗的原因，我虽不会作诗，却学会了看诗。我成天看他们作诗，替他们抄诗，工作得很有兴致。因为盼望所抄的诗被人嘉奖，我开始来写小楷字贴。因为空暇的时间仍然很多，恰恰那亲戚家中客厅楼上有两大箱商务印行的《说部丛书》，这些书便轮流作了我最好的朋友。我记得迭更司①的《冰雪因缘》、《滑稽外史》、《贼史》这三部书，反复约占去了我两个月的时间。我欢喜这种书，因为他告给我的正是我所要明白的。他不像别的书尽说道理，他只记下一些生活现象。即或书中包含的还是一种很陈腐的道理，但作者却有本领把道理包含在现象中。我就是个不想明白道理却永远为现象所倾心的人。我看一切，却并不把那个社会价值搀加进去，估定我的爱憎。我不愿问价钱上的多少来为百物作一个好坏批评，却愿意考查他在我官觉上使我愉快不愉快的分量。我永远不厌倦的是"看"一切。宇宙万汇在动作中，在静止中，在我印象里，我都能抓定它的最美丽与最调和的风度，但我的爱好显然却不能同一般

---

① 迭更司：今通译为狄更斯。《滑稽外史》即《匹克威克外传》，而《贼史》即《奥列弗尔》(《雾都孤儿》)。

目的相合。我不明白一切同人类生活相联结时的美恶，另外一句话说来，就是我不大能领会伦理的美。接近人生时，我永远是个艺术家的感情，却绝不是所谓道德君子的感情。可是，由于社会人与人的关系产生的各种无固定性的流动的美，德性的愉快，责任的愉快，在当时从别人看来，我也是毫无瑕疵的。我玩得厉害，职分上的事仍然做得极好。

那时节我的母亲同姊妹，已把家中房屋售去，剩下约三千块钱。既把老屋售去，不大好意思在本城租人房子住下，且因为我事情做得很好，芷江的亲戚又多，便坐了轿子来到芷江，我们一同住下。本地人只知道我家中是旧家，且以为我们还能够把钱拿来存放钱铺里，我又那么懂事明理有作为，那在当地有势力的亲戚太太，且恰恰是我母亲的妹妹，因此无人不同我十分要好，母亲也以为一家的转机快到了。

假若命运不给我一些折磨，允许我那么把岁月送走，我想象这时节我应当在那地方做了一个小绅士，我的太太一定是个有财产商人的女儿，我一定做了两任县知事①，还一定做了四个以上孩子的父亲；而且必然还学会了吸鸦片烟。照情形看来，我的生活是应当在那么一个公式里发展的。这点打算不是现在的想象，当时那亲戚就说到了。因为照他意思看来，我最好便是做他的女婿，所以别的人请他向我母亲询问对于我的婚事意见时，他总说不妨慢一点。

不意事业刚好有些头绪，那作警察所长的舅父，却害肺病死掉了。因他一死，本地捐税抽收保管改归一个新的团防局。我得到职务上"不疏忽"的考语，仍然把职务接续下去，改到了新的地方，作了新机关的收税员。改变以后情形稍稍不同的是，我得每天早上一面把票填好，一面还得在十点后各处去查查。不久在那商会性质团防局里，我认识了十来个绅士，同时还认识一个白脸长身的小孩子。由于这小孩子同我十分要好，半年后便有一个脸儿白白的身材高的女孩印象，把我生活完全弄乱了。

---

① 知事：官名。地方行政长官的名称。

沈从文
散文精选

  我是个乡下人，我的月薪已从十二千增加到十六千，我已从那些本地乡绅方面学会了刻图章，写草字，做点半通不通的五律七律，我年龄也已经到了十七岁。在这样情形下，一个样子诚实聪明懂事的年轻人，和和气气邀我到他家中去看他的姐姐，请想想，结果我怎么样？

  乡下人有甚么办法，可以抵抗这命运所摊派的一份？

  当那在本地翘大拇指的亲戚，隐隐约约明白了这件事情时，当一些乡绅知道了这件事情时，每个人都劝告我不要这么傻。有些本来看中了我，同我常常作诗的绅士，就向我那有势力的亲戚示意，愿意得到这样一个女婿。那亲戚于是把我叫去，当着我的母亲，把四个女孩子提出来问我看谁好就定谁。四个女孩子中就有我一个表妹。老实说来，我当时也还明白四个女孩子生得皆很体面，比另外那一个强得多，全是在平时不敢希望得到的女孩子。可是上帝的意思与魔鬼的意思两者必居其一，我以为我爱了另外那个白脸女孩子，且相信那白脸男孩子的谎话，以为那白脸女孩子也正爱我。一份离奇的命运，行将把我从这种庸俗生活中攫去，再安置到此后各样变故里，因此我当时同我那亲戚说："那不成，我不做你的女婿，也不做店老板的女婿。我有计划，得自己照我自己的计划作去。"甚么计划？真只有天知道。

  我母亲甚么也不说，似乎早知道我应分还得受多少折磨，家中人也免不了受许多磨难的样子，只是微笑。那亲戚便说："好，那我们看，一切有命，莫勉强。"

  那时节正是二月。四月中起了战争，八百土匪把一个大城团团围住，在城外各处放火。四百左右驻军同一百左右团丁站在城墙上对抗。到夜来流弹满天交织，如无数紫色小鸟展翅，各处皆喊杀连天。三点钟内城外即烧去了七百栋房屋。小城被围困共计四天，外县援军赶到方解了围。这四天中城外的枪炮声我一点儿也不关心，那白脸孩子的谎话使我只知道有一件事情，就是我已经被一个女孩子十分关切，我行将成为他的亲戚。我为他姐姐无日无夜作旧诗，把诗作成他一来时便为我捎去。我以为我这些诗必成为不朽作品，他说过，他姐姐便最欢喜看我的诗。

  我家中那点余款本来归我保管存放的。直到如今，我还不明白为

甚么那白脸孩子今天向我把钱借去，明天即刻还我，后天再借去，大后天又还给我。结果算去算来却有一千块钱左右的数目，任何方法也算不出用它到什么方面去。这钱全然无着落了。但还有更坏的事。

到这时节一切全变了，他再不来为我把每天送她姐姐的情诗捎去了，那件事情不消说也到了结束时节了。

我有点明白，我这乡下人吃了亏。我为那一笔巨大数目着了骇，每天不拘作任何事都无心情。每天想办法处置，却想不出比逃走更好的办法。

因此有一天，我就离开那一本账簿，同那两个白脸姊弟，四个一见我就问我"诗作得怎么样"的理想岳丈，四个眼睛漆黑身长苗条发辫极大的女孩印象，以及我那个可怜的母亲同姊妹走了。为这件事情我母亲哭了半年。这老年人不是不原谅我的荒唐，因我不可靠用去了这笔钱而流泪；却只为的是我这种乡下人的气质，到任何时任何一处总免不了吃城里聪敏人的亏，而想来十分伤心。